THE QUEEN OF CRIME
繁體中文版
20週年
紀念珍藏

謎樣的鬼豔先生

著——阿嘉莎・克莉絲蒂
譯——郝彩虹

Agatha Christie®

The Mysterious Mr. Quin

策畫者的話

通俗是一種功力

吳念真（導演、作家）

通俗是一種功力。絕對自覺的通俗更是一種絕對的功力。

這樣的話從我這種俗氣的人的嘴巴說出來，大概很多人要笑破褲底了。不過，笑完之後請容我稍稍申訴。這申訴說得或許會比較長一點，以及，通俗一點。

小時候身材很爛，各種遊戲競爭完全任人宰割，唯一隱遁逃避的方法是躲起來看書或聽大人瞎掰。那年頭窮鄉僻壤的小孩能看的書不多，小學二年級時最喜歡的是超大本的《文壇》，老師借的。看著看著，某天老師發現我的造句竟出現：「捧著：朝陽捧著一臉笑顏為群山剪綵」這樣亂七八糟的文字，就拒絕再讓我看那些超齡的東西了。

老師的書不給看，我開始抓大人的書看。一種是厚得跟磚塊一樣的日文書，對我來說那完全是天書，但插圖好看，經常有限制級的素描。另一種書是比較薄的，通常藏得很嚴密，只是裡面有太多專有名詞、重複的單字和毫無限制的標點，比如「啊啊啊」、「……！！！」

老讓我百思不解。有一天，充滿求知欲地詢問大人竟然換來一巴掌後，那種閱讀的機會和樂趣也隨著消失了。

所幸這些閱讀的失落感，很快從大人的龍門陣中重新得到養分。講到這裡，我似乎先得跟一個村中長輩游條春先生致敬，並願他在天之靈安息。

我所成長的礦區，幾乎全是為著黃金而從四面八方擁至的冒險型人物，每人幾乎都有一段異於常人的傳奇故事。這些故事當事人說來未必精采，但一透過游條春先生的嘴巴重現，有時連當事人都聽得忘我，甚至涕泗縱橫，彷彿聽的是別人的故事。

條春伯沒當過日本兵，可是他可以綜合一堆台籍日本兵的遭遇，一如連續劇般從入伍、受訓、逃亡荒島，面對同鄉同袍的死亡，並取下他們的骨骸寄望帶回故鄉，乃至骨骸過多搞不清哪是誰的等等，讓聽的人完全隨他的敘述或悲或笑，彷彿跟他一起打了一場太平洋戰爭。此外他也可以把新聞事件說得讓一個三、四年級的小孩，到現在仍記得當時腦中被觸動的畫面。例如當年瑠公圳分屍案的凶手做案之後帶著小孩到安東街吃麵（這讓我一直以為台北的安東街是條專門賣麵的街道），還有甘迺迪總統被暗殺、賈桂琳抱住她先生、安全人員跳上飛快的車子保護賈桂琳……當然，這記憶全來自條春伯的嘴巴而不是報紙。我的記憶全是畫面，有畫面，是因為條春伯說得精采，說得有如親臨他至死都還搞不清地理位置的達拉斯命案現場。

於是這小孩長大後無條件地相信：通俗是一種功力，絕對自覺的通俗更是一種絕對的功力。透過那樣自覺的通俗傳播，即使連大字都不識一個的人，都能得到和高階閱讀者一樣的感動、快樂、共鳴，和所謂的知識、文化自然順暢的接軌。也許就是因為這些活生生的例子，俗氣的自己始終相信：講理念容易講故事難，講人人皆懂、皆能入迷的故事更難，而能隨時把這樣的故事講個不停的人，絕對值得立碑立傳。

條春伯嚴格地說是有自覺的轉述者，至於創作者，我的心目中有兩個。一個是日本導演山田洋次，一個是推理小說家阿嘉莎．克莉絲蒂。

山田洋次創造了寅次郎這個集合所有男人優點跟缺點的角色，在以《男人真命苦》為名的系列下，總共完成百部左右的電影。它們的敘述風格、開頭、結尾的方法不變，唯一改變的是故事，是時代，是遍歷日本小鄉小鎮的場景。數十年來，看《男人真命苦》幾已成為日本人每年的一種儀式，一如新春的神社參拜。

數十年前訪問過山田導演，他說，當他發現電影已然有它被期待的性格時，電影已經不是導演自己的。他說：當所有人都感動於美人魚的歌聲時，你願意為了讓她擁有跟你一樣的腳，而讓她失去人間少有的嗓音嗎？

人間少有的嗓音與動人的歌聲，都來自山田導演絕對自覺的通俗創造。

再如阿嘉莎．克莉絲蒂，如果我們光拿出她說過的故事和聽過她故事的人口數字，就足以嚇死你。五十多年的寫作生涯，她總共寫出六十六本長篇推理小說，外加一百多篇短篇小說和劇本。其中有二十六本推理小說被改編，拍了四十多部電影和電視劇集。作品被翻譯成一百零三種文字的版本，銷量超過三十億本。

夠了。你還想知道什麼？知道二十億本的意義是什麼嗎？二十億本的意義是全世界平均三個人就有一個人讀過她的書，聽過她說的故事。

說來巧合，她和山田洋次一樣，創造出個性鮮明的固定主角（當然，前前後後她弄出來好幾個），然後由他（或是她）帶引我們走進一個犯罪現場，追尋真正的罪犯。

故事就這樣？沒錯，應該說這是通常的架構。那你要我看什麼？不急，真的不急，克莉絲蒂會慢慢冒出一堆足夠讓你疑惑、驚嚇、意外，甚至滿足你的想像力、考驗你的耐心和智商的事件來。

推理小說不都是這樣嗎？你說得沒錯，大部分是這樣，不一樣的是……對了，她像條春伯，像山田洋次，她真會說，而且她用文字說。

文字的敘述可以讓全世界幾代的人「聽」得過癮、「聽」個不停，除了聖經，也許就是克莉絲蒂。她不是神，但她真的夠神。

數十年前，台灣剛剛出現她的推理系列中譯本，那時是我結婚前，常有同齡的文藝青年來我租住的地方借宿，瞄到我在看克莉絲蒂，表情詭異地說：「啊？你在看三毛促銷的這個喔？」

我只記得他抓了一本進廁所，清晨四點多，他敲開我的房門說：「幹，我實在很討厭那個白羅……再拿一本來看看，我跟你說真的，要不是你的書，我真的很想把那個矮儸壓到馬桶吃屎！」

我知道他毀了，愛吃又假客氣，撐著尊嚴騙自己。克莉絲蒂再度優雅地撕破一個高貴的知識份子的假面具，她的手法簡單，那手法叫通俗，絕對自覺的通俗，無與倫比、無法招架的功力。

昔日的文藝青年如今跟我一樣，已然老去，但不時還會看到他寫一些充滿理念和使命感極重的文章，在報紙和雜誌上出現。我知道他要說什麼，只是常常疑惑他想跟誰說；同樣，我記得他說過什麼，但轉眼間忘記他說了什麼。但請原諒我，幾十年前那個晚上，他在我家看完的那兩本克莉絲蒂的小說內容，我可還記得清清楚楚。

也許有一天再遇到他的時候，我會問他之後是否還看過克莉絲蒂其他的書，如果沒有，我會跟他說，想讀要趁早，因為你會老、會來不及。至於白羅那個矮儸，大概永遠不會消失。哦，對了，還有一個叫瑪波，你說不定會來不及認識……

歡快氣氛下的解謎樂

龍貓大王通信

一九八〇年代，美國電視觀眾最喜歡的作品類型之一，是看俊男美女在電視上「床頭吵床尾和」。一九八二年，浪漫推理劇《龍鳳妙探》（*Remington Steele*）大受歡迎，男主角皮爾斯・布洛斯南（Pierce Brendan Brosnan）高大帥氣，女主角史蒂芬妮・齊姆帕勒（Stephanie Zimbalist）嬌小可愛，他們之間不但有最萌身高差，還有最凶的吵架音量，你一嘴我一嘴地互嘴黜臭，其實偷渡的是勢均力敵的甜蜜情意。一九八六年的《雙面嬌娃》（*Moonlighting*）吵得更凶，布魯斯・威利（Bruce Willis）與西碧兒・雪柏（Cybill Shepherd）這對歡喜冤家從鏡頭前吵到鏡頭外，但觀眾只認識鏡頭前流氓與淑女的美味關係，而這已經足夠讓布魯斯・威利的星運一飛沖天。

情侶神探的公式不只讓八〇年代的觀眾買單，其實早在二〇年代就被證明很有賣點。謀殺天后阿嘉莎・克莉絲蒂的經典中，恰巧就包括一對龍鳳妙探的系列作品，他們是克莉絲蒂創作的蛋頭神探與阿嬤神探之外的唯一一組情侶神探：湯米與陶品絲。

這對情侶在一九二二年出版的《隱身魔鬼》首度登場；一九二九年出版的短篇集《鴛鴦神探》裡已經結為夫妻；一九四一年的《密碼》裡勇破二戰諜網；一九六八年已步入老年的貝里福夫妻，繼續在《顫刺的預兆》裡偵查老人療養院的死亡祕辛；最終在一九七三年的《死亡暗道》裡，老先生、老太太已經決定退休，還買了一棟退休房……聽起來他們似乎沒有繼續關心凶手與謎案的必要了，對吧？怎麼可能，陶品絲搬進新家整理環境時，在前屋主留下的書中，竟然找到一段塵封已久的祕密訊息：「瑪麗喬丹並非自然死亡，凶手是我們其中的一個。」

有誰只是整理書櫃也會突然變身偵探？湯米與陶品絲就會，這多少能證明，克莉絲蒂在這對鴛鴦神探身上放進不少玩心。也許是她為湯米與陶品絲設計的浪漫關係，令克莉絲蒂為他們而寫的故事也格外輕巧俏皮。別誤會，湯米與陶品絲出場的處女秀《隱身魔鬼》有國際陰謀、有失竊的機密文件、有神祕又奸詐的犯罪首腦「布朗先生」（這下你就懂書名《隱身魔鬼》是在說誰了）。這看來是一部暗潮洶湧的諜報小說，而確實湯米與陶品絲也穩穩地踩中大部分的可怕陷阱，但克莉絲蒂將這對男女寫得實在太過可愛……你潛意識裡早就知道，他們絕對要邊吵架邊談情地（順便推理）百年好合，不會在這個險境裡就GG（完結）。

湯米與陶品絲的情誼首先是建立在「好哥兒們」的友情之上，從《隱身魔鬼》的開場就看得出來：

「湯米，你這個老東西！」

「陶品絲，老朋友！」

兩個年輕人熱情地相互問候……那兩個「老」字頗易讓人誤解，其實兩人年齡加起來絕不超過四十五歲。

二〇年代已經不是封建時代，但男女之間還是有別。而湯米與陶品絲之間的情誼，能夠打破這種隔閡，他們首先是鐵打的好友，彼此在軍醫院認識，因此他們之間有太多戰場回憶可以閒聊，也深知對方的個性與偏好，更重要的是，他們都是一窮二白。這對日後的鴛鴦神探久別重逢，既不談情也不破案，而是討論如何賺錢。克莉絲蒂可不會那麼輕易就灑糖，但從湯米與陶品絲彼此互補的性格設定，你很快就會了解這段友情遲早要昇華成戀情。

你可以懷疑，金庸筆下的郭靖、黃蓉這對射鵰俠侶設定，是不是抄襲自湯米與陶品絲。因為郭靖和湯米一樣，是個有點遲鈍的傻大個——湯米的傻可不是我說的，是克莉絲蒂這樣寫：「湯米不太聰明……但他的慧眼絕對能一眼看穿真偽。」不只如此，克莉絲蒂還形容他「有張（看得過去）的醜臉」。到底什麼樣的長相是「醜但看得過去」？克莉絲蒂只說這種長相是「很難歸類」，而且是「綜合紳士與運動員的臉孔」。這種先踹後捧的寫法我是不會買單的，湯米擺明就是個不會被稱為男神的樸拙男性。

而陶品絲與湯米完全相反，下面這段克莉絲蒂的形容，會不會讓你腦中浮現一個二〇年代的黃蓉模樣？

陶品絲稱不上漂亮，可是那張小臉蛋上有著精靈般的線條、堅毅的下巴，還有一雙隔得很開、從平直的黑眉毛下望去迷迷濛濛的灰色大眼，在在表現出個性和魅力……她的外表散發著一股敢作敢為、精明能幹的味道。

「精靈般」、「個性魅力」、「敢作敢為精明能幹」，這是一位充滿行動力又特立獨行的女性，剛好補足了湯米謹慎緩行的保守個性。當久違重逢的湯米與陶品絲一起討論該如何賺錢，他們在排除繼承遺產（沒有任何親戚有遺產）與為錢結婚（兩人的異性緣都少得可憐）兩個途徑後，決定還是親力親為白手起家。但是誰先提出一起合夥開公司的點子呢？當然是即知即行的陶品絲！他們決定開一家「青年冒險家企業」，名稱響噹噹，事實上，他們開的是《銀魂》裡的「萬事屋」生意：有錢，什麼活我們都幹。

這種歡快的氣氛，引領湯米與陶品絲穿梭一個又一個謎團，大到《密碼》裡追捕兩名納粹間諜，小到《顫刺的預兆》裡的養老院祕密。即便他們沒有在解謎，光是看湯米與陶品絲鬥嘴聊天就很有趣，而這是有別於白羅系列或瑪波小姐系列的獨特樂趣。

這種創作上的玩心有時不是那麼容易發現，例如在《鴛鴦神探》這本短篇小說集裡，每個小短篇不但都是貝里福夫妻的探險歷程，同時也是克莉絲蒂的諧仿之作——每一篇內容都隱射推理黃金年代的名作家或名角色。例如〈女士失蹤了〉致敬了福爾摩斯的〈法蘭西斯．卡法克小姐的失蹤〉（*The Disappearance of Lady Frances Carfax*）；〈霧中人〉則諧仿了史上最厲害的「神父偵探」布朗神父……克莉絲蒂甚至諧仿自己，在《鴛鴦神探》的最後一個故事〈代號十六的人〉裡，湯米自稱是「沒長鬍鬚但智力過人」的白羅！

湯米與陶品絲系列的五本小說，自《隱身魔鬼》到最後的《死亡暗道》，克莉絲蒂創作的時間橫跨五十年，我們可以看著貝里福夫妻逐漸變老。福爾摩斯也會老，白羅也會老到糊塗，但是湯米與陶品絲卻老得很愉快。他們始終愉快，不管是年輕或蒼老，這讓閱讀五本湯米與陶品絲系列的體驗，宛如身處春風之中一樣愉快，值得推薦給長期與雨劍風刀相伴的推理粉絲。

當然，除了湯米與陶品絲系列之外，克莉絲蒂還有不少經典：《一個都不留》自然不用多提；《無辜者的試煉》是我個人特別喜愛的一本小說，我在遠流的App「謀殺天后密室」裡的「密室之聲」Podcast第十六集裡，談過這本講述家庭內情勒暴力的小說；此外還有曾與白羅合作過的雷斯上校探案《褐衣男子》與《魂縈舊恨》，以及性格沒那麼出彩的穩重蘇格蘭警場刑事主任巴鬥，他的幾本小說包括《煙囪的祕密》、《七鐘面》、《殺人不難》與《本末倒置》也包含在內，特別值得一提的是，《本末倒置》是克莉絲蒂本人最喜歡的十部作品之一。而《謎樣的鬼豔先生》中的哈利．鬼豔，是唯一獲得克莉絲蒂獻詞的偵探。

獻詞

阿嘉莎．克莉絲蒂是世界讀者最眾，也最廣受喜愛的女作家。
身為克莉絲蒂的孫兒，我相信奶奶會非常樂見這次出版，
因為她極以自己作品中的趣味與娛樂為豪。
歡迎所有喜歡本系列的台灣新讀者參與這場饗宴！

——馬修．培察（Mathew Prichard）

謎樣的鬼豔先生

目錄

獻給

哈利鬼豔，隱形之神

01

鬼豔先生翩臨

The Mysterious Mr. Quin

除夕夜。

羅伊斯頓家的家庭聚會上，年長的一輩都聚集在大廳裡。沙特衛先生很高興年輕人都睡覺去了。他不喜歡群聚一氣的年輕人，認為他們乏味、粗魯，他們缺乏細膩。隨著歲月流逝，他愈來愈欣賞細膩的東西。

沙特衛先生今年六十二歲，是個有點駝背的乾癟老頭，長相奇怪，像個小精靈似的，總是一副盯著人的樣子，而且對別人的生活有著過分強烈的興趣。他這一生可說是始終坐在劇院正廳的前排，看著一齣齣不同的人間戲劇在他面前上演。他自己則扮演旁觀者的角色。然而現在，由於上了年紀的關係，他發現自己對於送到他面前的戲碼逐漸挑剔起來。他需要更加不尋常的東西。

毫無疑問，他有這方面的天賦。他本能地知道每齣戲中每段情節即將發生的時間，就像一匹戰馬，他嗅得出氣息。譬如，今天下午一來到羅伊斯頓，他內心深處一股奇怪的感覺就撥動著他，吩咐他做好準備……某件有趣的事情正在發生或者即將發生。

這次家庭聚會的規模並不算大。與會者有和藹可親的男主人湯姆・厄維遜和他那位對政治感興趣的嚴肅妻子，她在婚前是蘿拉・基恩女勳爵。還有既是軍人、旅行家又是運動員的理查・康威爵士。另有六、七個沙特衛先生記不住姓名的年輕人，再來就是巴拓夫婦。

沙特衛先生感興趣的正是巴拓夫婦。

他以前從未見過艾歷・巴拓，但他了解此人的一切，認識他的父親和祖父。艾歷・巴拓果然十分典型。他年近四十，金髮，像所有的巴拓家族一樣擁有一雙藍眼睛，喜歡運動，擅長競技，缺乏想像力，平凡無奇，屬於優良健全的純英國血統。

他的妻子則不同。據沙特衛先生所知，她是澳洲人。巴拓先生兩年前曾在澳洲待過，在那裡邂逅了她，和她結婚並將她帶回國。婚前她從未來過英國。不過，她一點也不像沙特衛先生見過的任何澳洲女子。

此刻他正悄悄觀察著她。有趣的女人，非常有趣，如此安靜，卻又如此活力充沛。活力充沛，就是這種感覺！不見得漂亮，不，她不算漂亮，但身上有一種毀滅性的魔力，讓人無法忽視……沒有男人會忽視。沙特衛先生從男性本能如是說，而從女性的角度來看（沙特衛先生也擁有許多女性特質），他同時對另一個問題產生了興趣：巴拓夫人為什麼要染髮？

其他人可能不知道她染了頭髮，但沙特衛先生知道。這些事情他一清二楚。而且這件事令他感到困惑。有許多黑髮女子將頭髮染成金色，但他從未遇過將金髮染黑的女子。

巴拓夫人的一切都激起了沙特衛先生的好奇。憑著純粹的直覺，他確信她若不是非常快樂，就是非常不快樂，但他不知道究竟是前者還是後者。這頗令他不快。此外，她對她的丈夫也有著奇特的影響力。

「他非常喜愛她，」沙特衛先生暗忖。「但是有時他……對，很怕她！這非常有意思，超乎尋常地有趣。」

巴拓喝得太多了，這一點毫無疑問。他妻子不看他的時候，他注視她的方式很奇怪。

「神經質，」沙特衛先生心想，「這位老兄精神十分緊張。她也知道這一點，但她只是袖手旁觀。」

他對這對夫婦充滿了好奇。他隱約覺得某件無法洞察的事情正在進行。

牆角大鐘敲出莊嚴的鐘聲，將他從沉思中喚了回來。

「十二點，」厄維遜說，「新年到了。祝大家新年快樂。其實這個鐘快了五分鐘……我不明白孩子們為什麼不等著迎接新年來臨？」

「我根本不認為他們真的睡覺去了，」他的妻子平靜地說，「他們可能正往我們床上放梳子什麼的。那種事情讓他們覺得很好玩。我真不明白為什麼。我們小時候是絕不能這樣做的。」

「Autre temps, autre moeurs.[1]」康威微笑著說。

他是個軍人模樣的高個男子，和厄維遜差不多同一種類型：誠實、正直、和藹，不以聰明自負。

「我小的時候大家會手拉手圍成圈，一起唱〈美好的往日〉，」蘿拉夫人接著說，「萬一忘掉了老朋友……多麼感人，我一直認為歌詞好動人。」

厄維遜不安地動了動。

「哦！別說了，蘿拉，」他喃喃地說，「別在這兒說。」

他大步穿過他們圍坐的大廳，又開了一盞燈。

「我真傻，」蘿拉夫人低聲說，「那一定讓他想起了可憐的卡佩爾先生。親愛的，火太熱了嗎？」

艾莉娜．巴拓猛然動了動。

「謝謝，我會把我的椅子稍微向後移一點。」

多可愛的聲音啊，那種在你記憶裡迴盪的輕聲細語，沙特衛先生想。她的臉龐籠罩在陰影下，真可惜。

從她所在的那片陰暗中再度傳來了她的聲音。

「卡佩爾先生？」

「是的，他是這棟房子原來的主人。他開槍自盡，你知道……哦，好吧，親愛的湯姆，我不提了，除非你願意。這件事對湯姆是一個很大的打擊，因為事件發生時他正好在場。你也在，是吧，理查爵士？」

「是的，蘿拉夫人。」

角落裡那座有鐘擺的老爺鐘呻吟、呼嘯、氣喘似地哼著，然後敲了十二下。

「新年快樂。」湯姆．厄維遜漫不經心地咕噥了一句。

1　法語，意思是「時代不同，習俗各異」。

蘿拉夫人把她的編織物小心地收了起來。

「好了，我們迎接了新年。」她說道，隨即朝巴拓夫人的方向看看，又加了一句：「接下來你想做什麼，親愛的？」

艾莉娜．巴拓迅速站起身。

「我想上床睡覺。」她輕輕地說。

「她很蒼白，」沙特衛先生邊想邊站起來，並開始忙著找燭台。「她通常不是這樣蒼白的。」

他替她點亮蠟燭，以一種滑稽的傳統禮數向她鞠了個躬，並將燭台遞給她。她接過燭台，道了謝，然後慢慢走上樓。

突然一陣非常奇怪的衝動掠過沙特衛先生心頭。他想追上去安慰她，他有一種極奇怪的感覺：她正處於某種危險中。這陣衝動漸漸消失了，他感到羞愧……也變得神經質。她上樓時並未看她丈夫一眼。但是現在，她回頭仔細凝視了他許久，眼神流露出一種奇怪的深情，沙特衛先生莫名其妙地被感動了。

他心慌意亂地和女主人道聲晚安。

「我確信，我希望這是一個快樂的新年，」蘿拉夫人說，「但是就我看來，政治局勢充滿了嚴重的不確定性。」

「我相信是的，」沙特衛先生認真地說，「我相信是的。」

「我只希望，」蘿拉夫人態度絲毫未改，繼續說道，「第一個跨過門檻的是一個黝黑的男人。我想你知道那個迷信傳說吧，沙特衛先生？不知道？這真令我驚訝。新年第一位跨過門口台階的的人若是位黝黑的男子，便會給房子帶來好運氣。哦，天哪！我希望不要在我的床上找到一些噁心的東西。我不信任小孩子。他們精力太充沛。」

蘿拉夫人懷著悲哀的預感搖了搖頭，優雅地走上樓去。

女士們離開後，男士們把椅子拉近了些，圍著熊熊爐火。

「酒斟夠時請說一聲。」厄維遜舉著威士忌的細頸瓶熱情地說。

每個人都說酒斟夠之後，話題又回到先前被禁止的主題。

「你認識德瑞克．卡佩爾吧，沙特衛？」康威問道。

「是的，稍微認識。」

「你呢，巴拓？」

「不認識，我從未見過他。」

他說這話的口氣十分激烈，充滿防禦性，以致沙特衛先生驚訝地抬頭看了看。

「我最討厭蘿拉提起這個話題，」厄維遜緩緩地說，「那場悲劇之後，你們知道，這地方賣給一大製造商。一年後他搬走了，原因是這地方不適合他或什麼的。當然，關於這個地方的謠言四起，這棟房子也落了個壞名聲。後來，蘿拉說服我競選西凱多比的代表。當然，這意味著得住在這一帶，而找一棟合適的房子並不那麼容易。當時羅伊斯頓正在低價出售，唔，最後我買下了它。雖然怪力亂神之說都是瞎扯，但誰都不喜歡有人老提醒你，你的住家是你某個朋友開槍自殺的地方。可憐的德瑞克，我們永遠不明白為什麼他要那樣做。」

「他不是第一個、也不會是最後一個無故開槍自殺的人。」艾歷．巴拓沉重地說。

他起身，給自己又倒了一杯酒，滿滿的威士忌在酒杯裡濺起一陣水花。

「他必定有問題，」沙特衛先生自言自語地說，「確實非常不對勁，要是我知道是怎麼回事就好了。」

「天哪！」康威喊道，「聽這風聲，今晚會是個暴風雨之夜。」

「鬼魂出沒的好時機，」巴拓肆無忌憚地笑著說，「地獄裡所有的魔鬼今天晚上全部出動了。」

「據蘿拉夫人說，即使是最邪惡的鬼怪也會給我們帶來運氣，」康威笑著說，「聽這聲音！」

又是一陣狂風呼嘯。當呼嘯聲漸漸消失時，上了閂的大門傳來三聲響亮的敲門聲。

每個人都吃了一驚。

「誰會在晚上的這個時刻來呀？」厄維遜喊道。

大家彼此面面相覷。

「我去開門，」厄維遜說，「傭人們已經睡覺了。」

他大步走向門口，在厚重的門閂上摸索一會兒，終於打開門。一陣冷風立刻掠過大廳。

門口出現一名男子的身影，又高又瘦，由於門上彩繪玻璃的奇妙效果，在沙特衛先生看來，那人穿得一身五顏六色。然而當他走上前來時，大家才看清他是個瘦削、黝黑的男人，穿著駕駛裝。

「真抱歉，打擾了，」這個陌生人的嗓音悅耳，語氣平靜。「我的車壞了。不是什麼大問題，我的司機正在修理，可是大約需要半小時，而外面又冷得刺人……」

他突然住口，厄維遜馬上接口說：「我想也是。進來喝一杯吧。關於您的車，我們能幫什麼忙嗎？」

「不用了，謝謝。我的手下知道該如何處理。對了，我叫鬼豔，哈利．鬼豔。」

「請坐，鬼豔先生，」厄維遜說，「這位是理查．康威爵士，這位是沙特衛先生。我姓厄維遜。」

鬼豔先生一一打過招呼後，跌入厄維遜熱情拉來的椅子上。他坐下後，火光在他的臉上投下一道陰影，幾乎給人一種戴著面具的感覺。

厄維遜往火裡又添了些木頭。

「要喝一杯嗎？」

「謝謝。」

厄維遜把酒遞給他，問道：「這一帶您很熟嗎，鬼豔先生？」

「幾年前我曾路過這兒。」

「真的嗎？」

「是的。這棟房子當時的主人叫作卡佩爾。」

「哦！是的，」厄維遜說，「可憐的德瑞克・卡佩爾，您認識他？」

「是的，我認識他。」

厄維遜的神態有一絲變化，這變化是如此細微，以致若不諳英國人性格的人幾乎覺察不到。在此之前，現場尚有些隱微的拘謹，而現在，它們統統被拋之腦後了。鬼豔先生認識德瑞克・卡佩爾，他是朋友的朋友，因此他的來歷有保證，而且眾人一致認可。

「那件事令人震驚，」他神祕地說道，「我們剛才正在談論。告訴您，買這棟房子完全違背我的初衷，如果當時有其他合適的房子……但就是沒有。卡佩爾自殺的那個晚上，我就在這棟房子裡，康威也在。說實在的，我一直期待卡佩爾的魂魄出現。」

「非常令人費解的一件事。」

鬼豔先生從容不迫地說道，隨即像個剛說完一句重要台詞以提示其他角色上場的演員一樣，停頓下來。

「的確令人費解，」康威插嘴說，「這件事是個十足的謎，永遠都是。」

「這我持疑，」鬼豔先生曖昧地說，「是的，理查爵士，您剛才說什麼？」

「這件事真令人震驚。這人正值壯年，生活快樂，心境輕鬆，無憂無慮。當時有五、六個老朋友陪著他，晚餐時他興致極高，滿心籌畫著未來。離開餐桌後，他直接上樓去自己房間，從抽屜裡拿出一把左輪手槍，開槍自殺了。為什麼？沒人知道，永遠不會有人知道。」

「這種說法是不是太草率了，理查爵士？」鬼豔先生笑著問。

康威盯著他。

「您什麼意思，我不懂。」

「一道難題尚未破解，不代表永遠無法破解。」

「哦！得了，老兄，如果當時毫無結果，現在也不可能有什麼結果。事情都過了十年了。」

鬼豔先生溫和地搖了搖頭。

「我不同意您的觀點。而您的看法也與歷史考據相悖。當代歷史學家寫出來的歷史未必比後一代學者寫出來的真實。問題在於有沒有找到合理的角度，理智地看問題……假如您認同的話。其實，就像其他事情一樣，這是個相對性的問題。」

艾歷．巴拓朝前探了探身子，他的臉痛苦地抽搐著。

「您說得對，鬼豔先生，」他大聲喊叫著，「您說得對。時間無法消除問題，它只是將問題以不同的面目重現。」

厄維遜寬容地微笑著。

「鬼豔先生，那麼您是想說，假如我們今晚打算開一個……比如說一個調查法庭，調查德瑞克．卡佩爾的死因，我們有可能發現當時就應該查知的真相？」

「很可能，厄維遜先生。捨去多數個人的偏見，您就會想起事情本來的面貌，而不會忙著加入您個人的解釋。」

厄維遜皺著眉頭，滿腹狐疑。

「當然必須有個起點，」鬼豔先生沉靜平和的聲音說道，「一個起點，通常就是一種揣測。我確信你們一定有某種揣測，您覺得呢，理查爵士？」

康威若有所思地皺了皺眉。

「哦，當然，」他歉然說道，「我們認為……自然而然我們都認為，這個事件一定牽扯到一個女人。一般說來，不是女人就是錢，不是嗎？這件事顯然與錢無關，不是這種麻煩。因此，還能是什麼呢？」

沙特衛先生吃了一驚。他傾身向前，想發表自己的一點意見，這時，他看見一個女人的身影，靠著樓上走廊的欄杆蹲著。她靠著欄杆縮成一團，除了他所坐的地方，從哪兒都看不見她，顯然她正緊張地注意聽著下面的談話內容。她一動也不動，沙特衛先生幾乎不敢確信他看到了。

但他輕而易舉地辨識出那件衣服的圖案……一種舊款的織錦。此人是艾莉娜．巴拓。

突然，今晚的一切事件都逐漸進入預定的路徑，鬼豔先生的到來不是個意外的偶然，而是一個演員聽到提示之後的出場表演。今晚，一齣戲就在羅伊斯頓的大廳裡上演，一齣再真實不過的戲碼，而且其中的一名演員是個死人。哦！是的，德瑞克．卡佩爾在這齣戲中軋了一腳。沙特衛先生對此相當篤定。

突然，沙特衛先生腦中再度燃起新的想法……這是鬼豔先生一手導演出來。是他導演這齣戲，提示演員何時該出場。他在這齣神祕劇的核心位置牽動絲線，讓木偶活動；他知曉一切，甚至樓上欄杆處蜷伏著的那個女人也無所遁逃。是的，他知道。

沙特衛先生在椅子上坐好，安然扮演聽眾的角色，觀看這齣戲在他面前上演。鬼豔先生不露聲色從容地牽動絲線，讓他的木偶們活動。

「一個女人，是的，」他若有所思地低聲說道，「在當晚的晚餐期間沒有提到任何女人嗎？」

「哦，當然有啦，」厄維遜喊道，「他宣布他訂婚了……這正是叫人完全無法理解的地方。他非常高興，說目前還不能宣布，但他暗示我們說他就要擺脫單身貴族的身分。」

「當然我們都猜到了那位女士是誰，」康威說，「馬潔莉．狄克，好女孩一個。」

似乎該輪到鬼豔先生發言了，但他未出一聲。他的沉默帶有一絲莫名的挑釁，彷彿對最後一句陳述有異議。康威因此防禦了起來。

「還有可能是誰呢，嗯，厄維遜？」

「我不知道，」湯姆．厄維遜慢慢地說，「他到底說了什麼。就是一些放棄獨身之類的話，還說在她還未首肯之前，他不能告訴我們那位女士的名字，說他目前還不能宣布。我記得，他說自己好幸運。他想讓他的兩位老友知道，明年此時，他就是個快樂的已婚男人了。

當然，我們猜測是馬潔莉．狄克。他們是很要好的朋友，他常常和她在一起。」

「只有一件事情……」康威欲言又止。

「你想說什麼，理查？」

「哦，我的意思是，假如那位女士是馬潔莉，那麼，說他們的訂婚消息當時不能宣布就有點奇怪了。我的意思是，為什麼要保密？我看比較可能是一個結過婚的女人，某位剛死了丈夫或正準備離婚的女子。」

「確實如此，」厄維遜說，「果真如此，婚約當然不能馬上宣布，你知道，回頭想想，當時卡佩爾和馬潔莉其實沒有經常往來。他們來往頻繁只是前一年的事。我記得我當時還在想，他們兩人好像冷淡了下來。」

「奇怪。」鬼豔先生說。

「是的，看起來好像是有第三者介入。」

「另一個女人。」康威沉思著。

「唉，」厄維遜嚷道，「你知道，那個晚上德瑞克近乎失態地興高采烈。他看起來完全陶醉在歡樂之中。而且——我不太能說清楚我真正的意思——看起來一副十足叛逆的樣子。」

「像個公然對抗命運的人。」艾歷．巴拓沉重地說。

他是在說德瑞克．卡佩爾，還是他自己？沙特衛先生看著他，結論傾向於後者。是的，這就是艾歷．巴拓所表現出來的氣質：一個對抗命運的人。

沙特衛先生的想像力被酒攪得迷迷糊糊，但他很快對這個暗示有了反應，它勾起了他的隱憂。

沙特衛先生朝上看了看。她仍在那兒注視著、傾聽著，一動不動，凝固了似的，像個死了的女人。

「完全正確，」康威說，「卡佩爾很興奮，相當興奮。我覺得他當時像個押了很大賭注而且大獲全勝的人。」

「可能他鼓起勇氣去做了他決心要做的事？」巴拓提示道。

彷彿被這些想法所感動，他站起來，為自己又倒了一杯酒。

「並不是。」厄維遜尖銳地說，「我可以發誓，他腦子裡一點這種想法也沒有。康威說得對。就像一個發跡的賭徒，在成功機會極小但可獲暴利的賭博中大獲全勝，使他幾乎不敢相信自己的好運氣。這就是他的心態。」

康威做了個沮喪的手勢。

「然而，」他說，「十分鐘之後……」

他們坐著，沉默不語。厄維遜的手砰的一聲砸在桌子上。

「在那十分鐘裡一定發生了什麼事，」他大聲說，「絕對錯不了！不過是什麼事呢？我們仔細回想一遍吧。當時我們都在交談。在談話當中，卡佩爾突然起身離開了房間……」

「為什麼？」鬼魅先生說。

這一打岔似乎讓厄維遜覺得困窘。

「對不起，您說什麼？」

「我只是問，為什麼？」鬼豔先生說。

厄維遜皺起眉頭，努力回憶著。

「那些郵件當時看起來並不重要，哦，那是當然。你們記不記得那段叮叮的鈴聲？我們當時是多麼激動。我們被雪困住了三天，記得嗎？多年來最大的一場暴風雪，所有的道路都不通，沒有報紙，沒有信件。卡佩爾出去看看是否有什麼東西送到了，結果拿了一大疊報紙和信件回來。他打開報紙看看有什麼新聞，然後拿著他的信上樓了。三分鐘之後，我們聽到了槍聲……令人匪夷所思，太莫名其妙了。」

「那有什麼匪夷所思的？」巴拓說，「當然是這位老兄在信中得知了一些意外的消息。我認為這很明顯嘛。」

「哦！別認為我們會忽略如此明顯的事情，這也是法醫最先問的問題。但是卡佩爾根本就沒有打開他的信。整疊都放在他的梳妝台上，完全沒拆封。」

巴拓顯得垂頭喪氣。

「你確信他沒有打開任何一封嗎？或許他看完之後毀掉了？」

「不，我很肯定。當然，那可能是最常見的答案。但每一封信都未拆封。沒有任何燒過的東西，沒有任何撕碎的東西，房間裡沒有生火。」

巴拓搖了搖頭。

「真是離奇。」

「總而言之，是件恐怖的事。」厄維遜低聲說，「康威和我聽到槍聲後即刻上了樓，發現了他，我可以告訴你們，真是嚇壞我了。」

「除了打電話報警之外，我想你們別無選擇吧？」鬼豔先生說。

「羅伊斯頓當時還沒有裝設電話，是我買下來之後才裝的。不過幸運的是，本地的一名員警當時正好在我們的廚房裡。有一隻狗前一天走失了。你記得可憐的老羅福嗎，康威？一位路過的馬車夫發現牠半埋在雪堆裡，就把牠帶到警察局。他們認出是卡佩爾的狗，而且是他非常喜歡的一隻狗，於是一名員警就把狗送來了。他在槍響前一分鐘剛到。這為我們省去了一些麻煩。」

「天哪，真是一場暴風雪，」康威回憶著，「大約是這個時節，不是嗎，一月初？」

「我想是二月。我想想看……因為之後我們很快就出國了。」

「我非常確信是一月。我的獵犬尼德……你記得尼德嗎？牠一月底跛了腳，正好在那件事之後發生。」

「那麼，必定是一月底了。真滑稽，年華似水，回憶日期竟然如此不易。」

「世界上最困難的事情之一，」鬼豔先生健談地說，「除非你能夠從一些聞名的大事件——王室要人被暗殺或是重大的謀殺案等等——裡面找到標的加以聯想。」

「嗯，對了！」康威喊道，「它剛好發生在阿普頓案之後。」

「緊接著發生，是嗎？」

「不，不，你難道忘了嗎？卡佩爾認識阿普頓一家，前一年春天他和那位老先生一起住了一段時間……直到他死前一個禮拜。他曾談起那位老先生，說他是個性情乖戾的老頭，還說對阿普頓夫人那樣年輕美貌的女人來說，被拴在他身邊一定是件非常可怕的事。那時根本沒人懷疑她殺了自己的丈夫。」

「嗯，沒錯。我記得在報紙上讀到這一段報導，說是當局下令開棺驗屍。那應該是在同一天。我記得我只花一半心思看這條消息，你知道，另一半淨想著陳屍在樓上的德瑞克。」

「這是一個普通卻又非常奇特的反應，」鬼豔先生評論道，「人在非常緊張的時候，注意力往往會集中在一些不怎麼重要的問題上。而且在之後很久還會精確無誤地記住。可以說，是當時那一刻的高度壓力將它們強行灌入腦海中。它可能是一些無關緊要的細節，比如壁紙的圖案，但它永遠不會被忘掉。」

「您這番見解相當獨特，鬼豔先生，」康威說，「就在您剛剛講話時，我突然覺得自己又回到了德瑞克．卡佩爾的房間。死掉的德瑞克躺在地板上，我看得很清楚；還有窗外的那棵大樹，以及投射在外面雪地上的樹影。是的，月光、雪花、樹影，這一刻我又看見它們了……天哪，我相信我能夠把它們畫出來！但我從未意識到我當時正在看著這一切。」

「他的臥房是走廊另一頭的那個大房間吧？」鬼豔先生問道。

「是的，那棵樹是棵高大的山毛櫸，就在車道的轉彎處。」

鬼豔先生點了點頭，一副滿意的樣子。沙特衛先生莫名其妙地不寒而慄。他確信鬼豔先生所說的每一個字、聲音的每一點變化都有其目的。他到底在暗示些什麼，沙特衛先生不知道，但他很肯定是誰在幕後操縱這一切。

短暫的沉默後，厄維遜又回到了先前的話題上。

「那起阿普頓案，我現在記得很清楚。當時轟動得不得了。那位夫人離開了，是吧？美人，非常美麗，亮麗出眾。」

沙特衛先生的眼睛不由自主地尋找樓上那個跪著的身影。不知是幻覺呢，還是他確實看見，那個身影似乎一下子退縮了點。他真的看見一隻手向桌布上滑去，然後停住了。

隨即傳來玻璃杯打碎的聲音——艾歷．巴拓去取威士忌時，不小心讓酒瓶滑落了。

「哦，先生，非常抱歉，不曉得我是怎麼搞的。」

厄維遜阻止了他。

「沒什麼，沒什麼，親愛的老弟。奇怪，剛剛玻璃打碎的破裂聲提醒了我。她就是這麼做的，不是嗎，那位阿普頓夫人？摔碎了波爾多葡萄酒的酒瓶？」

「是的。阿普頓每天晚上要喝一杯波爾多葡萄酒，只喝一杯。他去世的隔天，一名傭人看見她拿出那只細頸瓶，故意把它摔碎了。這一舉動當然引起傭人們議論紛紛。他們都知道和老阿普頓在一起她非常不快樂。謠言愈傳愈凶，結果幾個月後，他的一些親戚申請開棺驗屍。毫無疑問，老先生是被毒死的。砒霜，不是嗎？」

「不，是番木鱉鹼。是用什麼藥物沒有多大關係。哦，情況就是這樣。只有一個人有可能做這件事。阿普頓夫人因此而受到審判。她獲判無罪，與其說是因為有大量證據證明她的清白，倒不如說是因為缺乏控告她的證據。換句話說，她走運。是的，我認為，一定是她幹的，這沒有什麼好懷疑的。」

「她去了加拿大，我想……還是澳洲？她有一個叔叔之類的親戚在那兒，接納了她。這是她當時最好的選擇了。」

沙特衛先生的注意力被艾歷・巴拓的右手占據了，他的右手握著酒杯，握得那麼緊。

沙特衛先生想，假如你不當心，一會兒你就會弄碎它，天哪，這一切太有趣了。

厄維遜站起來，給自己倒了一杯飲料。

「看來，我們對於可憐的德瑞克・卡佩爾開槍自殺的原因還是沒有進展，」他評論道，「調查法庭並沒有取得多大的成功，是吧，鬼豔先生？」

鬼豔先生大聲笑了起來……

他笑得很奇怪，有譏諷的意味，然而又有些悲哀。每個人都嚇了一跳。

「對不起，」他說，「您依然生活在過去，厄維遜先生。您依然被束縛在您原先的成見中。但是我，一個局外人，一個路過的陌生人，看到的只是……事實！」

「事實？」

「是的，事實。」

「什麼意思？」厄維遜問。

「我看到的是一系列明顯的事實，你們自己概括了出來，卻沒看出其重要性。讓我們回到十年前，檢視一下我們所看到的，不要受看法和情緒的限制。」

鬼豔先生站了起來。他看起來很高，火光在他身後忽明忽暗地跳躍著。他的聲音低沉，語氣扣人心弦。

「當時你們在吃晚餐。德瑞克．卡佩爾宣布了他訂婚的消息。你們當時認為他的對象是馬潔莉．狄克，但你們現在也不太確定。他激動、焦躁不安，一副成功降服了命運的樣子，用你們的話來說，『他以絕對的差額大獲全勝』。後來傳來了門鈴聲。他出去拿回了遲到的郵件。他沒有打開信件，但你們自己提到他打開報紙瀏覽了一下新聞。時間是十年前，所以我們不知道那天有什麼新聞，一次遙遠的地震，一場逼近的政治危機？關於那份報紙，我們所知道的唯一內容就是，有個段落聲明內政部已於三天前同意掘出阿普頓先生的屍體。」

「什麼？」

鬼豔先生繼續說下去。

「德瑞克．卡佩爾上樓去了他的房間。在那兒他看到了窗外的某樣東西。理查．康威爵士告訴我們窗簾沒拉上，而且窗戶俯瞰那條車道。他看見了什麼？他看到的可能是什麼，竟迫使他了結自己的生命？」

「您這話什麼意思？他看見了什麼？」

「我想，」鬼豔先生說，「他看見的是一名警察。為了一隻狗而來的警察，但德瑞克．卡佩爾不知道這一點，他只看見了一名警察。」

眾人沉默半晌，彷彿需要一些時間接受這個推理。

「天哪！」厄維遜終於悄聲地說，「您不可能是那個意思吧？阿普頓……但阿普頓去世時，卡佩爾不在那兒呀。老先生單獨和他的妻子在一起……」

「但他可能一個星期前在那兒。番木鱉鹼並不是非常容易溶解，除非用氫化氯的形態。他把大量的番木鱉鹼放入波爾多葡萄酒中，預料它們會在最後一杯中被喝下，時間可能是在卡佩爾離開一個禮拜之後。」

巴拓向前跳了起來，聲音嘶啞，兩眼血紅。

「她為什麼摔碎酒瓶？」他喊道，「她為什麼摔碎酒瓶？告訴我！」

那天晚上，鬼豔先生首度對沙特衛先生說話。

「您的人生閱歷豐富，沙特衛先生，也許您能告訴我們為什麼。」

沙特衛先生的聲音有點顫抖。終於輪到他出場了。他將說出這齣戲中最重要的台詞。現在他是一個演員，不是旁觀者。

「就我看來，」他謙虛地低聲說，「她，喜歡德瑞克．卡佩爾。我認為，她是一個好女人，她把他打發走了。她的丈夫去世後，她對真相很懷疑，於是為了救她愛的那個人，她試圖毀掉對他不利的證據。後來我想，他說服了她，說她的懷疑沒有根據，因此她同意嫁給他。但即使到那時，她依然很猶豫……我覺得，女人直覺很強。」

沙特衛先生說完了他的台詞。

室內突然瀰漫一陣顫抖的長嘆聲。

「天哪！」厄維遜吃驚地叫道，「什麼聲音？」

沙特衛先生本來可以告訴他，這是樓上走廊裡的艾莉娜．巴拓，但他太堅持藝術性，以致不願破壞這個好效果。

鬼豔先生微笑著。

「我的車現在應該已經修好了。謝謝您的熱情招待，厄維遜先生。我希望我為我的朋友做了些事情。」

他們呆呆地盯著他，滿臉驚訝。

「這件事沒有打動你們嗎？他愛這個女人，愛到足以為她去殺人。當他錯誤地認為自己遭到報應時，他就了結了自己的生命。但他沒想到，他留下她來承擔其錯誤行為的後果。」

「她被宣布無罪了。」厄維遜喃喃地說。

「因為控告她的案子無法成立。我覺得這可能只是一種猜測，她仍然在承擔著錯誤行為的後果。」

巴拓陷入椅子裡，雙手掩面。

鬼豔轉向沙特衛先生。

「再見了，沙特衛先生。您對這齣戲很感興趣，對吧？」

沙特衛先生點了點頭，吃了一驚。

「我向您推薦一齣丑角戲。雖然如今它已經絕跡了，卻仍值得注意，我向您保證。它的象徵意義不太容易理解，但不朽的事物永遠不朽。大家晚安。」

他們看著他大步走向黑暗。像先前一樣，嵌在門上的彩繪玻璃映在他身上，給人一種丑角的感覺……

沙特衛先生上了樓。他去關上窗戶，因為冷。鬼豔先生的身影走下車道，這時從側門裡跑出一名女子的身影。他們說了一會兒話，然後她折回了屋裡。她正好從窗下經過，沙特衛先生又一次被她臉上的那份活力感動。她現在走起路來就像一個做著甜蜜幸福美夢的女人。

「艾莉娜！」

艾歷．巴拓擁住了她。

「艾莉娜，原諒我，原諒我，你告訴了我真相，願上帝寬恕我，我卻不相信……」

沙特衛先生儘管對別人的事情有著狂熱的興趣，但他同時也是個紳士。他意識到，他必須關上窗戶。於是他將窗子關上了。

但他關得非常慢。

他聽見了她的聲音，如此動聽，恍若無法形容。

「我知道，我知道。你曾經備受折磨。我也一度如此。愛……有時是信任有時是懷疑；既可以消除人的疑慮，又可以使之不懷好意地重現……我知道，艾歷，我知道……但有一個更可怕的地獄，我和你一起生活著的這個地獄。我看得出你的懷疑，你對我的恐懼。這些汙染了我們的愛情。那個男人，那個過客，救了我。我再也受不了了。今晚，今晚我本來準備自殺。艾歷……艾歷……」

02

玻璃上的人影

The Mysterious Mr. Quin

「聽聽這則消息。」辛西亞．德蕾琪夫人說。

她大聲讀著手裡的那份報紙。

「『安克頓先生和夫人本週在哥林偉府舉行宴會。客人有辛西亞．德蕾琪夫人、理查．史考特夫婦、波特少校（他也是特動爵爺）、司塔芙夫人、艾倫森上尉和沙特衛先生。』」

「這下可好，」辛西亞．德蕾琪夫人評論道，一邊把報紙扔到一旁。「知道我們參加的是什麼活動。但他們把事情弄得一團糟！」

她的同伴，也就是名列賓客名單上最後一位的沙特衛先生，眼神充滿疑問地看著她。據說，假如沙特衛出現在那些剛搬來的富人家中，就表示若非這家的料理超乎尋常地美味，就是一齣人生戲劇即將在那兒上演。沙特衛對朋友們的悲喜劇異常感興趣。

辛西亞夫人是位中年女士，嚴峻的臉上塗滿了化妝品。她把隨意放在自己膝上的那支最新款洋傘拿起來，飛快地輕敲了沙特衛一下。

「不要假裝你不懂我的意思。你明白得很。而且我相信你是故意來看熱鬧的！」

沙特衛強烈地表示抗議。他不明白她在說什麼。

「我說的是理查．史考特。你想假裝從未聽說過他嗎？」

「不，當然不是。他是個有影響力的人物，是嗎？」

「是的，巨熊和巨虎之類，正如一首歌中所唱的一樣。當然，目前他是個名人，安克頓夫婦自然發瘋般地想拉攏他。還有那個新娘！多麼迷人的孩子，哦！非常迷人的一個孩子，卻如此純真，只有二十歲，而他至少有四十五歲。」

「史考特夫人看起來非常迷人。」沙特衛平靜地說。

「是的，可憐的孩子。」

「為什麼這麼說？」

辛西亞夫人瞪了他一眼，繼續我行我素地探討那個正在爭論中的問題。

「波特沒什麼問題——儘管讓人乏味——是那種非洲獵人，他們全都沉默寡言，曬得黝黑。他是理查·史考特的助手，兩人一直是知交。當我想到這一點，我就相信那次旅行他們在一起。」

「哪一次旅行？」

「那次旅行。司塔芙夫人參與的那次旅行。接下來你會說從未聽說過司塔芙夫人。」

「我聽說過司塔芙夫人。」沙特衛幾乎是不情願地說。

他和辛西亞夫人交換了一下眼神。

「與安克頓夫婦簡直像極了，」後者哀嘆道，「他們徹底沒救了，我的意思是在社交上。竟然會有同時邀請那兩個人的念頭！當然他們聽說司塔芙夫人是位女運動員，又是一位旅行家等等，還有她的書。像安克頓夫婦這樣的人，甚至沒有意識到這兒有什麼陷阱！去年一年，我本人一直在為他們管家，我所經歷的事根本沒人知道。我必須隨侍在側。『別那樣做！你不能這麼做！』謝天謝地，現在我終於擺脫了。不是因為我們吵了架，哦！不，我從不吵架，而是別人剛好能接下這份工作。正如我一向所說，我能容忍粗俗，但忍受不了刻薄。」說了這一番令人費解的話之後，辛西亞夫人沉默了一會兒，反覆想著安克頓夫婦對她的苛刻。

「假如我還在為他們主管一切，」她馬上繼續說，「我就會很堅決並且很明白地說：『你們不可以同時邀請司塔芙夫人和理查．史考特夫婦一起來。她和理查．史考特先生曾經……』」

她意味深長地住口。

「但是他們真的曾經是……」沙特衛探詢道。

「我親愛的老兄啊！這是眾所周知的事情。那次到歐陸的旅行！我很驚訝那個女人還有臉接受邀請。」

「可能她不知道其他人要來。」沙特衛提示說。

「她可能知道。這很有可能。」

「你認為……」

「她是我所謂的危險女人，那種女人什麼都做得出來。這個週末我可不想處於理查．史考特那個位置。」

「你認為他的妻子對此一無所知？」

「這一點我很肯定。但是我想某個善意的朋友遲早會告訴她。那位朋友會是吉米．艾倫森。很好的一個青年。去年冬天在埃及他救了我，當時我無聊得要命。嘿，吉米，快來這兒。」

艾倫森上尉順從地走過來，跌坐在她旁邊的草皮上。他是個三十歲左右的英俊小夥子，牙齒雪白，笑容動人。

「我很高興有人需要我，」他說道，「史考特夫婦在表演卿卿我我的絕技，只需要兩個人，不需要三個人。巴拓在如饑似渴地讀《田野》，我差點就有被女主人招待的危險了。」

他大聲笑了。辛西亞夫人也和他一起笑了。沙特衛仍一臉嚴肅，在某些方面他有點守舊，所以很少在作客期間調侃男主人和女主人。

「可憐的吉米。」辛西亞夫人說。

「二話不說，溜之大吉。我差點就不得不聽那個家族鬼故事了。」

「安克頓家的鬼，」辛西亞夫人說，「真恐怖。」

「不是安克頓家的鬼，」沙特衛說，「是哥林偉家的鬼。他們買房子時一起買下來的。」

「當然，」辛西亞夫人說，「我現在記起來了。但是它沒有發出鎖鍊的噹啷聲吧？而是和一扇窗戶有關的什麼東西。」

吉米．艾倫森迅速地向上看了看。

「一扇窗戶？」

但是沙特衛並未馬上回答。他的目光越過吉米的頭，注視著從屋子裡出來正朝這兒走來的三個人影……一位苗條的女孩夾在兩名男子中間。這兩名男子外表相似，長得都很高大、黝黑，有著古銅色的臉龐，目光敏銳，但是稍微仔細一看，這種相像處就消失了。理查・史考特是個獵人兼探險家，個性十分活潑，渾身散發著磁力。約翰・波特——理查的朋友及狩獵同好——長著一張非常呆板的臉，毫無表情，一雙沉思的灰眼睛。他是個安靜的人，一直滿足於擔任他朋友的副手。

走在這兩個男人中間的是茉拉・史考特，她在三個月前還是茉拉・奧康奈。苗條的身材，一雙褐色大眼睛充滿了嚮往，一頭金紅色秀髮像聖徒的光環般環繞著她小巧的臉龐。

「那個孩子一定不能被傷害，」沙特衛自言自語，「如果傷害這樣一個孩子，那真是可惡。」

辛西亞夫人揮了揮她那把新式的洋傘，招呼了新來的客人。

「坐下，別插嘴，」她說，「沙特衛正在說鬼故事。」

「我喜歡聽鬼故事。」茉拉・史考特說，她在草地上坐下。

「哥林偉家的幽靈？」理查・史考特問道。

「是的。你知道這件事嗎？」

史考特點點頭。

「我以前住在這兒。」他解釋道，「在艾略特夫婦不得不賣掉之前。小心守望的保皇黨人，是嗎？」

「小心守望的保皇黨人，」他的妻子柔聲說道，「我喜歡。聽起來很有趣。請繼續講。」

但是沙特衛似乎不願意講下去。他向她保證，這個故事根本沒那麼有趣。

「你現在騎虎難下，沙特衛，」理查諷刺地說，「你的勉強更吊人胃口。」

在大家的強烈要求下，沙特衛只好被迫講這個故事。

「這實在很無趣，」他抱歉地說，「我想原來的故事主要和艾略特家族的一位保皇黨先人有關。他的妻子有一個圓顱黨[2]的情人。情人在樓上的房間裡殺死了丈夫，然後這對有罪的情侶就逃跑了，但是當他們逃走時，兩人回頭望了這棟屋子，卻看見那位死去丈夫的臉正在窗口望著他們。傳說是這樣，但實際上，這個鬼故事只與某個房間窗戶上的一塊玻璃有關。這塊玻璃上有處不規則的汙痕，在近處幾乎覺察不到。但從遠處看的話，確實給人一種一個男人的臉在向外張望的感覺。」

「是哪一扇窗戶？」史考特夫人問，並抬頭眺望那棟房子。

「你從這兒看不見。」沙特衛說，「是在另一邊。但是幾年前從裡面用木板釘死了，確切地說，我想是四十年前。」

「他們為什麼這麼做？我記得你說過鬼魂是不走路的。」

2　圓顱黨（Roundhead），一六四二至五二年英國內戰期間的議會派份子，其頭髮都剪短，以區別於長髮的保皇黨人。

「是不走路，」沙特衛向她保證。「我想，哦，我猜是人們對此產生了一種迷信的感覺罷了。」

然後，他很嫻熟地成功引開了話題。吉米・艾倫森已經準備好要講述埃及沙地占卜者的故事。

「騙子，他們大部分都是。隨時準備告訴你一些模糊的往事，而對未來不做任何承諾。」

「我想情況通常是顛倒過來的。」約翰・波特表示。

「在這個國家，預言未來是違法的吧？」理查說，「茉拉曾經說服一個吉普賽人幫她算命，但是那個女人把錢還給茉拉，說這不行，或是表示類似的意思。」

「可能是她看到了什麼非常可怕的東西，以至於她不想告訴我。」茉拉說。

「別過分渲染痛苦，」史考特夫人，」艾倫森輕輕地說，「舉個例說，我就不相信不祥的命運正籠罩著你。」

我懷疑，沙特衛心想，我懷疑……

他突然抬頭看了看。兩位女士正從房子裡走過來。其中一位身材矮小、體格健壯、黑髮，穿著淺綠色的衣服，顯得不得體；另一位身材修長，穿著乳白色的衣服。前者是女主人安克頓夫人，後者沙特衛常常聽說，但從未見過。

「這位是司塔芙夫人，」安克頓夫人以非常滿意的語氣大聲宣布道，「我想，所有的朋友都在這兒了。」

「這些人對講述可怕的傳說，有著不可思議的天賦。」辛西亞夫人喃喃說道。

但是沙特衛並未聽她說話，他正注視著司塔芙夫人。

非常大方，非常自然。

她從容地說道：「你好，理查，多年不見了。抱歉我沒能來參加你的婚禮。這是你太太嗎？你一定厭倦了見你丈夫這些飽經風霜的朋友。」

茱拉的反應得體，有些害羞。接著，司塔芙夫人敏銳讚許的目光輕輕地落在另一位老朋友身上。

「你好，約翰！」同樣自然的語調，但其中有些微妙的差別，有一種先前沒有的溫情。

接著是那突然的微笑。這微笑使她變了樣。辛西亞夫人說得很對。一個危險的女人！深藍色的眼睛，皮膚非常白皙……不是妖豔女人那種傳統的膚色，還有一張近乎狂野的臉龐。一個有著慵懶的聲音和懾人微笑的女人。

艾莉絲．司塔芙坐了下來。她自然而然成了這群人的焦點，而且讓人感覺將持續如此。

波特少校建議去散步的聲音把沙特衛先生從沉思中喚了回來。一般來說，沙特衛不太喜歡散步，但他默默接受了這個建議。兩人穿過草地信步閒逛。

「你剛剛講的故事非常有趣。」少校說。

「我帶你去看那扇窗戶。」沙特衛說。

他帶頭朝房子的西側走去。這兒有一個格局整齊的小花園——祕密花園，人們向來如此稱呼它。這個名字有些由來，因為花園四周被高大的冬青籬笆圍繞著，甚至花園入口的之字形小道四周也長滿了同樣高大的多刺樹籬。

身處其中，你會感到它有一種古色古香的魅力：格局整齊的花床，鋪著石板的小徑，低矮的石凳，精雕細琢，令人著迷。當他們到達花園中心時，沙特衛轉過身來，朝上指著那棟房子。哥林偉莊是東西走向的長型屋，在這堵窄窄的西牆上只有一扇窗戶，開在二樓，幾乎爬滿了常春藤。窗格玻璃汙跡斑斑，並被木板釘死了。

「目的地到了。」沙特衛說。

波特伸長脖子往上望。

「嘿，我看見其中一塊玻璃上有些汙漬，僅此而已。」

「我們站得太近了，」沙特衛說，「在林子裡有一塊空地，位置較高。在那兒，你可以看得很清楚。」

他帶路出了花園，向左一個急轉彎，馬上進了林子。他心中充滿了一種炫耀的熱情，幾乎未注意到他旁邊那個人心不在焉。

「當然，他們封了這扇窗後，又另開了一扇窗。」他解釋道，「新窗戶朝南，俯瞰我們剛剛坐過的那片草地。我想史考特夫婦睡在那個有問題的房間。這就是我剛才不願意繼續那個話題的原因。史考特夫人假如發現她睡在一個可能鬧鬼的房間，也許會神經緊張。」

「是的，我懂。」波特說。

沙特衛飛快地看了他一眼，意識到自己說的話這個人一個字也未聽見。

「非常有趣，」波特用拐杖亂抽著高大的毛地屬植物，皺著眉說道，「她不該來，永遠不該來。」

人們經常如此對沙特衛說話。他不太介意，而且消極以對。他是一個好聽眾。

「是的，」波特說，「她永遠不該來的。」

沙特衛直覺他指的不是史考特夫人。

「你認為不應該？」他問道。

波特搖了搖頭。好像有什麼不祥的預感。

「那次旅行我也在，」他突然說，「我們三個人一起去的。史考特、我和艾莉絲。她是個令人驚嘆的女人，簡直是個神槍手。」他停頓一下。「他們為什麼邀請她？」他的話戛然而止。

沙特衛聳了聳肩。

「不知道。」他說。

「會有麻煩的。」波特說，「我們必須隨時待命，盡力而為。」

「不過，想必司塔芙夫人……」

「我指的是史考特。」波特停頓了一下。「你知道，我們得考慮到史考特夫人。」

沙特衛一直在擔心史考特夫人，但是他覺得沒必要說出來，因為剛才波特顯然完全忘了她的存在。

「史考特是怎麼遇見他太太的？」他問道。

「去年冬天，在開羅。很快就如膠似漆。他們認識三星期後訂婚，六星期後結婚。」

「我覺得她非常迷人。」

「是的，毫無疑問。他愛她，但是這沒什麼差別。」接著約翰．波特又開始自言自語，重複著對他來說只意味著某個人的那個代名詞。「該死，她不該來……」

就在這時，他們走上了屋子不遠處一個高起的小草丘。出於一種擅長吸引觀眾注意力的自豪，沙特衛伸出手臂指向前方。

「看。」他說。

天色很快暗了下來。窗戶的能見度還很高，一張男人的臉貼在其中一塊玻璃上，頭上戴著一頂插著羽毛的保皇黨帽子。

「很奇妙，」波特說，「真是非常奇妙。假如有一天那塊玻璃被打碎了，那會怎樣呢？」

沙特衛微微笑了起來。

「這是本故事最精采的部分。就我所知，那塊玻璃至少被換過十一次，說不定還更多。最後一次是十二年前，當時這棟房子的主人決定打破這個謎，但是一切如昔。那個汙漬總是會再次出現，不是馬上，而是漸漸擴散開來。一般需要一兩個月。」

波特首度表示出真正的興趣。他突然打了個寒顫。

「這些事情太奇怪了，根本無法解釋。把這個房間從裡面封起來的真正原因是什麼？」

「哦，傳說那個房間不吉利。厄維遜夫婦正要離婚前就住在那個房間。然後是史坦。住這房間的那段期間，他和那個在歌舞隊的情婦私奔了。」

波特挑了挑眉毛。

「我明白了。不是生命危險，而是道德上的危險。」

「而現在，」沙特衛自言自語地說，「史考特夫婦住在那裡，我不曉得……」

他們沉默不語地順著原路返回了房子，兩人無聲地走在柔軟的草皮上，各自沉浸在自己的思緒中。突然，他們聽到有人在說話。

當聽到艾莉絲．司塔芙憤怒、清晰的聲音從花園深處傳來，他們正好在冬青籬笆附近。

「你會後悔的，為這件事後悔的！」

史考特的回答低沉、模糊，聽不出他說了些什麼。然後又是女人的聲音，她所說的話他們後來記得很清楚。

「嫉妒，會使人產生心魔，那是一種魔障！它會使人成為殘忍的殺人凶手。當心，理查，看在上帝的份上。當心！」

說完這些話，她從他們面前的花園裡冒了出來，朝房子角落走去。她沒看見他們，她的步伐走得很快，幾乎像是在跑，猶如被噩夢纏身似地困擾。

沙特衛又想起了辛西亞夫人的話。一個危險的女人。他首次有一種不幸的預感，這種感覺來得迅速而殘酷，令人無法駁斥。

然而那天夜晚，他為自己的擔心感到羞愧。看起來一切如常，令人愉快。司塔芙夫人從容自如，看不出一絲緊張。茱拉·史考特仍是一貫的迷人、真摯。兩個女人看起來相處得非常好。理查則是興高采烈。

最愁眉苦臉的是身體結實的安克頓夫人。她向沙特衛吐露了全部心事。

「不管你認為我是否愚蠢，有件事情讓我不寒而慄。我坦白告訴你，我要請一個玻璃工來，不讓納德知道。」

「玻璃工？」

「給那扇窗戶裝塊新玻璃。那塊玻璃倒是很好，納德為此感到自豪，說它賦予這棟房子某種情調。但我不喜歡。坦白跟你說，我們要換一塊漂亮、清晰、時髦的玻璃，背後沒有任何亂七八糟的傳說。」

「你忘了，」沙特衛說，「或者你可能不知道。汙漬會重新出現。」

「那只是可能而已，」安克頓夫人說，「我只能說，果真如此，那是反常的！」

沙特衛挑了挑眉毛，並未回答。

「就算會，那又怎麼樣？」安克頓夫人挑釁地追問道，「我們，納德和我，還不至於窮到支付不起每個月一塊玻璃的費用，若有需要，每個星期一塊也行。」

沙特衛並未迎接這項挑戰。他見過太多東西在金錢的力量下不堪一擊，潰不成軍，所以他不相信一個保皇黨人的鬼魂能打贏這場戰鬥。儘管如此，安克頓夫人過分的不安還是引起了他的興趣。甚至她也未能免於受到這緊張氛圍的影響，但她只歸因於一個已褪色的鬼故事，而不是賓客之間個性的衝突。

命運注定下，沙特衛又聽見了一個對話的片段，這使情況更為明朗化。他正走上寬闊的樓梯準備就寢，約翰．波特和司塔芙夫人一塊坐在大廳的凹室裡。她正在說話，美麗的聲音中微微有些惱怒。

「我根本不知道史考特夫婦會在這兒。我敢說，要是我知道，我絕對不會來。但是我向你保證，親愛的約翰，既然我在這兒了，我就不打算逃走……」

沙特衛繼續在樓梯上走著，漸漸地聽不到什麼了。他心想：「我懷疑她那一番話的真實性有多少，她知道嗎？不曉得將會發生什麼事情。」

他搖了搖頭。

在清晨明淨的光線中，他覺得自己昨晚的猜想可能有點誇張。出於一時的緊張，是的，一定是這樣，在這種情況下那是無可避免的，但也僅此而已。人們會自我調適。會有大難臨頭的感覺是因為神經緊張，必定是神經質而已，或可能是興奮過頭。是的，就是這樣。他預定兩週之後抵達卡爾斯巴德。

那天晚上，就在天色漸暗的時候，他提議散一下步。他向波特少校建議說他們應該到那塊空地去，看一看安克頓夫人是不是言行一致，換了一塊新玻璃。同時他心想：「運動，正是我需要的，運動。」

兩個男人邊走邊聊。波特像往常一樣，沉默寡言。

「我禁不住覺得，」沙特衛喋喋不休地說，「我們昨天的臆測有點兒好笑。預料會……嗯，發生麻煩。不管怎樣，人們必須注意自己的行為，學著壓抑他們的感情。」

「也許吧，」波特說。一兩分鐘後，他又加了一句：「對有教養的人而言。」

「你的意思是……」

「生活在文明之外很久的人，有時候會回頭……或說走回頭路，隨便你叫它什麼。」

他們來到了那個草丘上。沙特衛呼吸急促。他從來就不喜歡爬山。

他朝那扇窗戶看去。那張臉依然在那兒，比以前更加逼真。

「看來我們的女主人後悔了。」

波特只是草率地瞄了一眼。

「我猜是安克頓大發脾氣了，」他漠然地說，「他是那種可以為另一個家族的鬼魂自豪的人，而且不打算在為此破費後又冒險趕走它。」

他沉默了一兩分鐘。雙眼直視圍繞著他們的茂盛灌木，而非那棟房子。

「你是否曾經想過文明是十分危險的？」他問道。

「危險？」如此創新的見解，令沙特衛大為震驚。

「是的。沒有安全閥[3]。」

他突然轉過身去。他們沿著原來的那條小路走下去。

「我實在聽得一頭霧水，」沙特衛邊說邊邁開敏捷的步伐小跑步起來，以便跟上大步行走的波特。「理性的人……」

波特放聲大笑，他的笑聲短促不安，然後他看著身旁這個矮小規矩的紳士。

「你認為我在胡言亂語嗎，沙特衛？但是，你知道的，確實有人能告訴你風暴什麼時候會來臨。他們能提前感應到。還有一些人能預言災難的降臨。現在就有災難即將降臨，沙特衛，大災難。它可能隨時到來，它可能……」

突然他停下腳步，緊緊抓著沙特衛的手臂。就在那緊張的寂靜時刻，傳來了兩聲槍響，接著是一聲尖叫，一個女人的尖叫。

「天哪！」波特喊道，「它已經來了。」

他衝下小徑，沙特衛氣喘吁吁地跟在後面。不一會兒，他們來到緊挨著花園樹籬的草地上。就在同一時刻，理查和安克頓先生從房子的另一個角落走過來。兩邊的人都停下腳步，面對面，分別站在花園入口的左側和右側。

「從那兒傳來的。」安克頓有氣無力地用手指著說。

3 比喻人們藉以發洩心中怒氣、緊張情緒、過剩精力等的途徑或事物。

「我們必須去看看。」波特說。

他帶頭走向那塊籬笆圍起來的地方。當他繞過最後一個冬青彎道時，停住了腳步，站在那裡呆若木雞。沙特衛越過他的肩頭仔細凝視。理查一聲驚呼。花園裡有三個人，一男一女躺在那個石凳附近的草地上，第三個人是司塔芙夫人。她站在冬青籬笆旁邊，離他們非常近，目光正盯著他們，眼神充滿恐懼，右手握著什麼東西。

「艾莉絲，」波特驚叫，「艾莉絲，天啊！你手裡拿的是什麼？」

她向下看了看，表情有點訝異，令人難以置信的冷漠。

「一把手槍，」她驚訝地說。然後彷彿過了很久很久——實際上只有幾秒鐘——她又說：「我把它撿起來。」

沙特衛走到安克頓和史考特跪著的草皮上。

「醫生，」史考特喃喃說道，「我們必須找位醫生。」

但為時已晚。老抱怨那些「用沙子算命的占卜師總對未來語焉不詳」的吉米．艾倫森，以及吉普賽人曾退還給她一先令的茉拉．史考特。兩人皆躺在那裡靜止不動。

理查．史考特簡單地查看一下屍體。這個男人沉著勇敢的本質，在關鍵時刻表現出來。第一聲痛苦的驚呼之後，他旋即鎮定自若。

他輕輕地將他妻子放下。

「是從後面射中的，」他扼要地說，「子彈正好穿過她的身體。」

然後他查看了吉米・艾倫森。傷口在胸部，子彈卡在他體內。

約翰・波特朝他們走來。

「別動任何東西，」他堅決地說，「警方必須看到完整的現場。」

「警方。」理查說。

他看著站在冬青籬笆旁的那個女人，眼睛突然一亮。他朝那邊邁了一步，但同時約翰・波特也動了一步，攔住了他的去路。一時之間，看起來好像兩個好朋友在進行一場對峙。

波特非常平靜地搖了搖頭。

「不，理查，」他說，「情況看起來是這樣，但你錯了。」

理查舔了舔他乾裂的嘴唇，艱難地說：「那她手裡為什麼會有槍？」

艾莉絲・司塔芙夫人又一次用毫無生氣的語調說道：「是我……撿的。」

「警方，」安克頓提高了嗓門。「我們必須派人去報警，馬上去。你去打電話好嗎，史考特？應該有個人在這兒守候著，是的，我確信應該有個人待在這兒。」

沙特衛以他文雅的紳士風度表示願意留下。男主人接受了他的請求，明顯鬆了一口氣。

「女士們，」他解釋說，「我必須把這個消息告訴女士們，辛西亞夫人和我親愛的妻子。」

沙特衛留在花園裡，低頭看著曾經是茉拉・史考特的那具屍體。

「可憐的孩子，」他自言自語地說，「可憐的孩子……」

他暗自引述了一句名言：「邪惡的男人生活在他們周圍」。難道理查．史考特不應為他無辜妻子的死負責嗎？他猜他們會絞死艾莉絲．司塔芙。他不願意這樣想，但至少這個男人也要負部分責任吧？那些男人所做的邪惡事……而那個女孩，那個無辜的女孩，為此付出了代價。

他無限憐惜地看著她。她小巧的臉如此蒼白，對生命充滿嚮往，嘴邊仍掛著一抹微笑。波浪起伏的金髮，纖小的耳朵，耳垂上有一點血跡。自覺像個偵探似的，沙特衛推斷出在她倒下的時候，一個耳環被扯掉了。他朝前伸長了脖子，是的，他是對的，在她的另一隻耳朵上垂著一粒小珍珠墜子。

可憐的孩子。可憐的孩子。

§

「注意，先生們。」溫克飛警官說。

此時他們在書房裡。四十多歲、機敏強勢的警官正在總結他的調查。他詢問了大部分賓客，到目前為止，對於這個案子，他心裡已經很有把握了。此刻他正在聽波特少校和沙特衛的說法。安克頓先生沉重地坐在一張椅子上，眼睛睜得大大的，盯著對面的牆。

「據我了解，先生們，」警官說道，「你們當時去散步了。你們是順著所謂祕密花園左側的那條小路返回屋子，對吧？」

「非常正確，警官。」

「你們聽見兩聲槍響，還有一個女人的尖叫？」

「是的。」

「然後你們以最快的速度從林間跑出去，衝向花園入口。假如有人要離開花園，只能從這個入口出去。那些冬青灌木叢無法通行。假如有人從花園裡跑出來向右轉，那麼他一定會碰到安克頓先生和史考特先生；而假如他向左轉，他不可能不被你們撞見，對吧？」

「是這樣沒錯。」波特少校說。

他的臉色非常蒼白。

「看來事情解決了，」警官說，「安克頓先生和夫人，與辛西亞夫人坐在草地上，史考特先生在面對那片草地的撞球室裡。六點十分時，司塔芙夫人從房子裡出來，和坐在草地上的三個人說了一兩句話，然後繞過屋角朝花園走去。兩分鐘後，大家聽見了槍聲。史考特先生衝出房子，和安克頓先生一起跑向花園。同時，你和……呃，沙特衛先生從相反方向也到達了。司塔芙夫人站在花園裡，手裡握著那把射出兩發子彈的手槍。就我看來，她先從後面射中了當時坐在凳子上的史考特夫人。然後艾倫森上尉一躍而起，朝她撲過去。當他靠近她時，她射中了他的胸部。我聽說她和理查先生之間曾有過一段舊情。」

「全是謊言。」波特說。

他洪鐘般的聲音，沙啞而且充滿挑釁。警官一語未發，只是搖了搖頭。

「她本人怎麼說？」沙特衛問道。

「她說她進了花園，想靜一靜。就在她剛要繞過最後一段籬笆時，聽見了槍聲。她拐過彎來，看見她的腳下躺著一把手槍，就把它撿起來。沒人撞見她，她也沒在花園裡看到任何人，除了兩名受害者。」警官意味深長地停頓一下。「這是她的說法……儘管我警告過她，她依然堅持做筆錄。」

「假如她是這樣說的，」波特少校說，他的臉色依然慘白。「她講的必定是事實。我了解艾莉絲．司塔芙。」

「唉，先生，」警官說道，「我們晚一點會有充足的時間來調查這一切。就這樣了，我還有職務在身。」

波特突然轉身面對沙特衛。

「你！你幫不上忙嗎？你不能做些什麼嗎？」

沙特衛先生不禁覺得受寵若驚。他是現場的眾男人中最不起眼的一個，此刻竟然被約翰．波特這樣一名男子懇求。

他正準備開口表示歉意，這時男管家湯普森進來了，托盤裡盛著拿給主人的一張名片，同時抱歉地咳了一下。安克頓先生仍然蜷坐在椅子裡，並未參加大家的談話。

「我告訴這位先生說您可能無法見他，先生，但他堅持和您有約，而且事情很緊急。」

安克頓把名片拿過來。

「哈利・鬼豔先生，」他唸道，「我記起來了。他是為了一幅畫來見我的。我的確約過他，但是現在……」

沙特衛頓時跳了起來。

「你說的是哈利・鬼豔先生？」他喊道，「多麼不可思議，真是太不可思議了。波特少校，你問我能否幫助你。我想我能幫你。這位鬼豔先生是位朋友，或者我應該說，是我的一位舊識。他是一個非常不同凡響的人。」

「業餘偵探之類的吧，我想。」那位警官輕蔑地說。

「不，」沙特衛說，「他不是那種人。但他有一種力量，一種類似超人的力量，能展示眼前事物的真相，讓你明白你親耳聽到的東西。無論如何，我們先告訴他這個案件的梗概，聽聽看他怎麼說。」

安克頓瞄了警官一眼，警官輕蔑地哼了一聲，眼睛望著天花板。隨後安克頓向湯普森點了一下頭，湯普森立即離開房間，帶回一個高大修長的陌生人。

「安克頓先生？」陌生人握了握他的手。「很抱歉在這樣一個場合打擾您。我們必須把那幅畫的事放到下次了。啊！我的朋友，沙特衛先生。還像以前一樣喜歡戲劇？」

當他說到最後幾個字時，唇邊隱約浮起了一絲微笑。

「鬼豔先生，」沙特衛激動地說道，「我們這兒正上演一齣戲，我們是其中一份子。我和我的朋友波特少校，都想聽聽你對此事的看法。」

鬼豔先生坐了下來。通紅的燈光在他的花格子大衣上投下一道寬廣的彩光，他的臉罩在陰影中，好像戴了面具似的。

沙特衛簡明扼要地複述這齣悲劇的主要情節。之後他停下來，屏氣靜待鬼豔先生的開示。

但鬼豔先生只是搖了搖頭。

「一個悲慘的故事，」他說道，「一個非常悲慘又令人震驚的悲劇。動機的缺乏使它更加引人入勝。」

安克頓盯著他。

「您不了解，」他說，「有人聽見司塔芙夫人威脅理查。她實在嫉妒極了他的妻子，嫉妒……」

「我同意，」鬼豔先生說，「嫉妒或是瘋狂的占有欲，全是同一回事。但是您誤解我的意思了。我不是指殺死史考特夫人的凶手，而是在說殺死艾倫森上尉的凶手。」

「對呀，」波特大叫，一躍而起。「這兒有個漏洞。假如艾莉絲企圖射死史考特夫人，她會把她單獨帶到什麼地方。不對，我們搞錯了方向。我想我找到了另一種答案。只有他們三個人進了花園，這點是大家達成共識的。我不準備提出異議。但是我以不同的方式重新描述這場悲劇。假設吉米．艾倫森先射殺史考特夫人，然後再自殺。有這可能，不是嗎？他倒下的時候扔掉了手槍，司塔芙夫人發現地上有把槍，就撿了起來，正如她自己所說。這麼說如何？」

警官搖了搖頭。

「站不住腳，波特少校。假如艾倫森上尉是在近距離開槍，那麼衣服上必定會有燒焦的地方。」

「他可能是在一臂之外開槍的。」

「為什麼他要這樣做？這樣沒有任何意義。再說，也沒有動機。」

「可能他突然失去了理智。」波特喃喃地說，但一點也不篤定。

他又沉默了，然後又站起來不服輸地說：「嗯，鬼豔先生？」

後者搖了搖頭。

「我不是魔術師，甚至不是犯罪學家。但是我要告訴你一件事，我相信印象的價值。在任何關鍵時刻，總有一個比其他時刻更清晰的瞬間印象刻在腦海中，總有一個畫面在其他畫面已模糊的時候依然留在那裡。我認為，沙特衛可能是在場所有人當中最沒有偏見的旁觀者。沙特衛先生，您是否能回憶一下，告訴我們您印象最深刻的那個瞬間是什麼？是您聽到槍聲的那一瞬間？或是第一眼看到死者的那一剎那？還是第一眼看到手槍在司塔芙夫人手裡的那一刻？清除您腦子裡所有預設的判斷，然後告訴我們。」

沙特衛注視著鬼豔的臉，就像一個學童要背誦一篇自己不太有把握的課文。

「不，」他緩緩地說，「都不是。我會永遠記得的那一刻，是後來我獨自站在屍體旁俯視史考特夫人的時候。她側躺著，頭髮凌亂，耳垂上有一點血跡。」

一說完，他馬上意識到自己說了一個非常重要的事實。

「她耳朵上的血跡？沒錯，我記得。」安克頓緩緩說道。

「她的耳環一定在她倒下的時候被扯掉了。」沙特衛解釋道。

但是他說的事情聽起來不大可能。

「她朝左側躺著，」波特說，「我猜是左耳？」

「不，」沙特衛迅速說，「是右耳。」

警官咳了一下。

「我在草叢中找到了這個東西。」他說，手上拿著一枚金絲環。

「但是，天哪，」波特喊道，「只是摔一下，不可能把耳環摔成碎片。那更像是用子彈射掉的。」

「是的，」沙特衛大聲喊道，「是顆子彈。一定是。」

「只有兩聲槍響，」警官說，「一發子彈不可能擦過她的耳朵，同時又射中她的背部。假如第一發子彈射掉了她的耳環，那麼第二發子彈不可能射中她又同時射中艾倫森上尉，除非他站在她面前很近的地方，近到可能面對著她。哦！不，即使這樣也不可能，除非……」

「除非她在他懷中，您是想這麼說吧，」鬼豔先生帶著一絲奇怪的微笑說，「唉，為什麼不可能呢？」

大家面面相覷。艾倫森和史考特夫人在一起的這個念頭對他們來說太奇怪了，安克頓先生說出了大家共同的疑問。

「但是他們幾乎不認識對方。」他說。

「誰知道？」沙特衛若有所思地說，「他們可能比我們所以為的更了解對方。辛西亞夫人說，艾倫森去年冬天在埃及替她解了不少悶，還有你，」他轉向波特。「你告訴我理查・史考特去年冬天在開羅遇見他太太。艾倫森和史考特夫人實際上在那裡時就很熟了……」

「他們似乎不常在一起。」安克頓說。

「對，他們確實有點迴避對方。現在我想起來，兩人幾乎是刻意如此。」

他們都看著鬼豔先生，他似乎對如此意外得出的結論感到有點吃驚。

鬼豔先生站了起來。

「你們看，」他說，「沙特衛先生的印象幫了我們的忙。」他轉向安克頓說：「現在該您了。」

「嗯？我不明白。」

「我走進這房間的時候，您一副心事重重的樣子。我想確切知道是什麼顧慮使您心神不寧。不用擔心它是否與這場悲劇無關，不用擔心它是否……迷信，」安克頓先生微微一驚。

「告訴我們吧。」

「我並不介意告訴你們，」安克頓說，「儘管它與這個案子無關，而且你們可能會嘲笑我。我希望我太太平安無事，同時也沒有換掉鬧鬼的那扇窗戶的玻璃。我覺得這樣做可能會帶來詛咒。」

他無法理解為什麼坐在他對面的兩個男人這樣盯著他。

「但是她還沒換掉那塊玻璃啊。」沙特衛終於說道。

「不，她換掉了。那是傭人今天早上做的第一件事。」

「天哪！」波特說道，「我開始明白了。我猜，那個房間是用嵌板裝潢，而不是貼了壁紙？」

「是的，不過那……」

但是波特已經衝出了房間。其他人跟著他。他上樓直接去史考特夫婦的臥室。房間很迷人，四周的嵌板是乳白色，兩扇窗戶朝南。波特用手摸著西面那面牆上的嵌板。

「在某個地方有個彈簧，一定有。啊！」

一聲喀嚓，一塊嵌板掀了起來。那扇鬧鬼的窗戶上汙跡斑斑的玻璃盡在眼前。其中一塊玻璃嶄新明亮。波特迅速彎下腰，拾起某樣東西，把它攤在手掌上，是一片鴕鳥羽毛。然後他看了看鬼豔先生。鬼豔先生點了點頭。

他走向臥室的置帽櫃。那兒有許多帽子……那個去世女人的帽子。他拿出一頂闊邊帽，上邊有捲曲的羽毛，是一頂做工精細的艾斯科特帽。

鬼豔先生以溫和、沉吟的嗓音開口說話。

「假設，」鬼豔先生說，「有個男人生性嫉妒心強，他昔日曾在這兒住過，並且知道嵌板上彈簧的祕密。為了好玩，有一天他打開嵌板，向外朝花園望去，看見了他的妻子和另一個男人，儘管他們兩人認為在那兒不會被人看到。他認定他們兩人有某種關係。他怒不可遏。他該怎麼辦？突然他靈機一動，走到置帽櫃那兒戴起那頂羽毛闊邊帽。天色暗了下來，他想起了玻璃汙跡的故事。任何一個朝上看那扇窗戶的人，都會認為自己看到的是守望的保皇黨人。他就這樣靜靜看著他們，然後在他們擁抱的瞬間，他扣動了扳機。他是一個傑出的神射手。他們倒下時，他又開了一槍，這一槍射掉了耳環。他把手槍從窗戶扔到花園裡，然後衝下樓，穿過撞球室跑了出去。」

波特向前朝他走了一步。

「而他會害她被控告！」他大喊道，「他袖手旁觀，讓她承擔罪名，為什麼？為什麼？」

「我想我明白為什麼，」鬼豔先生說，「我猜，這只是我個人的猜測而已。聽我說，那位理查曾經瘋狂地愛著艾莉絲．司塔芙，如此地瘋狂，以至於幾年後遇見她時，還會喚起他嫉妒的餘燼。我想艾莉絲一度認為她可能愛他，所以她和他還有另一個人一起去打獵，但回來後她愛上了更好的那個男人。」

「更好的那個男人？」波特喃喃地說，茫然不知所措。「您是說……」

「是的，」鬼豔先生說，微微笑了笑。「我指的是您。」他停頓了一下，然後說，「假如我是您，我現在就去找她。」

「我會的。」波特說。

他轉過身離開了房間。

03

旅館夜談

The Mysterious Mr. Quin

沙特衛先生煩透了。總而言之，這一天真是倒楣。他們出發得晚，車胎爆了兩次，最後他們轉錯了彎，迷失在薩利斯伯里平原的荒野中。現在已經快八點了。而他們離目的地馬斯威克莊園還有大約四十英里。第三次爆胎使問題更加煩人。

沙特衛先生看起來像隻豎起羽毛的小鳥，在村落的汽車修理廠前面走來走去，他的司機正用低沉沙啞的聲音與本地的專家小聲交談。

「至少得半小時。」他肯定地說。

「那算幸運，」司機馬斯特補充說，「要是問我呀，差不多得三刻鐘。」

「這到底是什麼……地方啊？」沙特衛先生焦急地問道。

他是一位顧慮到別人感受的小個子紳士，因此他收起溜到嘴邊的「鬼地方」，轉而說出「地方」這兩個字。

「柯特靈頓．馬利特。」

沙特衛對這個名字不是非常清楚，但又似乎有點耳熟。他輕蔑地向四周看了看。柯特靈頓．馬利特似乎是由一條彎彎曲曲的街道組成，一邊是汽車修理廠和郵局，另一邊是相對稱的三家若隱若現的商店。沿著這條街再往前走，沙特衛留意到風中傳來什麼東西旋轉的嘎吱聲。他的情緒稍微提高了些。

「我發現這兒有一家旅館。」他說道。

「『貝爾斯和莫特利』[4]。」汽車修理廠的人說，「那邊就是。」

「先生，我是否可以提個建議，」馬斯特說，「為什麼不去試試看呢？他們能提供您一頓餐點，當然啦，鐵定不是您習慣的口味。」

他歉然地停頓了一下，因為沙特衛習慣了歐洲大陸廚師最拿手的美食，他自己就高薪聘請了一名。

「三刻鐘之內我們無法上路，先生，我確信這一點。而現在已經過了八點。您可以從旅館打電話給喬治．福斯特爵士，先生，告訴他我們耽擱的原因。」

「你似乎認為你能安排一切，馬斯特。」沙特衛厲聲說道。

馬斯特斯確實這樣認為，但他只是恭敬地保持沉默。

沙特衛雖然迫切地想反對別人向他提出的任何建議（他正打算這麼做），然而朝道路深處那個吱吱嘎嘎的招牌看了看，他心裡暗暗同意了。他的胃口只有小鳥般大，是個講究飲食的人，但即使是這樣的人也會餓。

「貝爾斯和莫特利，」他若有所思地說，「旅館取這個名字很奇怪。我從來沒聽過。」

「無論如何，總是有些怪人來這兒。」那個當地人說。

他正彎腰湊近車輪，所以聲音好像被捂住了，有點模糊不清。

4 原文為 Bells and Motley，意為鈴鐺和小丑穿的五顏六色衣服，此處為音譯。

「怪人？」沙特衛詢問道，「你說這話是什麼意思？」

對方似乎不太明白他的話。

「來來去去的那些人。就是那種人嘛。」他含糊地說。

沙特衛意識到來旅館的人幾乎都是「來來去去」的人，這個定義對沙特衛來說似乎有欠精確，但他的好奇心還是被激了起來。無論如何他得停留三刻鐘，貝爾斯和莫特利旅館應該會和其他地方一樣好。

邁著慣常的碎步，他沿著馬路走去。遠遠地傳來轟隆隆的雷聲。那位技工抬頭看了看，對馬斯特說：「暴風雨就要來了。我能在空氣中感覺得到。」

「哎呀，」馬斯特說，「我們還有四十英里路要走。」

「嗨！」另一個說，「沒必要那麼急，你們不會不等暴風雨過去就上路吧？你那位小個子老闆看起來不喜歡在電閃雷鳴的時候待在外面。」

「希望他們好好招待他，」司機低聲說道，「我馬上要去那兒吃點東西。」

「威廉．瓊斯沒問題，」汽車修理廠的那個人說，「他總是用豐盛的美食招待客人。」威廉．瓊斯先生五十歲左右，高大健壯，是「貝爾斯和莫特利」的老闆。這時他正滿臉微笑地討好著矮小的沙特衛。

「先生，我們會替您準備一道好吃的牛排和炸馬鈴薯，還有任何一位紳士能想到的上等乳酪。這邊請，先生，在咖啡屋內。現在我們客人不太多。那些來釣魚的先生才剛走光。再過不久，狩獵季到了之後我們又會客滿。目前只有一位先生，叫鬼豔。」
沙特衛突然呆住。
「鬼豔？」他興奮地說，「您是說鬼豔嗎？」
「是這個名字，先生。他是您的朋友嗎？」
「是的，確實是。哦！是的，毫無疑問。」
沙特衛激動地渾身發抖，幾乎沒有意識到世界上可能不只一人叫這個名字。他根本毫不懷疑。奇怪的是，這項消息正好呼應了汽車修理廠那個人所說的話，「來來去去的那些人」，這是對鬼豔先生很貼切的一個描述，而且這個旅館的名字也似乎格外貼切合適。
「天哪，天哪，」沙特衛說，「多麼不可思議的事情啊！我們竟然會這樣巧遇！哈利．鬼豔先生，是嗎？」
「是的，先生。這裡是咖啡屋，先生。啊！這就是那位鬼豔先生。」
依舊是那熟悉的身影：高大，黝黑。鬼豔先生微笑著從他所坐的桌子旁站起來，旋即開口說話，他的聲音沙特衛記得很清楚。
「啊！沙特衛先生，我們又見面了。真是一次意想不到的會面！」
沙特衛熱情地和鬼豔握了握手。
「真令人高興。毫無疑問，實在令人高興。多幸運的一次拋錨。我指的是我的車。你住在這兒嗎？住很久了嗎？」

「只住一晚。」

「那麼我實在是幸運。」

沙特衛先生在他的朋友對面坐下，滿意地微微嘆了口氣，一臉期待地注視對面那張黝黑、微笑的面龐。

鬼豔先生溫和地搖了搖頭。

「我保證，」他說，「我的袖子裡不會變出一缸金魚或是一隻兔子。」

「太可惜了，」沙特衛略微吃驚地喊道，「是的，我得承認，我對你的觀感確是如此……一個會變魔術的人。哈，哈。我就是這麼看你的，一個會變魔術的人。」

「但是，」鬼豔先生說，「玩魔術的是你，不是我。」

「哦！」沙特衛高興地說，「沒有你我玩不了。我缺乏……是否可以說，靈感？」

鬼豔先生微笑著搖了搖頭。

「這個字眼太誇張了。我只是唸出提示演員上場的台詞，僅此而已。」

旅館老闆這時走了進來，手裡拿著麵包和一塊奶油。他將這些東西擺在桌上時，一道耀眼的閃電劃過天際，雷聲幾乎在頭頂上響起。

「一個狂風暴雨的夜晚，先生們。」

「在這樣一個晚上……」沙特衛開了頭又停住了。

「真是怪了，」老闆說，並未察覺沙特衛的詢問。「這不是我正要說的話嗎？就在這樣一個晚上，哈韋爾上尉帶回了他的新娘，然而就在隔天，他卻永遠消失了。」

「啊！」沙特衛突然大聲叫道，「果然沒錯！」

他懂了。現在他終於明白為什麼柯特靈頓．馬利特聽來這麼耳熟。三個月前他仔細閱讀了理查．哈韋爾上尉離奇失蹤的消息。像全英國的其他報紙讀者一樣，他對失蹤的細節困惑不解，也像所有英國人一樣，對此做了自己的推斷。

「果然沒錯，」他重複道，「這件事發生的地點就是柯特靈頓．馬利特。」

「去年冬天他來打獵時就住在我這裡，」老闆說，「哦！我和他很熟。他是位年輕英俊的紳士。不是那種把什麼事都悶在肚子裡的人。我認為他被殺死了。好幾次我看見他們騎馬回來……他和勒庫德小姐。全村的人都說他們會結婚，果然，後來確實如此。她是一個年輕貌美的女士，受到大家的尊敬，儘管她是個加拿大人，而且又是個陌生人。哦！其中有些曖昧的謎團，而我們永遠不會知道真相。這件事傷透了她的心，確實是傷透了她的心。你已經聽說了，她賣掉那棟宅子到國外去了，因為受不了繼續待在這兒讓人們指指點點，儘管她本人沒有絲毫過錯。可憐的傷心人！一團難以理解的謎，就是這麼回事。」

他搖著頭，接著突然想起了他的職責，便匆匆走出了房間。

「一個難以理解的謎。」鬼豔先生溫柔地說。

在沙特衛先生聽來，鬼豔的聲音裡有些挑戰的意味。

「你的意思是，我們能解開這個蘇格蘭警場也解不開的謎？」他尖銳地問道。

鬼黯先生打了個特別的手勢。

「為什麼不能呢？已經過了一段時間，三個月了，情況不同了。」

「你的這個觀點真是異於常人，」沙特衛緩緩地說，「你認為人們在事後比在當時看得更清楚。」

「時間過去得愈久，人們就愈能清晰地理出事情的頭緒，愈看得清楚他們之間的真正關係。」

一陣沉默，持續了幾分鐘。

「我不敢肯定，」沙特衛猶豫不決地說，「我現在是否還清楚記得那些事實。」

「我想你記得。」鬼黯先生平靜地說。

這正是沙特衛需要的鼓勵。他在生活中通常扮演聽眾和旁觀者的角色。只有和鬼黯先生在一起的時候，他的位置才會顛倒過來。鬼黯先生是一個有欣賞力的聽眾，沙特衛先生可以放心地置身舞台中央。

「就在一年多以前，」他講道，「亞斯利莊園成為愛莉諾・勒庫德小姐的財產。那是棟美麗的老宅子，但是多年來無人照顧，無人居住。對這棟宅子來說，再也沒有比愛莉諾更好的女主人了。勒庫德小姐是法裔加拿大人，她的祖先是法國大革命時代的移民。他們留給她一批無法估價的法國寶物和古董。她是收購者也是收藏家，鑑賞力很高，很有品味，以至於那場悲劇之後，當她決定賣掉亞斯利莊園以及內部所有東西時，賽勒斯・G・布拉伯先生，就是那位美國百萬富翁，毫不猶豫地花了六萬英鎊的高價買下這座莊園。」

沙特衛停頓了一下。

「我提這些事情，」他歉然地說，「不是因為它們與這個故事有關，嚴格地說，它們與此無關，我是為了營造一種氛圍，屬於年輕哈韋爾夫人的氛圍……」

鬼豔先生點了點頭。

「氛圍永遠重要。」他嚴肅地說。

「我們知道這個女孩的一些背景，」沙特衛繼續說道，「她才二十三歲，黑髮，容貌美麗，多才多藝，成熟而且富有……這點我們可別忘了。她是個孤兒，一位聖克萊爾夫人——一位有著完美教養和社會地位的女士——和她住在一起，充當她的保母。但是愛莉諾．勒庫德完全掌控自己的財產。想當金龜婿的人到處都是。無論她去哪兒，打獵場也罷，舞廳也罷，總是至少有一打身無分文的年輕人在她身邊晃來晃去。據說全村追求者中最有資格的雷肯少爺曾向她求婚，但她依然芳心未動。也就是說，直到理查．哈韋爾上尉出現之前。

「哈韋爾上尉是為了打獵住到本地旅館來的。他酷愛打獵，是個英俊、快樂、膽大妄為的年輕人。你記得那句老話嗎，鬼豔先生，『精誠所至，金石為開』？這句諺語至少部分實現了。兩個月後，理查．哈韋爾和愛莉諾．勒庫德訂婚了。

「訂婚三個月後，他們結婚了。這對幸福的新人到國外度了兩個星期的蜜月，之後便返回亞斯利莊園安頓下來。老闆剛剛告訴我們，他們是在像今天這樣一個暴風雨之夜回到家。

不曉得這是不是個預兆，誰預料得到呢？總之，第二天一大早大約七點半，一個名叫約翰．馬希亞的園丁看見哈韋爾上尉在花園裡散步。他沒戴帽子，吹著口哨，可以說心情愉快，無憂無慮。然而就從那一刻起，就我們所知，沒人再見過理查．哈韋爾上尉。」

沙特衛先生停頓了一下，愜意地感覺著這戲劇性的時刻。鬼豔先生讚賞的目光給了他所需要的稱讚，他繼續敘述：「上尉的失蹤不同尋常，無法解釋。直到第二天，那位驚惶失措的妻子才報了警。如你所知，警方並未成功偵破這個謎案。」

「我猜，警方有一些推論？」鬼豔先生問道。

「哦！有些推論，是的，我同意你的說法。推論一：哈韋爾上尉遭人謀殺。但如果是這樣，那麼屍體在哪兒？它不可能神祕地消失。此外，動機是什麼？就我所知，哈韋爾上尉根本沒有仇人。」

他突然躊躇了一下，好像不太肯定似的。鬼豔先生朝前探了探身子。

「你在想，」他溫和地說，「年輕的史蒂芬．格蘭。」

「是的，」沙特衛承認了。「如果我沒記錯，史蒂芬．格蘭負責管理哈韋爾上尉的馬，因一些小過錯被主人解雇了。就在哈韋爾上尉回家後的隔天一大早，有人看見史蒂芬．格蘭在亞斯利莊園附近。而對此，史蒂芬．格蘭無法做出合理的解釋。警方曾因他與哈韋爾上尉的失蹤有關拘留過他，但沒有任何可以指控他的證據，最後釋放了他。的確，人們會認為史蒂芬．格蘭可能對哈韋爾上尉草率的解雇而心存不滿。但這個動機站不住腳。我想警方是覺得他們必須做些什麼。你知道，正如我剛才說的，哈韋爾上尉根本沒有仇人。」

「就人們所知是沒有。」鬼豔先生沉吟道。

沙特衛贊同地點了點頭。

「我們即將談到那一點。人們到底知道哈韋爾上尉的什麼？當警方著手調查他的家世時，他們面臨資料奇缺的難題。理查·哈韋爾是誰？他從哪兒來？他的出現，似乎是突如其來。他是個優秀的騎師，而且顯然家境富裕。柯特靈頓·馬利特沒有人費心去進一步過問這件事。勒庫德小姐沒有父母、監護人去查問她未婚夫的前途和身分，她是自己的主人。警方對此的看法再清楚不過了：一個富有的女孩和一個無恥的騙子。老掉牙的故事！

「不過事實並非完全如此。是的，勒庫德小姐沒有父母、監護人，但她在倫敦有一家優秀的律師事務所做她的代理人。他們的證據使得這個謎更加難解。愛莉諾·勒庫德曾經想把一筆錢轉讓給她未來的丈夫，可是他拒絕了。他說他自己很富有。最後證明，哈韋爾從來沒用過妻子的一分錢。她的財產根本沒被動過。

「想必他不是一個普通的騙子，但他的目標純正嗎？他是不是打算在將來某個時候，譬如說愛莉諾·哈韋爾想嫁給其他人時進行敲詐？我承認以前我認為這種推斷是最可能的解釋。我一直這麼認為，直到今天晚上。」

鬼豔先生向前探了探身子，鼓勵他講下去。

「今晚？」

「是的。我不滿意那個想法。他是如何那麼突然、那麼徹底地在早晨那個時刻消失的？當時正是工人打起精神去工作的時刻啊，而且他還沒戴帽子。」

「最後一點沒什麼好懷疑的。那個園丁看見過他？」

「是的，那個園丁，約翰．馬希亞。有什麼問題嗎？」

「警方不會忽略他。」鬼鼬先生說。

「他們詳細盤問了他。他從來沒有改口過。他太太也為他作證。他七點離開他的小屋去溫室工作，七點四十回來。屋子裡的傭人們在大約七點一刻時聽見前門砰地關上。這一點確定了哈韋爾上尉離開房子的時間。哦！我知道你在想什麼了。」

「真的？」鬼鼬先生問道。

「是的。這段時間足以讓馬希亞殺掉他的主人。但是為什麼，老兄，為什麼呢？而且如果這是事實，那他把屍體藏在哪兒了？」

老闆端著一個托盤進來了。

「抱歉讓你們等這麼久，先生們。」

他把一塊碩大的牛排擺在桌子上，旁邊是滿滿一盤炸得金黃的馬鈴薯。這些食物發出的香味，讓沙特衛垂涎欲滴，令他心曠神怡。

「看起來真棒，」他說，「棒極了。我們一直在討論哈韋爾上尉的失蹤。那個園丁馬希亞，他的下場如何？」

「好像在埃塞克斯郡找了份工作。我想他是不願意待在這一帶。有些人總是帶著懷疑的目光看他。我不認為他與這起失蹤事件有關。」

沙特衛吃了些牛排。鬼豔先生也吃了些牛排。老闆似乎想留下來閒聊一會兒。沙特衛先生並不反對。

「說到這位馬希亞，」他問道，「他是個什麼樣的人？」

「中年人，一定曾經是個壯漢，但現在因風溼病既駝又瘸。他的風溼病非常嚴重，多次臥床不起，什麼事都做不了。就我看來，愛莉諾小姐繼續雇用他，完全是出於仁慈。他已經無法勝任園丁的工作，但他太太盡力在愛莉諾小姐家裡幫忙。她是個廚師，總是樂意幫助別人。」

「她是個怎樣的女人？」沙特衛先生迅速問道。

老闆的回答令他失望。

「平凡的女人。中等年紀，鬱鬱寡歡，還是聾子。我對他們並不是很了解。他們只是在出事前一個月才來到這裡。他們說他年輕時是個少有的好園丁。他交給愛莉諾小姐的推薦函相當精采。」

「她對園藝感興趣嗎？」鬼豔先生輕聲問道。

「不，先生，談不上感興趣。她不像這一帶的其他女士，她們付一大筆錢給園丁，而且自己還花上所有時間跪在花園裡鋤土。我覺得這是愚蠢的做法。除了冬天來打獵，她不常住在這兒。剩下的時間，她住在倫敦，或是去那些國外的海濱。他們說在那兒那些法國女士怕弄壞自己的衣服，連腳趾頭都不伸進水裡，我聽到的就是這樣。」

沙特衛先生微微笑了笑。

「沒有……呃……什麼女人和哈韋爾上尉有交往嗎？」他問道。

儘管他的第一個揣測被駁倒了，但他依然堅持自己的觀點。

威廉．瓊斯先生搖了搖頭。

「沒那回事。從來沒有一句關於這方面的閒言碎語。一個難解的謎，情況就是這樣。」

「那麼你的看法呢？你自己怎麼想？」沙特衛先生堅持道。

「我怎麼想？」

「是的。」

「不知道怎麼想。我認為他是被謀殺的，不過是誰下的手我說不出來。我去給先生們拿乳酪。」

他拿著空盤子咚咚咚地走出房間。剛才漸漸平息下來的暴風雨，此時以加倍的狂暴捲土重來。

一道叉狀閃電和一陣雷響接踵而至，矮個子的沙特衛先生嚇得跳了起來。就在最後幾聲轟隆隆的雷聲漸漸消逝時，一位女孩端著乳酪走進房間。

她高大、黝黑，有一種獨特的憂鬱美。她和旅館老闆的長相明顯相似，一看就知道是他女兒。

「晚安，瑪麗，」鬼豔先生說，「暴風雨之夜。」

她點點頭。

「我討厭暴風雨的夜晚。」她咕噥道。

「你害怕打雷，對吧？」沙特衛和藹地說。

「害怕打雷？我才不怕哩！我沒有什麼害怕的東西。但是暴風雨打開了他們的話匣子，總是說著同一件事，一次又一次，就像鸚鵡似的。爸爸一開口就是『這讓我想起那個夜晚，可憐的哈韋爾上尉』等等。」她轉向鬼豔先生。「您聽過他是怎麼講的。這有什麼意義？為什麼人們不讓事情過去？」

「一件事只有結束後才能過去。」鬼豔先生說。

「難道還沒結束嗎？假設是他自己想消失呢？這些紳士有時就是這樣。」

「你認為他是自願失蹤的？」

「有何不可？這樣想比假設史蒂芬．格蘭那種善良的人謀殺了他要合理得多。我倒想知道他為什麼要謀殺他？有一天史蒂芬多喝了一杯，對他說話莽撞了點，就被解雇了。但這有什麼關係？他找到另一份不錯的工作。難道這會是殘忍地謀殺一個人的原因？」

「但是毫無疑問，」沙特衛說，「警方相信他是清白的吧？」

「警方！警方又算得了什麼？當史蒂芬走進晚間酒吧，所有人都用怪怪的眼光看著他。

他們不太相信是史蒂芬謀殺了哈韋爾，但他們不確定，所以他們斜著眼睛看他，悄悄地排斥他。看見人們都躲著你，好像你不正常似的，這種日子可真是好啊。為什麼爸爸不同意史蒂芬和我結婚？『你可以找個更好的人，我的孩子。我對史蒂芬沒有任何反感，但是，哦，我們也不確定，對吧？』」

她住了口，胸脯因氣憤而起伏不停。

「悲慘，悲慘啊，就是這樣，」她大聲喊道，「史蒂芬，他連隻蒼蠅都不願傷害！終其一生都會有人認為是他殺了哈韋爾。這使他變得古怪、痛苦。我絲毫不懷疑這一點。而且他愈是這樣，人們愈會認為其中有問題。」

她又停住了。她的眼睛盯著鬼豔先生的臉，好像他臉上有什麼東西引出她滿腔的怒氣。

「沒辦法幫他了嗎？」沙特衛先生說道。

他實在很沮喪，看得出來事情不可避免。指控史蒂芬．格蘭的證據曖昧又不充分，這使他駁斥指控更加困難。

女孩猛地轉向他。

「只有真相能夠幫助他，」她喊道，「假如人們發現了哈韋爾上尉，假如哈韋爾上尉回來。要是能知道事情的真相……」

她突然停住不說了，似乎正啜泣著，然後急忙走出了房間。

「美女一個，」沙特衛說，「總而言之，是一起悲哀的事件。我希望，非常希望這件事能獲得解決。」

他那顆善良的心為此苦惱。

「我們盡力而為吧，」鬼豔先生說，「在你的汽車修好之前，我們還有近半個小時呢。」

沙特衛先生盯著他。

「你認為我們這樣閒談就能弄清真相？」

「你的閱歷十分豐富，」鬼豔先生嚴肅地說，「比大多數人豐富得多。」

「我從未受過生命之神的眷顧。」沙特衛痛苦地說。

「但這使你的洞察力敏銳過人。別人視而不見的地方，你卻看得見。」

「確實如此，」沙特衛說，「我是個了不起的觀察者。」

他自鳴得意了一番，那一刻的痛楚消失了。

「我的看法是這樣的，」一兩分鐘後他說道，「要查出事件的起因，我們必須先研究後果。」

「非常好。」鬼豔先生表示贊同。

「這案子的後果是：勒庫德小姐……我的意思是哈韋爾夫人，她是個妻子又不是妻子。她不自由，她不能再嫁。從這件事來看，理查·哈韋爾是個陰險人物。他不知打哪兒來，而且有著神祕的過去。」

「我同意。」鬼豔先生說，「你看到了大家應當看見和不能被忽略的東西。哈韋爾上尉處於舞台中央的聚光燈下，是個可疑的人物。」

沙特衛先生疑惑地看著他。他的這些話似乎暗示他們所想的情景略有不同。

「我們已經研究了後果，」他說，「或者說結果。我們現在可以……」

鬼鬔先生打斷了他的話。

「最實際的結果，你還沒觸及到。」

「你說得對，」沙特衛先生想了一會說：「一個人做事應該有始有終。那麼我們就說，這齣悲劇的結局是：哈韋爾夫人是一位妻子又不是妻子，而且不能再嫁；賽勒斯・布拉伯以六萬英鎊的價錢買下亞斯利莊園以及其內部設施，對吧？而且在埃塞克斯郡的某個人替約翰・馬希亞弄到了一份園丁的工作！儘管如此，我們從未懷疑是『埃塞克斯郡的某個人』或賽勒斯・布拉伯策畫了哈韋爾上尉的失蹤。」

「你是在挖苦諷刺。」鬼鬔先生說。

沙特衛先生犀利地看著他。

「但無疑你同意……」

「哦！我同意，」鬼鬔先生說，「這個想法很荒謬。接下來呢？」

「想像我們回到了那不幸的一天，失蹤事件發生的那一天……假設是今天早上好了。」

「不，不，」鬼鬔先生笑咪咪地說，「至少在我們的想像中，既然我們有超越時間的力量，那麼讓我們反過來，比方說，哈韋爾上尉的失蹤發生在一百年前，而我們呢，正在二〇二五年回憶這件事。」

「你真是個奇怪的人，」沙特衛先生緩緩地說，「你相信過去而不相信現在。為什麼？」

「不久以前，你用了氛圍這個名詞。在現在的時空裡沒有氛圍。」

「也許吧。」沙特衛先生若有所思地說，「也許這是真的，『現在』容易導致目光褊狹。」

「說得好。」鬼豔先生說。

沙特衛先生滑稽地微微鞠了一躬。

「你過獎了。」他說道。

「我們就決定……不是今年，就說，是去年好了，」鬼豔先生繼續說道，「你有言簡意賅的天賦，你替我概括一下。」

沙特衛猶豫了一下。他珍惜自己的名聲。

「一百年前，我們處於火藥和宮廷弄臣的年代。」他說，「我們就說，一九二四年，那是填字遊戲和竊賊翻牆入室的年代，對吧？」

「很好，」鬼豔先生表示贊同。「我猜，你的意思是在英國而不是全世界？」

「關於填字遊戲，我必須承認我不知道，」沙特衛說，「但是竊賊翻牆入室在歐洲大陸曾一度猖獗。你記得那一系列發生在法國鄉間別墅的竊盜案嗎？據推測，單獨一個人是做不了的。要進到屋裡是一件十分不可思議的事。有一種揣測說，一群雜技演員與此有關……克隆迪一家，我曾經看過他們的表演，非常精湛。母親、兒子和女兒，他們非常神祕地從舞台上消失了。說著說著我們離題了。」

「沒離多遠，」鬼豔先生說，「只是穿越海峽罷了。」

「在那兒，法國女士們連腳趾頭都不弄溼，我們可敬的老闆是這麼說的。」沙特衛哈哈大笑著說。

他們停頓了一下。這一停頓似乎很重要。

「他為什麼消失？」沙特衛先生大聲喊道，「為什麼？為什麼？不可思議，就像是在變戲法。」

「是的，」鬼豔先生說，「一套戲法，形容得很貼切。你看，又是氛圍的問題。戲法的精髓在哪裡？」

「手的敏捷欺騙了眼睛。」沙特衛口齒伶俐地引用了一句話。

「這就是一切，不是嗎？為了欺騙眼睛？有時透過敏捷的手，有時透過其他手段。有許多方法，槍聲，揮動一條紅手帕，某種看起來重要而實際上並不重要的東西。眼睛被那些看起來精采而實際毫無意義的表演轉移了注意力，而忽略了那些真正應該關心的東西。」

沙特衛朝前傾了傾身子，他眼睛閃閃發光。

「有道理。這是個想法。」

他溫和地繼續講下去。

「槍聲。我們討論的這個戲法中，槍聲到底是什麼？讓人保持想像力的精采時刻又是什麼？」

他突然吸了口氣。

「失蹤。」沙特衛喘息著說，「撇開這一點，一切都沒意義。」

「一切？假設事情在缺乏那個戲劇般的動作下照樣進行呢？」

「你的意思是，假設勒庫德小姐仍然賣掉了亞斯利莊園且無緣無故地離開此地？」

「嗯。」

「嗯，為什麼不呢？我想這必定會惹人閒話，人們會對房子裡那些東西表現出極大的興趣……哦！等一下！」

他沉默了一分鐘，然後大聲說道：「你說得對，人們把太多太多的注意力放在哈韋爾上尉身上。因此，她，勒庫德小姐一直躲在暗處！每個人都在詢問：『誰是哈韋爾上尉？他從哪兒來？』但因為她是受傷害的那一方，所以沒人懷疑她。她真的是法裔加拿大人嗎？那些絕妙的珍寶真是她祖先傳下來的嗎？你剛剛說得對，我們並沒有離題太遠，只是穿越海峽罷了。那些所謂的祖傳珍寶是他們從法國鄉間別墅裡偷來的，大部分都是價值連城的藝術品，所以很難脫手。於是她買下這棟房子……可能以非常便宜的價格買的。然後她在那兒定居下來，付給一位無可挑剔的英國婦女一大筆錢，讓她陪伴自己。然後他來了。情節已事先安排好：結婚，失蹤，然後是轟動一時，之後很快被遺忘！一個極度悲傷的女人想賣掉一切令她想起過去歡樂時光的東西，還有什麼比這更正常的呢？那個美國人是一位行家，那些東西貨真價實，完美絕倫，其中一些是無價之寶。他出了價，她接受了。她以一個傷心欲絕又充滿悲劇色彩的形象離開了街坊四鄰。成功漂亮地完成了最後一擊。公眾的注意力被手的迅速動作和戲法的壯觀場面欺騙了。」

沙特衛先生停頓了一下，得意洋洋地激動不已。

「但要不是你，我永遠不會弄清楚。」他突然謙卑地說道，「你對我有著不可思議的影響。一個人經常說出一些事情，卻不明白它們真正的意思是什麼。你有能力讓人明白事情的內涵。但我還是不太懂。哈韋爾要這樣消失非常困難。別忘了，全英國的警察都在找他。」

「繼續藏在莊園是最簡單不過了，」沙特衛先生沉思地說，「假如能夠的話。」

「我想，他就在莊園附近。」鬼豔先生說。

沙特衛先生留意到他意味深長的神情。

「馬希亞的小屋？」他叫道，「但是警察必定搜查過了吧？」

「反覆地搜查，我可以想像得到。」鬼豔先生說。

「馬希亞。」沙特衛先生皺著眉頭說道。

「還有馬希亞夫人。」鬼豔先生說。

沙特衛直視著他。

「假如那幫人真是克隆迪一家，」他恍恍惚惚地說，「那麼就有三個人。兩個年輕人是哈韋爾和愛莉諾．勒庫德。那麼那位母親，是馬希亞夫人嗎？假如是那樣……」

「馬希亞患了風溼病，不是嗎？」鬼豔先生故作天真地問道。

「哦！」沙特衛先生大叫起來。「我明白了。但這可能嗎？我相信是可能的。聽著。馬希亞在那兒待了一個月。在那段時期，哈韋爾和愛莉諾出去度了兩週的蜜月。婚禮前的那兩週，他們應該是在鎮上。一個聰明人是能同時扮演哈韋爾和馬希亞這兩個角色。當哈韋爾在柯特靈頓．馬利特的時候，馬希亞適時地因風溼病臥病在床。馬希亞夫人來證實這個謊言。她的角色是非常必要的。少了她，就會有人懷疑真相。如你所說，哈韋爾就藏在馬希亞的小屋裡……他就是馬希亞。最後當計畫成功，賣掉了亞斯利莊園之後，他和妻子放出風聲說他們在埃塞克斯郡找到了一份工作。約翰．馬希亞和他的妻子退場了，永遠退場。」

有人敲了敲咖啡屋的門，馬斯特走了進來。

「汽車就在門口，先生。」他說。

沙特衛先生站起身。鬼豔先生也站起來，走到窗前打開了窗簾。一束月光瀉入房內。

「暴風雨停了。」他說。

沙特衛先生正在戴手套。

「下星期，蘇格蘭警場的局長要和我吃飯，」他驕傲地說，「我要把我的見解，哈，擺在他面前。」

「證明或否認它都很容易，」鬼豔先生說，「把亞斯利莊園的東西和法國警方提供的清單做一對比！」

「就這麼辦，」沙特衛先生說，「布拉伯先生運氣真是壞透了，但是，哦……」

「我相信，他能承擔這筆損失。」鬼黯先生說。

沙特衛先生伸出手。

「再見，」他說，「我說不出有多麼感激這次意外的相遇。我記得你說過，你明天會離開這兒，是吧？」

「可能今晚就走。我在這兒的事辦完了……我一向來來去去，你知道的。」

沙特衛先生記起晚上早些時候曾聽過同樣的話。太不可思議了。

他走出旅館朝汽車和等候著的馬斯特走去。從酒吧門口飄然傳來老闆渾厚和藹的聲音。

「一個曖昧的謎，」他說，「一個曖昧的謎，就是這樣。」

但他沒用「難解」這個詞。他用的詞指的是完全不同的意義。威廉．瓊斯先生是個有觀察力的人，他用的形容詞總能迎合其夥伴。酒吧的那些同伴也喜歡他充滿趣味性的用詞。

沙特衛愜意地坐在舒適的轎車裡。他胸中充滿了勝利的驕傲。他看見瑪麗跑出來站在那個吱吱嘎嘎的招牌下。

「她一點也不知道，」沙特衛自言自語地說，「她一點也不知道我要幹什麼！」

「貝爾斯和莫特利」的招牌在風中輕柔地搖擺著。

04

空中的徵兆

The Mysterious Mr. Quin

法官即將結束對陪審團的指示。

「現在，各位先生，我要對你們講的話差不多說完了。有證據供你們考慮檢方對這個男人的指控是否屬實，以便你們裁決他謀殺薇薇安・巴納比的罪名是否成立。你們有傭人們提供的開槍時間，他們對此眾口一詞。你們有物證：薇薇安・巴納比在事發當天上午，也就是九月十三日星期五上午，寫給被告的那封信……對這封信，被告並未否認。你們還有證據：囚犯起先否認曾羈留迪林山莊，後來當警方出示證據後，才承認他去過迪林山莊。你們可以從他的否認中得出你們的結論。這起案件沒有直接證據。在動機、手段、時機這些方面，你們只能自己得出結論。被告聲稱某個不知名人士在被告離開音樂室後，進去開槍打死了薇薇安・巴納比，而用的正是被告意外疏忽忘了拿走的槍。你們已經聽了被告解釋他花了半小時回到家的原因。如果你們懷疑被告在說謊，而且十分確定被告確實在九月十三日星期五，蓄意在離薇薇安・巴納比腦袋極接近的距離下開槍打死了她，那麼，先生們，你們的裁決便是『有罪』。假如情況相反，你們有任何正當的疑問，那麼你們有責任宣告囚犯無罪。我將要求你們退席討論，你們得出結論後再告知我。」

陪審團離開不到半小時。他們宣布的判決是預料中的結果：裁決「有罪」。

聽完裁決之後，沙特衛先生若有所思、皺著眉頭離開了法庭。

像這樣微不足道的謀殺案審判，沙特衛先生並不動心。他太挑剔，所以對一般案件齷齪的細節根本不感興趣。但懷德一案不同。年輕的馬丁・懷德是被稱為紳士的那種人，而被害人喬治・巴納比爵士年輕的妻子，是沙特衛先生認識的人。

他一邊想著這些事，一邊沿霍爾本走去，接著突然拐入一個數條簡陋街道交織並通往蘇活區的地方。在其中一條街上有一家小餐廳，這家餐廳只有少數人知道，沙特衛先生就是其中一位。這裡的消費並不便宜，相反的還非常昂貴，因為它專門滿足那些挑嘴美食家的胃口。它很安靜，禁止演奏任何爵士樂曲，以免打擾了那份寧靜的氣氛……光線非常暗，侍者們邁著輕盈的步伐出現在朦朧的微光中，端著閃閃發光的銀盤，一副參加某項神聖儀式的樣子。那家飯館的名字叫「小丑」。

依然是一副若有所思的模樣，沙特衛先生轉進了「小丑」，朝遠處角落隱蔽處他最喜歡的那張桌子走去。由於光線微弱，直到他走得很近才發現，那兒已經坐了一個高個子的黝黑男子。那人的臉籠罩在陰影中，彩繪玻璃反射的光影跳動著，而且映在他身上，使得他樸素簡單的衣服變得五顏六色，絢麗多彩。

沙特衛先生本來打算轉身離開，但就在此刻，那位陌生人慢慢地轉過來，沙特衛先生認出了他。

「上帝保佑，」沙特衛先生說道，他喜歡舊式的表達方式。「哎呀，是你，鬼豔先生！」他以前見過鬼豔先生三次，每次見面都會發生一些非比尋常的事情。這位鬼豔先生是個怪人，他有能力從一個獨特的角度把你一直知道的東西呈現給你。

沙特衛先生馬上興奮起來，激動而且高興。他總是扮演旁觀者的角色，他非常清楚這一點，但偶爾有鬼豔先生在場時，他就會產生自己是演員的錯覺，而且還是主角。

「太令人高興了，」他說道，笑容在他乾癟的小臉上蕩漾開來。「實在太好了。你不反對我和你坐在一塊兒吧？」

「我很樂意，」鬼豔先生說，「你瞧，我還沒開動呢。」

恭敬的領班從幽暗中走了出來。沙特衛先生像個經驗十足的美食鑑賞家似的專心挑選食物。幾分鐘後，那位領班唇邊掛著讚許的微笑退下去了，一位年輕的侍者開始為他們服務。沙特衛先生轉向鬼豔先生。

「我剛從老貝利法院區來，」他開口道，「一起悲慘的案子……我是這麼認為。」

「他被判有罪？」鬼豔先生問。

「是的，陪審團只離開半小時。」

鬼豔先生點了點頭。

「根據證據，這是必然的結果。」他說。

「然而……」沙特衛先生欲言又止。

鬼豔先生說出了他沒說完的話。

「然而你同情被告？這是你要說的話嗎？」

「是的。馬丁・懷德是個英俊的小夥子，很難讓人相信他是凶手。不過近來發現，有很多英俊的年輕小夥子是極其殘忍、醜惡的謀殺犯。」

「太多了。」鬼豔先生靜靜地說。

「對不起，你說什麼？」沙特衛先生說，微微有點吃驚。

「對馬丁・懷德來說太多了。從一開始，就有一種傾向認為這是一系列案件中的其中一起……一個男人為了和一個女人結婚而試圖擺脫另一個女人。」

「嗯，」沙特衛先生疑惑地說，「就證據而言……」

「哦！」鬼豔先生飛快地說，「我恐怕沒有考慮到所有的證據。」

沙特衛先生的自信心一下子回到他身上。他感到一種突如其來的力量。他想刻意顯得戲劇性些。

「讓我試著來告訴你。我見過巴納比夫婦。我知道深入一點的情節。跟著我，你會來到幕後，從內部看事情。」

鬼豔先生慫恿地微微一笑，身子向前傾了傾。

「如果有什麼人能為我展現這部分，那必是沙特衛先生無疑。」他小聲說道。

沙特衛先生雙手抓著桌子，精神振奮，難以自已。此刻，他是個純粹而簡單的藝術家，一名以語言為媒介的藝術家。

只用粗略的數筆，他就迅速勾勒出迪林山莊的生活畫面。喬治・巴納比爵士：上了年紀，過分肥胖，財大氣粗，終日為生活中的瑣事大驚小怪，每週五下午替他的鐘錶上發條，每週二上午結算家務開銷，每天晚上總是親眼看著自家大門上鎖，是個小心謹慎的人。

談完喬治爵士，他繼續說起巴納比夫人。這時他的語氣更溫柔了些，可是依然很篤定。他只見過她一次，但他對她的印象清晰而持久。她朝氣蓬勃，目空一切，年幼無知。一個掉進陷阱裡的孩子，這就是他對她的印象。

「她恨他，你明白嗎？她糊里糊塗就嫁給他了。而現在……」

她不顧一切，他這麼形容她，反覆無常。她自己身無分文，完全依靠她這個年長的丈夫。但她依然處於走投無路的困境，不太肯定自己的力量，擁有言過其實的美貌。而且她很貪婪。沙特衛先生堅決肯定此點，她貪婪地緊緊抓住生命。

「我從來沒見過馬丁．懷德，」沙特衛先生繼續道，「但我聽說過他。他住在不到一英里遠的地方，務農。她對農事很感興趣，或者假裝感興趣。要是你問我，我認為她是裝的。我想她看出他是她唯一的出路，於是貪婪地緊緊抓住他，像個孩子似的。嗯，只能有一個結局。我們知道結局是什麼，因為那些信已經在法庭上宣讀過。他保留著她的信，而她沒有保留他的信，但從她寫的信中，我們知道他的熱情正逐漸冷卻。他承認事實如此。還有另外一個女孩。她也住在迪林谷那個村子裡。她父親是那兒的醫生。你可能在法庭上看過她？不對，我想起來了，你說你當時不在那兒。我得向你描述她一番。一個漂亮的女孩，非常漂亮，而且溫柔。也許，是的，也許有點傻。但是非常恬靜，還忠貞不渝。這是最重要的，忠貞不渝。」

他看了看鬼魅先生，尋求鼓勵，鬼魅先生欣賞地微微一笑，算是給他的鼓勵。沙特衛先生繼續講下去。

「你知道最後宣讀的那封信吧，我的意思是，你一定在報紙上看過。九月十三日星期五上午寫的那封信。裡面滿是絕望的指責和含糊的威脅，結尾懇求馬丁．懷德當天晚上六點來迪林山莊。『我會開著側門讓你進來，這樣就沒人知道你來過這兒。我會在音樂室裡。』信是派人送去的。」

沙特衛先生停頓了一兩分鐘。

「你記得吧，當馬丁．懷德剛被捕的時候，他完全否認那天晚上去過迪林山莊。他的供詞是他拿了槍到林中打獵去了。但當警方出示證據後，這番供詞不攻自破。他們在側門的木板上和音樂室桌上放的一只雞尾酒杯上，都發現了他的指紋。於是他承認他去看過巴納比夫人，說兩人進行了一番激烈談話。他努力使她平靜了下來。他發誓說他把槍放在門外，靠牆立著，而且他離開的時候，巴納比夫人還活得好好的，時間是六點十六、七分。他說他直接回了家。但證據顯示他六點四十五分才回到農場。我剛才說過，兩地相距幾乎不到一英里，根本用不了半小時。他聲稱他完全忘了拿他的槍。這項供詞不太可能，但是……」

「但是什麼？」鬼魅先生問道。

「嗯，」沙特衛先生慢慢說道，「這也是有可能的，不是嗎？當然，辯護律師嘲笑這個假設，但我認為他錯了。你知道，我認識許多年輕人，這些感情上的大吵大鬧令他們非常難過，尤其是像馬丁．懷德這類陰鬱、神經質的類型。而女人往往經受得住這種場面，而且事後會覺得好多了，還能保持冷靜。這對她們而言就像是個安全閥，平衡了她們的神經。但我明白馬丁．懷德是在頭暈腦脹、痛苦懊喪的情形下離開，絲毫沒有想到他倚牆而立的槍。」

他沉默了幾分鐘後繼續說：「但這無關緊要。因為下面的情節太明顯了，真的很不幸。當人們聽見槍聲時，正好是六點二十分。所有的傭人都聽見了，廚師、廚房女傭、管家、客廳女傭，還有巴納比夫人的貼身女僕。他們衝進音樂室，發現她躺在她的椅子扶手旁邊，蜷成一團。開槍的位置緊靠著她的後腦勺，所以子彈並未散開。至少有兩顆子彈射入大腦。」

他又停頓了一下，鬼豔先生漫不經心地問：「我猜，傭人們都作證了？」

沙特衛先生點點頭。

「是的。管家比其他人早一兩秒鐘到達，但他們的證詞完全相同。」

「那麼他們都作證了，」鬼豔先生沉思著說，「沒有例外？」

「我想起來了，」沙特衛先生說，「有個女傭只在審訊的時候被傳過。她後來去了加拿大……我猜。」

「這樣啊。」鬼豔先生說。

一陣沉默，不知怎的，這個小餐館裡似乎瀰漫著一種不安的氣氛。沙特衛先生突然覺得他處於守勢。

「為什麼她不能去呢？」他冷不防地說。

「為什麼她要去呢？」鬼豔微微聳了聳肩道。

不知為什麼，這個問題惹火了沙特衛先生。他想避開它，回到他熟悉的主題上去。

「是誰開的槍，這個問題不可能有多大疑問。事實上，傭人們好像有點失去了理智。房子裡失去控制。等有人想起來打電話報警時，已經過了幾分鐘，而且他們去打電話時，發現電話壞了。」

「哦！」鬼豔先生說，「電話壞了。」

「是的，」沙特衛先生說，突然感到他說了件至關重要的事情。「當然了，可能是被故意弄壞的，」他緩緩地說，「但這看起來沒什麼意義。死亡幾乎是瞬間的事情。」

鬼豔先生沉默不語，沙特衛先生覺得這個解釋不能令人滿意。

「除了年輕的懷德，確實無人可懷疑，」他繼續說道，「甚至根據他自己所說，他才剛離開房子三分鐘，槍聲便響起。還有誰會開槍呢？喬治爵士在隔著好幾家遠的橋牌聚會上。他六點半離開那兒，在大門口碰上了帶消息來的傭人。最後一局六點半準時結束，這點毫無疑問。然後是喬治爵士的祕書亨利．湯普森。當天他人在倫敦，而且在槍響的那個時刻確實正在開商務會議。最後是希薇雅．戴爾。她有絕佳的動機，但就事實而言，她不可能和這件事有任何關係。她當時在迪林谷車站替一位要搭六點二十八分火車的朋友送行。這樣她也被排除了。再來是傭人們。他們之中誰可能有動機？而且他們幾乎同時到達案發現場。不，一定是馬丁．懷德。」

但他說這話的口氣略顯心虛。

他們繼續吃午飯。鬼豔先生不想多談，而沙特衛先生則說了所有他該說的。但兩人的沉默並不空洞。空氣中充滿了沙特衛先生不斷滋長的不解，這種不解因對方的默許更為莫名其妙地加強。

沙特衛先生忽然嘩啦一聲放下他的刀叉。

「假設那個年輕人真的是無辜……」他說，「可是他就要被絞死了。」

他看起來非常震驚、傷心。鬼豔先生依然一語不發。

「好像並不是……」沙特衛先生欲言又止。「為什麼她不能去加拿大？」他文不對題地把話結束了。

鬼豔先生搖了搖頭。

「我甚至不知道她去了加拿大的什麼地方。」沙特衛先生不耐煩地繼續道。

「你能得知嗎？」鬼豔先生問道。

「我想我能。那個管家，他應該知道。或者那個祕書湯普森可能知道。」

他又停頓一下。當他再度開口時，語氣幾乎是在懇求。

「這件事好像和我沒有任何關係吧？」

「一個年輕人在三週之後就會被絞死？」

「嗯，我想是的。是的，我明白你的意思。這事攸關生與死的問題。還有那個可憐的女孩。不是我現實，但這究竟有什麼益處呢？整個事件難道不是很不可思議嗎？即使我查出那個女人去了加拿大的哪個地方，嗯，這豈不意味著我得親自去那兒一趟？」沙特衛先生看起來十分苦惱。「我正在考慮下星期去里維拉。」他可憐兮兮地說。

他的眼神盡可能明白地告訴鬼豔先生。「饒了我吧，好嗎？」

「你從來沒去過加拿大吧？」

「從來沒去過。」

「一個非常有意思的國家。」

沙特衛先生猶豫不決地看著他。

「你認為我應該去？」

鬼豔先生在椅子上向後一靠，點了一根菸。吞雲吐霧間，他不慌不忙地說：「我想你是個有錢人，沙特衛先生。雖不是什麼百萬富翁，但有實力放縱自己的嗜好而不需考慮花費。你老是在一旁觀看別人的悲喜劇。難道你從未想過跳進去參與一個角色嗎？難道你從未想去操縱別人的命運或站在舞台中央操縱生死？」

沙特衛先生向前探了探身子，慣常的熱切又湧了上來。

「你的意思是，要我繼續到加拿大進行徒勞的搜索？」

鬼豔先生微微笑了。

「哦！去加拿大是你的建議，不是我的。」他輕聲說。

「你不能這樣搪塞我。」沙特衛先生認真地說，「每次我一碰到你……」他停住了。

「然後呢？」

「你身上有某種我不了解的東西。可能我永遠不會了解。最近一次我碰見你是……」

「在仲夏的某個夜晚。」

沙特衛先生吃了一驚，彷彿這些話隱含著令他不解的意思。

「是個仲夏夜嗎？」他困惑地問道。

「是的。不過我們不必深究這個問題。它不重要，不是嗎？」

「既然你這麼說，」沙特衛先生彬彬有禮地說。他感到那個難以捉摸的暗示從他手指間溜走。「我從加拿大回來後，」他有點尷尬地停頓一下。「我……我很希望再見到你。」

「我恐怕暫時沒有固定的地址。」鬼豔先生遺憾地說，「但我經常來這個地方。假如你也經常光顧這兒，我們不久以後就會見面。」

他們愉快地分手了。

沙特衛先生非常興奮。他匆匆趕到庫克旅行社去，詢問了輪船航行的時間。然後打電話至迪林山莊。接電話的是個男管家，聲音文雅而恭敬。

「我叫沙特衛。我這裡是，呃，律師事務所。我想查詢最近在府上幫傭的年輕女子。」

「是露易莎嗎，先生？露易莎．布拉德？」

「是這個名字。」沙特衛先生說，非常高興獲知這一訊息。

「很遺憾她現在不在國內，先生。她六個月前去加拿大了。」

「你能把她現在的地址給我嗎？」

管家說恐怕不行。她去的那個地方位在山區，一個蘇格蘭名字，啊！班夫，就是這個地名。房子裡的一些女孩曾期望收到她的來信，但她從未寫過信給她們或留下任何地址。

沙特衛先生謝過他，掛斷了電話。他冒險的興致極高，決定百折不撓，要去班夫。如果這個露易莎・布拉德真的在那兒，他不管怎樣也會找到她。

令他自己吃驚的是，他非常喜歡這次旅行。他已經有好多年不曾長途航行了。里維拉、勒圖蓋、多維和蘇格蘭是他常去的地方。即將去執行一件不可能的任務，令他的旅行增添了神祕的刺激性。要是他的旅伴們知道他此行的目的，必定會認為他是個十足的大傻瓜！不過他們不認識鬼豔先生。

在班夫，他發現他很快便達到目的。露易莎・布拉德受雇於那兒的一家大飯店。他抵達十二小時後，便得以和她面對面地站著。

她是一個三十五歲左右的女人，表情毫無生氣，但體格健壯。她的頭髮是淡褐色，有些鬈曲，一雙褐色、誠實的眼睛。他覺得她有點傻，但非常值得信任。

他宣稱自己受命找她搜集一些關於迪林山莊慘案的進一步案情，她很快便相信了。

「我從報紙上看到馬丁・懷德先生被宣判有罪，先生。很令人難過。」

但是，她似乎認定他有罪。

「一個有為青年誤入歧途。儘管我不想說死者的壞話，但確實是夫人讓他走上這條路。

她不放過他，不放手。唉，結果他們倆都受到懲罰。我小的時候，我家牆上常常掛著一句箴言：『上帝知曉一切』，說得太對了。我就知道那天晚上要出事，而且事實果然如此。」

「是怎麼回事？」沙特衛先生問。

「先生，我正在我的房間裡換衣服，碰巧我朝窗外瞥了一眼。正好有一列火車經過，它噴出的白煙在空中升起，形成一隻巨手。相信我，一隻碩大的白色之手襯著天空中的緋紅，手指彎得像要伸出來抓什麼東西似的。我嚇了一跳，你知道嗎？我還自言自語說：『這是某件事情要發生的徵兆。』果然，就在那一刻我聽見了槍聲。『發生了。』我自言自語地說，隨即衝下樓，和凱莉、大廳裡的其他人一塊兒走進音樂室。她就在那兒，子彈穿過腦袋，流了一攤血。太可怕了！我告訴喬治爵士我看到的情景，但他看起來並不在意。那天一大早，我就預感到這是個不幸的日子。星期五，十三號，你能期望什麼呢？」

她東拉西扯地說著。沙特衛先生很有耐性。一次又一次，他引導她回到案件中去，仔細盤問她。最後他被迫承認他失敗了。露易莎・布拉德說了她所知道的一切，但她的故事太簡明、直接。

然而，他確實發現了一個重要事實……這份工作是喬治爵士的祕書湯普森先生介紹給她的。薪資非常優渥，因此她受到誘惑，接受了這份工作，儘管她必須非常匆忙地離開英國。一位鄧曼先生安排好了加拿大這邊的事，而且他警告她不要寫信給她在英國的那些同事，因為這可能「會招致移民當局的注意」。她自然對此深信不疑，並遵守要求。

她隨意提到的薪資數目極其豐厚，以至於沙特衛先生吃了一驚。猶豫了一陣後，他決定與這位鄧曼先生接洽。

他很順利地引導鄧曼先生說出他所知道的一切。鄧曼曾在倫敦見過湯普森，而且湯普森幫了他一次忙。九月時湯普森寫信給他說，由於私人原因，喬治爵士急於把這個女孩弄出英國，問他是否能給她找份工作？同時寄來一大筆錢用來提高這個女孩的工資。

「我猜只是那種普通的麻煩，」鄧曼先生若無其事地靠在椅背上說，「看起來是個不錯的女孩子，很恬靜。」

沙特衛先生不認為這是件一般的麻煩事。他確信露易莎・布拉德不是被喬治・巴納比拋棄的情婦。由於某種很重要的原因，她被弄出了英國。是為了什麼呢？是誰在幕後操縱？是喬治爵士本人借湯普森之手？還是後者出於自己的目的，假借其雇主的名義？

儘管腦子裡依然想著這些問題，沙特衛先生還是踏上了歸途。他既沮喪又失望。他的這次旅行一無所獲。

內心的失敗感使他苦惱不已，回來的第二天他就去了小丑餐館。他根本不期望第一次就能成功，然而讓他滿意的是，那個熟悉的身影就坐在幽暗處的那張桌子旁，哈利・鬼豔先生黝黑的面孔上掛著歡迎的微笑。

「唉，」沙特衛先生邊說邊自行吃了一塊奶油。「你派我去做了件徒勞無功的事。」

鬼豔先生眉毛一挑。

「我派你去？」他反駁道，「那完全是你自己的決定。」

「不管是誰的決定，總之沒有成功。露易莎・布拉德根本沒什麼好說的。」

接著，沙特衛先生敘述了他和露易莎的談話細節，以及他和鄧曼先生的會面。鬼鬍先生沉默地聽著。

「就某種方面來說，我的推斷正確，」沙特衛先生繼續說道，「她是被蓄意擺脫掉的。但是為什麼呢？我不明白。」

「不明白嗎？」鬼鬍先生說道，像往常一樣，聲音中含有煽動的意味。

沙特衛先生臉紅了。

「我想你是認為我本來可以提問得更巧妙些。我保證我一次又一次地把她引導到案子本身。沒有得到結果並不是我的錯。」

「你確信，」鬼鬍先生說，「你沒有得到你想知道的東西？」

沙特衛先生驚訝地抬頭看著鬼鬍先生，正好迎上他再熟悉不過的悲哀、嘲笑目光。

小個子的沙特衛先生搖了搖頭，有點茫然無措。

一陣沉默後，鬼鬍先生開口說話，態度完全不同。

「幾天前，你給我勾勒了一幅這件案子相關人物的精采畫面。你用幾句話就把他們刻畫得一清二楚。我希望你能如法炮製地談談那個地方，你沒介紹那個地方。」

沙特衛先生受寵若驚。

「那個地方？迪林山莊？嗯，它是那種非常普通的房子。紅磚砌成，有突出牆外的窗戶。外觀相當醜陋，但內部十分舒適。不是非常大的房子。占地大約兩英畝。那些接近高爾夫球場四周的房子，基本上全是一個樣子，是為富人們建造的。房子裡面有點像旅館，臥室就像旅館的套房。所有的臥室都裝有冷熱淋浴和浴缸。還有許多鍍金的電燈設備。所有的一切都舒適得不得了，但不太有鄉村風格。你知道，迪林谷離倫敦只有十九英里。」

鬼豔先生聚精會神地聽著。

「我聽說，火車服務很差。」他說。

「哦！這點我不知道。」沙特衛先生說道，他開始談得起勁。「去年夏天，我在那兒待過一陣子。我覺得進城去相當方便。當然火車每一小時才一班。每個整點的四十八分會從滑鐵盧開來，直到晚間十點四十八分為止。」

「到迪林谷需要多久？」

「大約三刻鐘。到達迪林谷是每個整點的二十八分。」

「當然了，」鬼豔先生惱怒地說，「我本來應該記得的。戴爾小姐那天晚上送某個人趕六點二十八分的火車，不是嗎？」

沙特衛先生並未馬上回答。他的思維閃電般跳回他未解決的問題上。過了一會兒他說：

「你剛剛問我是否確信我沒有得到我想要的訊息，我希望你能告訴我這話是什麼意思。」

這話聽起來很奇怪，但鬼豔先生並未假裝聽不懂。

「我剛剛想，要是你別那麼苛求就好了。別忘了，你查明了露易莎・布拉德離開英國是有預謀的。那麼這其中必定有原因。而原因就在她告訴你的話語中。」

「哦，」沙特衛先生爭辯道，「她說了什麼？假如她已經在法庭上作證過了，她還能說什麼？」

「她告訴過你她看見的東西。」鬼黜先生說。

「她看見什麼了？」

「天空中的徵兆。」

沙特衛先生盯著他。

「你認為那是胡言亂語嗎？說那是上帝的手是種迷信的說法嗎？」

「可能，」鬼黜先生說，「因為就你我對此的認知，它可能是上帝的手。」

沙特衛先生顯然被他嚴肅的態度弄糊塗了。

「胡說，」他說，「她親口說那是火車冒出來的煙。」

「我想知道，是上行列車還是下行列車。」鬼黜先生小聲說。

「不太可能是上行的列車。上行列車的開車時間是每個整點的五十分。一定是趟下行列車，六點二十八分那一趟。不，這不可能。她說之後馬上就聽到了槍聲，而我們知道開槍的時間是六點二十分。火車不可能提早十分鐘出發。」

「在那條路線是不太可能。」鬼黜先生贊同道。

沙特衛先生直視前方。

「可能是列貨車，」他喃喃地說，「但如果是這樣……」

「就沒有必要把她送出英國了，我同意。」鬼豔先生說。

沙特衛先生出神地望著他。

「如果是六點二十八分那班列車，」他緩緩說道，「而且假如開槍的時間就是那個時候，為什麼每個人所說的時間都早於這個時候？」

「顯然，」鬼豔先生說，「鐘錶有問題。」

「所有的鐘錶？」沙特衛先生狐疑地說，「你知道，這種巧合太難得了。」

「我並不認為這是一種巧合，」鬼豔先生說，「那天是星期五。」

「星期五？」沙特衛先生問道。

「你告訴過我，喬治爵士總是在星期五的下午為時鐘上發條。」鬼豔先生解釋道。

「他撥慢了十分鐘，」沙特衛先生幾乎是耳語般地小聲說，他為自己的這番發現大驚失色。

「然後他出去打橋牌。我想那天上午他一定看了妻子寫給馬丁・懷德的那封信，沒錯，他顯然拆閱了那封信。他六點半離開那個橋牌聚會，發現馬丁的槍立在側門附近，於是他走進去，從後面開槍打死她。然後他又走出去，把槍扔進灌木叢中，也就是後來槍被發現的地方。他看起來好像剛從鄰居家出來，這時正好碰上跑來通知他的人。但是電話……電話是怎麼回事？啊！我明白了。他切斷電話線，這樣他們就不能打電話報警了，因為警方可能會注意到他們接到電話的時間。現在懷德案水落石出了。懷德離開的實際時間是六點二十五分。他慢慢走回去，到家時間大約是六點四十五分。是的，我全明白了。露易莎是唯一的威脅，她不斷談到她迷信的幻覺，有人可能因此意識到火車時間的重要意義，那麼，他那完美的不在場證明就不攻自破了。」

「太厲害了。」鬼豔先生嘆道。

「現在唯一的重點是，我們該怎麼辦？」

「我想應該先處理希薇雅‧戴爾的事。」鬼豔先生說。

沙特衛先生一臉不解。

「我向你提到過，」他說，「我覺得她似乎有點，呃……傻。」

「她父親和兄弟們會採取必要的行動。」

「這倒是真的。」沙特衛先生寬慰地說道。

不久之後，他已坐在那個女孩身邊告訴她整個故事。她仔細聽著，什麼也沒問，但當他說完後，她站起來說：「我必須叫輛計程車，馬上。」

「親愛的孩子，你打算去哪兒？」

「我要去找喬治‧巴納比爵士。」

「不行，這是完全錯誤的行動。請允許我……」

他在她身邊喋喋不休地說個不停，但並未產生任何效果。希薇雅‧戴爾一意孤行。她允許他和她一起乘計程車過去，但對他的規勸充耳不聞。她將他留在計程車內，而她進了喬治·巴納比爵士的辦公室。

半小時後，她出來了，看起來精疲力竭，美麗的臉龐就像一朵缺水的花朵般枯萎了。

沙特衛先生關心地迎接她。

「我贏了。」她半閉著眼睛往後一靠，喃喃地說。

「什麼？」他吃了一驚。「你做了什麼？你說了什麼？」

她微微坐直了些。

「我告訴她露易莎·布拉德去找過警方了，並告訴他們她知道的事。我告訴他，警方進行了查詢，而且有人看見他走進自己的院子又在六點半過後走出來。我告訴他遊戲結束了。他……他崩潰了。我告訴他，他仍有時間逃跑，警方不會馬上來逮捕他。我告訴他，如果他簽署一項聲明，表示他殺了薇薇安，那麼我不會採取任何行動，但是如果他不簽，我就大聲尖叫，告訴這兒所有人事情的真相。他慌張得很，以至於不知道他在做什麼。他糊里糊塗就簽署了這份證明。」

她把它塞進他手中。

「拿去，拿去。你知道該做什麼，這樣他們就會釋放馬丁了。」

「他真的簽了。」沙特衛先生大叫道，驚訝不已。

「你知道，他有點傻，」希薇雅·戴爾說，「我也一樣，」她想了想又補充道：「這就是為什麼我知道傻瓜的反應。我們亂了方寸，然後就會做錯事，再事後懊悔。」

她渾身顫抖，沙特衛先生拍了拍她的手。

「你需要吃些東西重新振作起來，」他說，「來，附近有個我最喜歡並且常去的地方，小丑餐館。你去過嗎？」

她搖了搖頭。

沙特衛先生讓計程車停下，帶她進了那個小小的餐館。他朝陰暗處的那張桌子走去，一顆心期待地怦怦怦跳個不停。但那張桌子是空的。

希薇雅．戴爾看見他臉上的失望之情。

「怎麼了？」她問道。

「沒什麼，」沙特衛先生說，「我本來有點期望在這兒碰到我的一個朋友。沒關係。我想，總有一天我會再見到他……」

05

莊家的心聲

The Mysterious Mr. Quin

蒙地卡羅。沙特衛先生正在陽台上享受著陽光。

每年定期在一月的第二個星期天，沙特衛先生會離開英國至里維拉去。他遠比任何一隻燕子準時。四月他會返回英國，在倫敦度過五月和六月，參加從沒聽說他曾錯過的艾斯科特賽馬會。在伊頓和哈羅間的比賽結束之後，他離開城裡，先去拜訪幾家鄉間宅第，然後往多維或勒圖蓋去。狩獵聚會占去了九月、十月的大部分時間。通常他會在倫敦住上幾個月，結束這一年。他認識每一個人，而且可以毫不誇張地說，每個人也都認識他。

這天上午他深鎖眉頭。湛藍的大海引人讚賞，花園一如往常討人歡心，但遊人頗令他失望，他認為他們是一群衣著不得體的卑鄙小人。其中有賭徒、有天生注定的倒楣鬼。沙特衛先生容忍了那些人。他們是必要的背景。但他想念那些和他同一階層的精英。

「物換星移，」沙特衛先生悲哀地說，「各種以前支付不起觀光費用的人現在都來了。當然，我老了……湧進這裡的年輕人……都去瑞士這些地方。」

但有些人會讓他想念，那些穿著入時的各國男爵、伯爵、大公和皇室的王子們。到目前為止，他見過的唯一一位王子是一家不太著名的旅館裡的電梯操作員。

他也想念那些漂亮高貴的女士。這兒還能見著幾位，但人數不像過去那麼多了。

沙特衛先生是人生這齣戲裡一個認真的學生，但他喜歡多采多姿的素材。他感到失望襲上心頭。價值觀正在改變，而他，年紀太大，不可能變了。

就在這時，他看見查諾娃伯爵夫人朝他走來。

沙特衛先生多年來在蒙地卡羅見過這位伯爵夫人許多次了。他第一次看見她時，她和一位大公在一起，第二次她則和一位奧地利男爵在一起。在接下來的幾年中，她的朋友們是希伯來血統的男人：膚色蠟黃，鷹勾鼻，戴著相當華麗的珠寶。最近一兩年，人們經常看見她和非常年輕、幾乎稚氣未脫的小夥子在一起。

她現在正和一個非常年輕的小夥子在一起。沙特衛先生碰巧認識這個小夥子，他感到很難過。富蘭克林·拉奇是位美國青年，典型的美國中西部人，好出鋒頭、粗俗但討人喜歡，是天生機敏和理想主義的奇怪組合。和他同在蒙地卡羅的是一群美國年輕人，有男有女，大都是同一類型的人。這是他們首次見識到歐洲，他們在批評和欣賞方面向來直言不諱。

整體而言，他們不喜歡旅館裡的英國人，而英國人也不喜歡他們。以四海為家自豪的沙特衛先生卻非常喜歡他們。他們的直率和活力吸引了他，儘管他們偶爾的失態行為令他戰慄。

他發現，對於年輕的富蘭克林·拉奇來說，查諾娃伯爵夫人是個非常不合適的朋友。

當他們從他身邊走過時，他禮貌地脫帽致意，伯爵夫人帶著嬌媚的微笑向他點頭還禮。她個子非常高，身材姣好。黑髮黑眼，眼睫毛和眉毛如此濃黑，勝過任何自然的造化。沙特衛先生了解的女性祕密遠比任何男人都多，因而立刻對她的化妝藝術肅然起敬。她的膚色看起來毫無瑕疵，是均勻的乳白色。

她眼睛周圍塗著淡淡的茶褐色眼影，讓人印象最深。她的唇既不是緋紅色也不是猩紅色，而是柔和的酒紅色。她穿著一件設計非常大膽、黑白雙色的衣服，打著一支粉紅色洋傘，相當具有防曬功效。

富蘭克林．拉奇看起來幸福而且驕傲。

「小傻瓜一個，」沙特衛先生自言自語地說，「但我想這不關我的事，而且不管怎樣他都不會聽我的。唉，我的經驗也是花代價得到的。」

但他仍然非常擔心，因為在他們那一群人當中有個非常吸引人的美國小女孩，而且他確信她根本不樂意富蘭克林．拉奇和伯爵夫人做朋友。

他正打算朝相反方向回頭時，看見上面提到的這個女孩正朝他走過來。她穿著一件做工精細、訂做的套裝，上身是一件薄紗襯衫，腳上穿著質地良好又實用的便鞋，手裡拿著一本旅遊指南。有些美國人去過巴黎後，會以示巴女王式的服裝出現，但伊莉莎白．馬丁不是這種人。她正以認真努力的精神「遊覽歐洲」。她對文化和藝術有著高度見解，她急於用她有限的積蓄盡可能有所斬獲。

不知沙特衛先生是認為她有教養或有藝術天賦。總之對他來說，她顯得非常年輕。

「早安，沙特衛先生，」伊莉莎白．馬丁說，「您有看見富蘭克林．拉奇先生嗎？」

「我幾分鐘前剛見過他。」

「我猜，和他的朋友伯爵夫人在一起。」女孩尖刻地說。

「呃，是的，和伯爵夫人在一起。」沙特衛先生承認道。

「他的那位伯爵夫人對我沒有任何影響，」女孩大聲說道，聲音尖銳刺耳。「富蘭克林簡直為她著迷了。我想不出是為什麼。」

「我想，是她的行為舉止非常有魅力。」沙特衛先生小心翼翼地說。

「您認識她嗎？」

「點頭之交。」

「我實在很替富蘭克林擔心，」馬丁小姐說，「他通常很理智。你料不到他會迷上這種妖婦。而且他一句勸告也不聽，要是誰試圖對他說點什麼，他就暴跳如雷。無論如何，告訴我，她真的是伯爵夫人嗎？」

「我不太清楚，」沙特衛先生說，「可能是。」

「這就是道地的哈哈英國態度，」伊莉莎白不悅地說，「沙特衛先生，我只能說在我們家鄉薩賁泉，那位伯爵夫人會被視為趾高氣揚、古怪的女人。」

沙特衛先生認為這有可能。他忍著沒指出，他們不是在薩賁泉而是在摩納哥，而在這兒，伯爵夫人遠比馬丁小姐與周圍環境協調得多。

他並未回答，於是伊莉莎白繼續朝俱樂部走去。沙特衛先生坐在陽光下，不一會兒富蘭克林·拉奇加入。

拉奇熱情洋溢。

「我玩得很愉快，」他帶著天真的熱情宣布道，「是的，先生！這才是我所謂的見世面，和我們在美國是截然不同的一種生活。」

沙特衛先生轉過頭來，若有所思地看著他。

「生活在哪兒都差不多，」他有點不耐煩地說，「面貌不同罷了。」

富蘭克林．拉奇直盯著他。

「我不明白您的意思。」

「當然了，」沙特衛先生說，「那是因為你還有很長的路要走。不過真抱歉，任何年長的人都不該允許自己養成說教的習慣。」

「哦！沒什麼。」拉奇大聲笑了，露出和他同胞一樣漂亮的牙齒。「請聽清楚，我不是說我對賭場不失望。我原來以為賭博是另外一回事，是某種更為狂熱的東西。可是現在看來，它讓我覺得乏味、骯髒。」

「賭博對賭徒來說是生與死的問題，但它沒有極輝煌的價值。」沙特衛先生說，「讀點這方面的書來加以了解，要比親眼目睹令人興奮得多。」

這位年輕人點點頭表示同意。

「您在社交界算是個大人物吧？」他真誠又害羞的語氣讓人無法見怪。「我的意思是，您認識所有的公爵夫人、伯爵和伯爵夫人等等的人。」

「我認識很多這類的人，」沙特衛先生說，「還認識猶太人、葡萄牙人、希臘人和阿根廷人。」

「呃？」拉奇先生說。

「我只是在解釋，」沙特衛先生說，「我在英語社會中的活動。」

富蘭克林．拉奇沉思了一會兒。

「您認識查諾娃伯爵夫人，對吧？」他終於問道。

「點頭之交。」沙特衛先生說，和他對伊莉莎白的答覆一樣。

「這位女士……和她見面是件讓人興趣盎然的事。人們現在傾向於認為歐洲的貴族已經沒落了。在男人身上這也許是真的，但女士則不同。碰到像查諾娃伯爵夫人這樣優雅的人，難道不是一件令人愉快的事情嗎？詼諧、迷人、聰慧，她有幾代的文明作為後盾，一個徹頭徹尾的貴族！」

「是嗎？」沙特衛先生問。

「哦，不是嗎？你知道她的家世？」

「不，」沙特衛先生說，「恐怕我對她了解很少。」

「她是拉辛斯基家族的人，」富蘭克林．拉奇解釋道，「匈牙利最古老的家族之一。她有過最離奇的經歷。你知道她戴著的那一大串珍珠嗎？」

沙特衛先生點點頭。

「那是波士尼亞國王送給她的。她為他偷偷帶出去一些祕密文件。」

「我聽說過，」沙特衛先生說，「那些珍珠是波士尼亞國王送給她的。」

這件事確實是大家熟知的八卦消息，據說這位夫人當年曾是國王陛下的親密女友。

沙特衛先生聆聽著，他愈聽就愈佩服查諾娃伯爵夫人豐富的想像力。她絕非粗俗的「妖婦」（如伊莉莎白．馬丁對她的定義）。那個年輕小夥子在那方面夠精明，生活嚴謹，是個理想主義者。不，伯爵夫人艱苦地穿梭於外交陰謀的迷宮中。她有敵人及詆毀她的人，這是自然的事！她讓這位美國青年感覺到他正在觀看一個古老王國的生活，而伯爵夫人乃是中心人物，冷淡、高貴，是參事及王子們的朋友，一個激發浪漫情懷的忠誠人物。

「她得和許多人鬥爭，」這個年輕人最後溫和地說，「令人不可思議的是，她從來沒有找到一個女人能和她做真正的朋友。她的一生中，女人一直敵視她。」

「也許吧。」沙特衛先生說。

「您不認為這太不像話了嗎？」拉奇憤怒地質問道。

「不，不，」沙特衛先生沉吟道，「我不知道自己是否如此認為。女人有她們自己的標準，你知道的。我們插手她們的事沒什麼好處。她們應該管她們自己的事情。」

「我不同意您的觀點，」拉奇認真地說，「女人對女人的不友善，是當今世界上最糟的事情之一。您認識伊莉莎白．馬丁嗎？她完全同意我的觀點。我們經常在一起討論事情。她只是一個孩子，但她的觀點還可以。可是一旦到了實踐檢驗的時刻，哎呀，她和她們任何一個一樣糟。她對伯爵夫人一點也不了解，而且從一開始就不喜歡伯爵夫人，甚至當我試圖告訴她一些伯爵夫人的事情時還不肯聽。這是完全不對的，沙特衛先生。我贊成民主，況且，為什麼不能男人之間像兄弟，女人之間像姐妹呢？」

他認真地停頓了一下。沙特衛先生試圖想像出伯爵夫人和伊莉莎白·馬丁親如姐妹的情形，但失敗了。

「而另一方面，伯爵夫人，」拉奇繼續說道，「卻非常欣賞伊莉莎白，認為她渾身上下充滿魅力。這說明了什麼呢？」

「這說明，」沙特衛先生一本正經地說，「伯爵夫人度過的歲月比馬丁小姐長了許久。」

富蘭克林·拉奇出人意料地突然轉開話題。

「您知道她多大歲數了嗎？她告訴我了。她相當大方。我本來猜想她二十九歲，她主動告訴我說她三十五歲了。看起來不像，對吧？」

沙特衛先生只是揚了揚眉毛，心裡猜測這位夫人的年紀在四十五至四十九歲之間。

「我要提醒你，在蒙地卡羅不要完全相信別人告訴你的話。」他小聲說。

他的經歷足以使他明白，和這個年輕小夥子爭辯是無用的。富蘭克林·拉奇正處於白熱化的騎士精神巔峰期，在這個時候，他不會相信任何沒有權威證明的陳述。

「伯爵夫人來了。」這個小夥子說，隨即站起身來。

她以一種與她非常相稱的慵懶姿態朝他們走過來。不一會兒，他們三個人已經在一起坐著。在沙特衛先生看來，她非常有魅力，但態度冷漠。她非常尊重他，詢問他的意見看法，把他看作是里維拉的權威人士。

整個場面經過巧妙安排。過了沒幾分鐘，富蘭克林．拉奇就被尊重但明白無誤地打發走了，剩下伯爵夫人和沙特衛先生面對面。

她放下她的陽傘，開始用它在地上畫來畫去。

「您對那個不錯的美國小夥子感興趣，對吧，沙特衛先生？」

她的嗓音不高，語調親切悅耳。

「他是個挺好的小孩。」沙特衛先生含糊地說。

「是的，我發現他富有同情心。」伯爵夫人沉思地說，「我告訴他許多關於我生平的事情。」

「這樣啊。」沙特衛先生說。

「都是些我告訴過少數幾個人的事，」她神情恍惚地說，「我曾有過獨特的生活經歷，沙特衛先生。很少有人會相信發生在我身上的那些奇遇。」

沙特衛先生夠精明，一下子洞察到她的暗示。她告訴富蘭克林．拉奇的那些故事可能是真的。這極不可能，極端不可能，但也可能……沒有人能絕對肯定地說事實不是這樣……

他沒答話，伯爵夫人繼續神情恍惚地朝海灣那邊望著。

突然，沙特衛先生對她產生一種奇怪的新感覺。他不再把她看成是個殘忍貪婪的人，而是一個走投無路的人，竭盡全力地搏鬥著。他偷偷斜看了她一眼。陽傘沒撐著，他能看見她眼角少許的憔悴皺紋。太陽穴的脈搏在跳動著。

那種愈來愈強烈的堅信感覺，一次又一次穿過他的全身。她是個走投無路的絕望之徒。她會對他或任何妨礙她和富蘭克林・拉奇交往的人冷酷無情。但他仍覺得自己尚未摸清情況。顯然她很富有。她總是穿得很漂亮，她的珠寶首飾令人驚嘆。不可能是這一類的需求。是愛情嗎？他知道得很清楚，她那個年齡的女人確實容易愛上年輕小夥子。可能是這麼回事。他確信情況有些異常。

他意識到，她和他的私下對談乃是一種挑戰。她挑他出來作為她的頭號敵人。他確信她希望激勵他對富蘭克林・拉奇稍微談談她。沙特衛先生暗自竊笑。對此他是箇中老手了，知道什麼時候閉嘴是明智的。

那天晚上她在俱樂部賭輪盤碰運氣時，他觀察了她。

她一次又一次下注，只看見她的賭本有去無回。她輸錢的表現很好，一副老熟客的淡泊和冷靜。有一兩次她全部押在一門上，把最大賭注押在紅方，期間某一局中她贏了一點，然後又輸了，最後她下了六次注於 manque[5]，每次都輸了。然後，她優雅地微微聳了一下肩，轉身離開。

5　法語，指輪盤賭博中，對一至十八的數字所下的賭注。

她穿著一件綠底的金色衣服，看起來格外引人注目。那串著名的波士尼亞珍珠環繞在她頸上，長長的珍珠耳環吊在她的耳朵上。

沙特衛先生聽見他旁邊的兩個男人在讚揚她。

「查諾娃，」一個男人說，「她顯得很年輕，不是嗎？那串波士尼亞王室珠寶戴在她身上很漂亮。」

另一名矮個子是猶太人模樣的男子，目光不可思議地追隨著她的身影。

「這麼說，那些就是波士尼亞珍珠了，對吧？」他說道，「確實是很奇怪。」

他獨自輕聲笑了。

沙特衛先生並未聽到更多內容，因為此刻他正好轉過頭，非常高興認出一個老朋友。

「我親愛的鬼豔先生。」他們熱情地握了握手。「想不到會在這裡見到你。」

鬼豔先生微微笑了。他迷人的黝黑面龐明朗了起來。

「這不該令你吃驚，」他說，「現在是嘉年華期間。在這個時候，我經常在這兒。」

「真的嗎？哦，這太令人高興了。你想待在房間裡嗎？我覺得太暖和了。」

「外面會令人舒服些，」鬼豔先生贊同道，「我們到花園裡散散步吧。」

外面的空氣有點寒意，但不算冷。兩個人都深吸了口氣。

「這樣好多了。」沙特衛先生說。

「好多了，」鬼豔先生贊同地說，「我們能自由交談了。我確信你有好多話想告訴我。」

出來。

「確實如此。」

沙特衛先生興致勃勃地講著，說出了他的困惑。像往常一樣，他為自己營造氣氛的能力感到驕傲。伯爵夫人、年輕的富蘭克林、不讓步的伊莉莎白……他駕輕就熟地把他們勾畫了出來。

「打從我認識你之後，你漸漸變了。」當沙特衛先生的講述結束後，鬼豔先生微笑著說。

「在什麼方面？」

「那時你只滿足於旁觀人生中的戲劇。現在，你想參與，想去表演。」

「這是真的，」沙特衛先生承認道，「但在這個事件中我不知道該做什麼，非常令人費解。或許，」他躊躇地說，「或許你會幫我？」

「很榮幸，」鬼豔先生說，「我們看看能做些什麼。」

沙特衛先生感到一陣奇怪的安慰和信心。

第二天他把富蘭克林・拉奇和伊莉莎白・馬丁介紹給他的朋友哈利・鬼豔先生。他很高興看到他們相處融洽。伯爵夫人沒出現，但在午餐時間他聽到的新聞引起了他的注意。

「米拉貝今晚抵達蒙地卡羅。」他激動地把這個祕聞告訴鬼豔先生。

「那個巴黎舞台上的寵兒？」

「是的，我打賭你知道，眾所周知，她是波士尼亞國王跟前最新的紅人。我想，他給了她大量的珠寶。據說她是巴黎最難討好、最奢侈的女人。」

「她和伯爵夫人今晚的會面該是件很有趣的事。」

「我正好也這麼想。」

米拉貝的個子修長苗條，一頭美麗絕倫、染成金色的頭髮。她的膚色是一種蒼白的淡紫色，唇色是橘紅。她美得令人驚訝，其衣著使她看起來就像天堂裡光芒四射的小鳥一樣。成串的珠寶垂在她裸露的背部，左踝上是一條鑲著大鑽石的腳鍊。

當她出現在賭場時，引起了一陣轟動。

「你的朋友伯爵夫人很難勝過她了。」鬼豔先生在沙特衛先生耳邊低語道。

後者點了點頭。他急於看看伯爵夫人如何表現。

她來得晚，當她漫不經心地走向中間一張輪盤賭桌時，一陣竊竊私語在四周響了起來。

她穿著一件白衣……一件摩洛哥式直身裙，就像初入社交界的新人穿的那樣，她白皙光潔的脖頸和手臂上沒有佩戴任何裝飾品。她沒有佩戴任何一件珠寶。

「很聰明，」沙特衛先生馬上贊同道，「她不屑去競爭，而是和她的對手主客易位，反敗為勝。」

他走過去，站在那張賭台旁，不時地下注以自娛。有時他贏，但大部分時候是輸。

最後幾局相當精采刺激，三十一和三十四兩個號碼不斷出現。賭注聚集在賭桌末端。

沙特衛先生微笑著下了他今晚最後一把賭注，把最大數目押在五號上。

輪到伯爵夫人時，她向前傾了傾身子，把最大數目押在六號上。

「Faites vos jeux[6]，」莊家沙啞著嗓子喊道，「Rien ne va plus. Plus rien[7]。」

球飛快地旋轉著，發出悅耳的嗡嗡聲。沙特衛先生心想，對我們每個人，這都意味著某種不同的東西。希望和失望的激動，無聊、無所事事的消遣，生與死……

卡噠！

莊家探前身子去看。

「Numéro cinque, rouge, impair et manque.[8]」

沙特衛先生贏了。

莊家迅速地把其他人下的賭注收攏，推到沙特衛先生那兒去。沙特衛先生伸出手去接。伯爵夫人也同樣伸手去接。莊家左看右看他們兩人。

「是夫人的。」他粗魯地說。

伯爵夫人把錢收了起來。沙特衛先生把手抽了回來。他保持了紳士的風度。伯爵夫人非常坦然地看了看他，他也回視了她一眼。周圍有一兩個人向那位莊家指出他搞錯了，但他不耐煩地搖搖頭。他已經決定了，沒什麼好說的。他沙啞著大聲喊起來：「遊戲開始了，先生

6 法語，意思是「遊戲開始了」。

7 法語，意思是「不准反悔了，拿定主意了吧」。

8 法語，意思是「五號，紅方，單數贏了」。

女士們請下注。」

沙特衛先生回到鬼豔先生身邊。在他完美無缺的風度後面，充滿了極端的憤怒。鬼豔先生同情地聽著。

「太糟了，」他說，「但發生這些事情不稀奇。」

「我們晚一點的時候見見你的朋友富蘭克林．拉奇。我要開個小小的晚宴。」

他們三個人在午夜時分見面了，鬼豔先生解釋了他的計畫。

「這是一個被稱作『籬笆和捷徑』的聚會，」他解釋道，「我們選定一個碰面的地方，然後每個人出去，而且在道義上得邀請他碰到的第一個人。」

富蘭克林．拉奇被這個想法逗樂了。

「咦，要是他們不接受邀請呢？」

「你們必須盡你們最大的力量去說服他們。」

「好。會面的地點在哪兒？」

「一個波希米亞風格的咖啡廳，那兒專門招待奇怪的客人。店名叫『小酒窖』。」

他說明了它的位置，然後三個人分手了。沙特衛先生很幸運地直接碰上了伊莉莎白．馬丁，高高興興地把她帶回來。他們來到「小酒窖」，下樓來到一個地下室般的地方，在那兒擺了一張餐桌，燭台上點著老式的蠟燭。

「我們是第一個，」沙特衛先生說，「啊！富蘭克林來了……」

他突然停住了。和富蘭克林在一起的是伯爵夫人。一個令人尷尬的時刻。伊莉莎白表現得不太有禮貌，而她本可以更有禮貌。世故的伯爵夫人則保持著良好的風度。

最後來的是鬼豔先生。和他一起來的是一個黝黑瘦小的男人，他穿著整潔，沙特衛先生覺得他很面熟。過了一會兒，他認出這個男人。他就是晚上犯了拙劣錯誤的那個莊家。

「請讓我來介紹一下，這是皮耶．沃謝先生。」鬼豔先生說。

這個小個子男子似乎迷惑不已。鬼豔先生輕鬆地做了必要的介紹。晚餐端上桌了，是一頓精美絕倫的佳餚。酒送來了，非常好的酒。氣氛顯得有些冷淡。伯爵夫人很沉默，伊莉莎白也一樣。富蘭克林．拉奇變得很健談。他講了許多故事……不是幽默的故事，而是嚴肅的故事。鬼豔先生從容殷勤地傳遞著酒。

「我要告訴你們，這是一個真實的故事，一個成功男人的故事。」富蘭克林．拉奇鄭重地說。

就一個來自禁酒國家的人而言，他對香檳酒的欣賞並不落人後。

他講述了自己的故事，或許說得時間過長。像許多真實的故事一樣，離小說差遠了。

當他說完最後一個字時，坐在他對面的皮耶．沃謝好像醒了過來。他也充分享受著香檳酒。他朝桌子前傾了傾身子。

「我也要給你們講個故事，」他沙啞著聲音說，「但我的故事是關於一個不成功的男人。這是一個不是走上坡而是走下坡的男人故事。而且和你的故事一樣，它也是真實的。」

皮耶・沃謝在椅子上朝後一靠，盯著天花板。

「故事從巴黎開始。在那兒有個男人，是個寶石工匠。他年輕，無憂無慮，工作勤奮。人們都說他大有前途。一門好親事已經為他安排好了，新娘長得不太難看，嫁妝非常令人滿意。然後，你們猜怎麼著？一天早晨他看見了一個女孩，非常可憐、瘦小的女孩，先生。漂亮嗎？是的，也許，如果她不是餓得半死。但無論如何，在這個年輕人眼裡，她有種他無法抗拒的魔力。她一直在努力找份工作，她善良賢淑……或者至少她是這麼告訴他的。我不知道這是否是真的。」

陰暗中突然傳來了伯爵夫人的聲音。

「為什麼不是真的？世上有許多類似的事情。」

「如我所說，那個年輕人相信了她。他娶了她，愚蠢的做法！他的家人對他無話可說。他激怒了他們。他結婚了，我權稱她為珍妮。結婚是件好事，他這麼告訴她。他覺得她應該非常感激他，因為他為她犧牲了許多。」

「對於一個貧窮的女孩來說，這是一個迷人的開始。」伯爵夫人譏諷道。

「他愛她，是的，但從一開始，她就使他發狂。她喜怒無常，經常大發雷霆，她會前一天對他冷若冰霜，第二天又熱情如火。最後他明白了真相。她從未愛過他。她嫁給他是為了維持生活，糊口活命。這一真相刺傷了他，深深地傷害了他，但他盡最大努力表現出若無其事的樣子。他仍然覺得他應受到感激，他希望她以夫為貴。他們爭吵。她責備他，天啊，她有什麼事不去責備他呢？

「接下來的情況你們看得出來吧？注定會發生的事。她離開了他。兩年來他孤單一人，在他的小店裡工作，沒有她的任何消息。他只有一個朋友——苦艾酒。生意也不太好。

「然後有一天，他走進店裡時發現她坐在那兒。她穿得很漂亮，手上戴著戒指。他站在那兒審視著她，一顆心咚咚咚地跳個不停，跳得厲害！他茫然失措。他想揍她一頓，想把她摟在懷裡，想把她扔到地上，想用腳狠狠地踩她，想跪倒在她的腳下。但他什麼也沒做。他拿起鉗子，繼續幹他的活。『夫人想要什麼？』他一本正經地問道。

「這令她不高興，她沒想到他會這麼說。『皮耶，』她說，『我回來了。』

「他把手中的鉗子放到一邊，看著她。『你希望我原諒你嗎？』他說，『你想讓我重新接受你嗎？你是誠心誠意地悔悟嗎？』她低聲說道：『你想讓我回來嗎？』天哪！她說得那麼溫柔。

「他知道她在設圈套。他渴望把她擁入懷中，但他太聰明了，沒有那樣做。他裝出一副冷漠的樣子。

「『我是一個基督徒，』他說，『我盡力照教會的指示去做。』啊，他心想，我要挫一挫她的銳氣，挫到讓她跪下。

「但是珍妮，我將這麼稱呼她，朝後一甩頭，大聲笑了起來，是那種邪惡的笑聲。『我在嘲弄你，小皮耶，』她說，『瞧瞧這些昂貴的衣服，這些戒指和手鐲。我是來向你炫耀的。

我會使你把我擁入懷中，而當你這麼做的時候，我會啐你一臉，告訴你我是多麼恨你！』

「說完她就走了。你們能相信嗎，先生們，一個女人竟然會如此惡毒，回來僅僅是為了折磨他？」

「不，」伯爵夫人說，「我不相信，而且任何一個不是傻子的男人也不會相信。但所有男人都是視而不見的傻子。」

皮耶·沃謝沒理會她，繼續講他的故事。

「於是我故事裡的那個年輕人愈來愈消沉。他喝的苦艾酒愈來愈多。那個小店在他不知情的情況下被賣掉了。結果他成了底層社會的人渣。後來戰爭爆發了。這是件好事。戰爭讓他離開了貧民區，使他覺悟，不再做一名衣冠禽獸。戰爭訓練了他，讓他冷靜下來。他忍受了寒冷、疼痛和死亡的恐懼，但他沒死，戰爭結束後，他又是一條好漢。

「就在那時，各位，他來到南郊。他的肺受到了毒氣的侵害，他們說他必須在南部找工作。我不再用他的這些事情來煩大家。只要說他最後成了一名賭台莊家就夠了，然後一天晚上在賭場，他又看見她，那個毀掉他生活的女人。她沒認出他來，但他認出了她。她看起來富有，什麼也不缺，但先生們，莊家的眼睛是銳利的。一天晚上，她把她最後的賭本全都押了上去。別問我是怎麼知道的，我確實知道，一個人能感覺到一些蹊蹺。別人可能不會相信，因為她還有昂貴的衣服，但我想說的是，為什麼她不典當掉它們呢？那樣做的話，唉，馬上就名聲掃地了。她的珠寶？啊不！我年輕時不是一名珠寶商嗎？那些真珠寶很早以前就不在了。某個國王送給她的那些珍珠被一顆一顆地賣掉，換成了假的。何況一個人必須吃東西，支付旅館的帳單。是的，那些富有的男人們，他們已經注意她多年了。呵，他們說她已經年過五十。就我看來，她還比較年輕。」

一陣令人戰慄的長嘆聲，從伯爵夫人靠著的窗戶旁傳過來。

「是的。那是個激動人心的時刻。我觀察她兩個晚上了。輸了又輸，一輸再輸。最後一擲的時候到了。她把所有的賭本都押在一個號碼上。她身旁一位英國紳士也押上最高數目，押在接下來的那個號碼上。球滾動著……那一刻到來了，她輸了……

「她與我四目交會。我怎麼辦？我冒著失去賭場這份工作的危險，搶了那位英國紳士。『是夫人的。』我說道，一邊把錢推了過去。」

「啊！」一陣嘩啦聲，伯爵夫人一躍而起時碰著桌子打翻了她的杯子。「為什麼？」她大聲喊道，「那是我想知道的，你為什麼那樣做？」

一陣長時間的停頓，似乎沒有盡頭的停頓，仍然是那兩人面對面地隔著桌子對視……好像一場決鬥。

一絲惡意的微笑悄悄爬上皮耶．沃謝的臉龐。他舉起手。

「夫人，」他說，「有一種東西叫作憐憫……」

「啊！」她再度沉坐了下來。「我明白了。」

她平靜、面帶微笑，又回復到原來的樣子。

「一個有趣的故事，沃謝先生，不是嗎？請讓我給您點根菸。」

她熟練地捲了一個紙捻，在蠟燭上點燃，遞給了他。他朝前傾了傾身子，直到火焰燃著他夾在唇間的香菸。

然後她出人意料地站了起來。

「現在我必須走了。請……我不需要任何人送我。」

大家還沒反應過來，她就已經走了。沙特衛先生本來要趕快追出去，但他被那個法國人吃驚的喊聲攔住了。

「青天霹靂！」

他盯著伯爵夫人扔在桌上那個燒了一半的紙捻，並展平了它。

「天啊！」他喃喃地說，「一張五萬法郎的支票。你們明白嗎？她今晚贏的錢。她在世界上擁有的全部財產。而她用它點燃了我的菸，因為她太驕傲了，不肯接受……憐憫。哦！驕傲，她總是像撒旦一樣驕傲。她與眾不同，不可思議。」

他從座位上一躍而起衝了出去。沙特衛先生和鬼豔先生也站起來。侍者走近富蘭克林·拉奇。

「帳單，先生。」他面無表情地說。

鬼豔先生迅速地把它從他手中奪了過來。

「我覺得有點寂寞，伊莉莎白，」富蘭克林·拉奇說，「這些外國人……他們真是急躁！我無法理解他們。這一切到底意味著什麼？」

他朝她望去。

「唉，像你一樣以百分之百的美國人角度來看，倒是挺好的。」他的嗓音中有一種小孩般的哀傷口氣。「這些外國人太奇怪了。」

他們謝過鬼豔先生，一起走入夜色中。鬼豔先生收起他的零錢，對著正像一隻心滿意足的鳥兒一樣洋洋自得的沙特衛先生微微一笑。

「好吧，」沙特衛先生說，「倒是都圓滿結束了。我們相愛的小鳥們現在都沒事了。」

「哪些小鳥？」鬼豔先生問道。

「哦！」沙特衛先生吃了一驚說道，「哦！是的，嗯，我想你是對的，考慮到拉丁式的觀點和所有……」

他看起來半信半疑。

鬼豔先生微微一笑，他身後的一扇彩繪玻璃窗一瞬間替他披上一件五顏六色的小丑彩衣。

06

海上來的男人

The Mysterious Mr. Quin

沙特衛先生覺得自己老了。也許這並不令人意外，因為在許多人看來，他是上了年紀。粗枝大葉的年輕人對他們的同伴說：「老沙特衛？哦！他一定有一百歲了，或者至少八十歲左右。」甚至最善良的女孩也遷就著說：「哦！沙特衛。是的，他很老了。他應該有六十歲了。」這還不算非常糟，因為他六十九歲了。

然而，在他自己看來，他並不老。六十九是一個有趣的年齡，一個有無限可能的年齡，一個一生中的經驗終於開始產生效果的年齡。但是感覺老了，整個人就不同了，心情厭煩、洩氣，傾向於問自己一些令人沮喪的問題。他究竟是個什麼樣的人？一個上了年紀的乾癟小老頭，既無女人，也無子女，無親無故，只有一批目前看來出奇不順眼的珍貴藝術收藏品。沒人在意他是生是死……

一想到這裡，沙特衛先生立刻振作精神。他剛才想的這些既不健康又無益處。他自己最清楚，可能的情況是，如果他有妻子，那麼她可能會恨他，或者他會恨她，孩子們可能會不斷給他煩惱、讓他操心，這種事需要時間和關愛，他會覺得厭煩。

「平安舒適最重要。」沙特衛先生堅決地說，這才是重要的。

最後一點想法使他想起今天早上他收到的信。他從口袋中掏出那封信重讀一遍，愉快地欣賞著信的內容。首先，這封信是一位公爵夫人寫給他的，沙特衛先生喜歡收到這位公爵夫人的來信。雖然信一開頭就是要求他捐一大筆錢給慈善機構，否則她根本不會寫這封信，但其措辭非常客氣，所以沙特衛先生能忽略第一個事實。公爵夫人寫道：

所以您拋棄了里維拉。您這座島嶼如何？便宜嗎？今年，卡諾提很可恥地提高了價格，我不打算再去里維拉了。如果你的答覆是肯定，我明年可能會試試去您那座島，儘管我討厭在船上待上五天。不過你推薦的地方一定非常、非常舒適。您將會成為那種養尊處優、一心只顧自己舒適而無所事事的人。只有一件東西可以救你，沙特衛先生，那就是您對他人之事所持有的狂熱興趣……

沙特衛先生摺好信，他的面前栩栩如生地浮現出公爵夫人的容貌，她的吝嗇，她的不可預料、驚人的仁慈，她刻薄的言詞，不屈不撓的毅力。

毅力！每個人都需要毅力。他又拿出一封貼著德國郵票的信，這是他很喜歡的年輕歌唱家所寫的，是一封充滿感激和深情的信。

我該怎麼謝謝你呢，親愛的沙特衛先生？事情看起來太不可思議了，以至於很難讓人想到幾天後我就要演唱伊索德這個角色了……

很遺憾她的首次登台將演伊索德[9]。奧爾嘉是個迷人、勤奮的孩子，嗓音美麗，但沒個性。他自顧自地哼了起來。「不要發號施令！請設身處地想一想！我下的命令。我，伊索德。」不，這個孩子抓不到那種精神。那種不屈不撓的毅力，都表現在最後那句「我，伊索德」之中。

唉，無論如何，他為某個人做了點事。這座島嶼令他沮喪，為什麼呢？為什麼他放著人面廣又熟悉的里維拉不去？在這兒沒人對他感興趣。好像沒人意識到這是沙特衛先生……諸多公爵夫人、伯爵夫人、歌唱家和作家的朋友。這座島上沒有任何社會名流或知名藝術家。大多數人連續七年、十四年或二十一年到這裡來，他們看重自己，也相對地為人所看重。

沙特衛先生深深地嘆了口氣，繼續從飯店朝下面蜿蜒的小港口走去。他走的這條路兩旁種滿了九重葛，一大片色彩絢麗的猩紅花朵迎風招展，這使他覺得比以往更蒼老、更陰鬱。

「我愈來愈老了，」他小聲道，「我變得蒼老而疲倦。」

他經過了那片九重葛，走下一條白色街道，盡頭就是藍色大海，他高興了起來。一隻髒兮兮的狗蹲在路中央，打著哈欠，在陽光下伸著懶腰，非常開心地伸展四肢，又蹲下來舒舒服服地搔癢。然後牠站起來，抖了抖身子，向四周搜尋生命賜給牠的好東西。

路旁有個垃圾堆，牠高興地過去嗅了嗅。果然，牠的鼻子沒騙牠！如此濃烈的腐爛氣味甚至超過了牠的預料！牠愈來愈高興地嗅著，接著突然縱情地躺在地上，又極度興奮地在那美味的垃圾堆上打滾。顯然這個上午是狗的天堂！

最後累了，牠站起來，走到了路中央。然後沒有一點警告的，一輛破舊的小汽車橫衝直撞地從轉彎處奔馳而來，壓過牠的全身，揚長而去。

那隻狗站起來，站著凝視了沙特衛先生一分鐘，眼睛裡是茫然無聲的責備，隨即倒下。

沙特衛先生走過去，彎下身子。那隻狗死了。他繼續走他的路，感嘆著生活的悲哀和殘酷。那隻狗眼神裡的責備真奇怪呀！「哦！世界，」牠的眼睛彷彿在說，「哦！我信任的美好世界。為什麼你如此待我？」

沙特衛先生繼續朝前走，經過棕櫚樹和零星散布的白屋，又經過浪花拍岸如雷的黑色熔岩海岸。很久以前，那裡曾有一位知名的英國泳將被海水沖走，淹死了。經過岩石砌成的游泳池，孩子們和上了年紀的女士們美其名是在游泳，其實是在水裡上下跳動，沿著那條陡峭的路蜿蜒而上來到懸崖的頂端。懸崖末端有棟屋子，屋名為拉巴斯，十分相稱的名字。它是一棟白色房子，淡綠色的百葉窗緊閉著，有一座繁複而美麗的花園，和一條兩側栽滿柏樹的人行道，道路通向懸崖盡頭的高原，在那兒你可以俯瞰下方湛藍的大海。

沙特衛先生就是為了這些而來這個地方。他非常喜歡拉巴斯的那個花園。他從未進入那棟別墅。那兒看起來總是空無一人。曼紐爾，那個西班牙園丁，揮手向人道早安，殷勤地送給女士們一束鮮花，送給男士們一枝鮮花別在扣眼上。他黝黑的臉上笑容滿面。

有時候，沙特衛先生在腦子裡編造那棟別墅主人的故事。他最喜歡的猜測是：一名以美

9 伊索德（Isolde），德國作曲家、劇作家華格納（Wilhelm Richard Wagner, 1813-1883）的歌劇《崔斯坦與伊索德》（*Tristan und Isolde*）的女主角。

貌聞名於世的西班牙舞蹈家隱居在此……為了不讓世人知道她不再美麗了。

他想像著她在薄暮時分從房子裡走出來，穿過花園。有時他禁不住想問問曼紐爾事實如何，但他抗拒了這個誘惑。他更喜歡自己的想像。

沙特衛先生和曼紐爾說了幾句話，彬彬有禮地接受一枝橘色的玫瑰花苞，繼續朝前走在那條通向大海的柏木小徑上。坐在那兒感覺非常好，處在虛無的邊緣，下面是陡峭的險壁。這使他想起了崔斯坦和伊索德，想起了第三幕開始的崔斯坦和科溫諾……那孤獨的等待和伊索德從海裡奔過來，崔斯坦死在她的懷中（不，小奧爾嘉永遠演不好伊索德。康沃爾的伊索德，那個對王室愛恨交加的女子……）。他打了個寒顫，覺得蒼老、寒冷、孤單……他從生活中得到了什麼？什麼也沒有，什麼也沒有。和街上那隻狗差不了多少……

一個意想不到的聲音把他從沉思中喚了起來。他並未聽見柏木道上的腳步聲，使他意識到有人過來的，那是英語的一句「該死」。

他四下一看，發現一個年輕人正帶著驚訝和失望盯著他。沙特衛先生立刻認出這個人，他是前一天才到達這裡的，這多少引起了沙特衛的興趣。沙特衛先生稱他是個年輕人，因為和飯店裡大多數因循守舊的老頑固相比，他是個年輕人，但他無疑永遠不可能再回到四十歲了，而且可能已經快五十。儘管這樣，年輕人這個名詞適合他（沙特衛先生對這類事情的判斷通常是對的），他給人一種未成熟的印象。這個陌生人給人的感覺，就好像許多完全成年的狗還有點幼年時期的特性。

沙特衛先生心想：「這個男人從來沒長大過，也就是說，沒有正常地長大過。」然而在他身上，並沒有任何小飛俠彼得潘的影子。他的皮膚光滑，幾乎是白白嫩嫩，他給人一種感覺：他總是在物質上生活得非常舒適，而且不讓自己不快樂或不滿足。他有一雙非常渾圓的棕色眼睛和開始發白的金髮，有一點鬍子，臉色紅潤。

沙特衛先生困惑的是，是什麼把他帶到這個島上？他能想像此人射擊、打獵、打馬球或高爾夫球和網球，和美女做愛。但在這個島上沒有任何東西可射可獵，除了高爾夫……槌球遊戲不算是娛樂活動，而最近的美女就是上了年紀的芭芭・金德利小姐了。當然也有被美麗景色吸引的藝術家，但沙特衛先生很肯定這個年輕人不是藝術家。他一看就知道他是個不懂藝術的門外漢。

正當他在腦子裡思慮這些問題時，對方說話了，而且意識到這時他單方面的開口可能會招致指責。

「對不起，」他有點尷尬地說，「事實上，我被……呃，嚇了一跳。我沒想到有人在這兒。」

他的微笑很迷人，親切，有感染力，使人消除了戒心。

「這是個很荒涼的地方。」沙特衛先生贊同道，禮貌地往凳子裡面挪了挪。對方接受了這無聲的邀請，坐了下來。

「荒不荒涼我不知道，」他說，「但好像總是有人在這兒。」

他的話音裡隱約夾雜不滿。沙特衛先生很納悶。他認為對方是心地友善的那種人，為什麼堅持孤獨？也許，和人有約？不，不是那樣。他又仔細地暗暗觀察了他的同伴。不久前他在哪兒看過那種特別的表情？那種困惑無聲的怨恨。

「那麼，您以前曾來過這兒？」沙特衛先生沒話找話說地問道。

「我昨晚來過這兒，晚飯後。」

「真的？我以為大門總是鎖著的。」

年輕人躊躇了一下，才悶悶不樂地說：「我是翻牆進去的。」

沙特衛先生這時專心地看著他。他有偵探似的思考習慣，他知道這位同伴前一天下午才剛抵達。他還來不及在白天發現這棟別墅的美麗，至今還沒和任何人說過話。然而在天黑後他徑直來到了拉巴斯，為什麼？沙特衛先生不由自主地轉過頭去看了看那棟有綠色百葉窗的別墅，但像往常一樣，它萬籟俱寂，毫無生機，門窗緊閉。不，謎底不在那兒。

「那麼您確實發現過這兒有人？」

對方點了點頭。

「是的。一定是來自另一家飯店。他穿著化裝舞會裝。」

「化裝舞會裝？」

「是的，一種丑角裝。」

「什麼？」

沙特衛先生大聲叫道。他的這位同伴轉過頭來驚訝地看著他。

「我猜，飯店裡經常舉辦化裝舞會？」

「哦！當然，」沙特衛先生說，「當然，當然，當然。」

他氣喘吁吁地停頓了一下，然後補充了一句：「你必須原諒我的激動。你知道一些有催化作用的東西嗎？」

那個年輕人盯著他。

「從沒聽說過。那是什麼？」

沙特衛先生嚴肅地引述道：「一種仰賴某種自身保持不變的特質，其出現會造就某種成功的化學反應。」

「哦。」那個年輕人不確定地說。

「我有個朋友，他叫鬼豔先生，用『催化劑』這個詞來形容他最貼切了。他的出現是事情將要發生的預兆，因為他一在場，奇怪的內幕就會被揭開，就會有所發現。然而，他本人並不參與整個過程。我覺得您昨晚在這兒碰見的那個人就是我的朋友。」

「那麼他是那種來無影去無蹤的人囉。他著實嚇了我一大跳。前一分鐘他還不在那兒，下一分鐘他就在那兒了！簡直好像他是從海裡浮出來似的。」

沙特衛先生朝那塊小高原望去，又低頭看看下面險峻的峭壁。

「當然，那是無稽之談，」對方說，「但這是他給我的感覺。當然，其實那兒連蒼蠅落腳的地方都沒有。」他看了看懸崖邊。「一個垂直而光禿禿的峭壁。假如你走過去，那可真是末日了。」

「事實上，是理想的謀殺地點。」沙特衛先生愉快地說。

對方目不轉睛地盯著他，彷彿一時聽不明白，隨後含糊地說：「哦！是的，當然……」

他坐在那兒，用手杖輕叩著地面，雙眉緊鎖。突然之間，沙特衛先生找到他一直在尋求的相似之處。那無聲、困惑的質問。那隻被輾死的狗也有這樣的眼神。牠的雙眼和這個年輕人的眼睛，以同樣的責備眼神提出了同樣可憐的問題：「哦！我信任的世界，你們對我做了什麼？」

他還在兩者之間看到了其他相似之處，同樣隨性歡樂，同樣喜歡縱情於生活享受，同樣缺乏理性的探究。足夠兩者得過且過了……世界是個好地方，一個充滿淫樂的地方，太陽，海，天空，一個不顯眼的垃圾堆。然後，怎麼著？一輛車撞上了那隻狗。那……什麼撞擊了這個男人？

此刻，這名男子開口打斷了沙特衛先生的思緒，然而，他像是在自言自語，而非對著沙特衛先生說話。

「我想知道，」他說，「這一切是為了什麼？」

熟悉的字眼，經常使沙特衛先生唇邊盪起笑意的話語，無意中流露出了人類天生的自私：認為生活的每個表現都是完全為了其歡樂或痛苦。他沒有回答，不一會兒，那個陌生人帶著一絲歉意輕笑著說：「我聽人家說每個男人都應該蓋棟房子、種棵樹、有個兒子。」他躊躇了一下，然後又說：「我想我曾經種過一顆橡樹果實……」

沙特衛先生微微一震。他的好奇心被喚了起來，公爵夫人指責他的那種對他人之事所長存的興趣被激了起來。這並不難。沙特衛先生本性中有非常女性的一面，他可以像任何女人一樣做個好聽眾，他懂得適時提示。不久他就在傾聽整個故事了。

這名陌生人叫安東尼．科斯登，他的生活大致如沙特衛先生所想像。他不擅長說故事，但他的聽眾輕而易舉地彌補了這一缺陷。非常平凡的生活：一份一般的收入，有過一小段軍旅生活，一有機會就經常運動，有許多朋友，有許多快樂的事可做，不缺女人。那種生活幾乎抑制了任何性質的想像空間，只剩下感官刺激而已。坦白說，就是耽於肉欲的生活。「但還有比這更糟的事，」經歷豐富的沙特衛先生暗忖，「哦！還有許多比這更糟的事……」這個世界對於安東尼．科斯登來說，是個非常美好的地方。他曾抱怨，因為每個人都抱怨，但從來不是非常嚴肅認真的抱怨。接下來是這件事。

他終於談到它了，非常含糊，語無倫次。他說他覺得有些不對勁，如此而已。他去看了醫生，醫生勸他去找哈利大街的醫師。然後是令人難以置信的真相。他們試圖迴避，談及要非常小心地過段寧靜的生活，但他們騙不了他，那些全是假話，這使他有點沮喪。結論是：六個月。那就是他們給予他的。六個月。

他困惑的棕色眼睛轉向沙特衛先生。當然，這對一個人是相當大的打擊。讓人莫名地不知所措。

沙特衛先生嚴肅而理解地點了點頭。

安東尼・科斯登繼續說，一時要接受這項事實有點困難。如何度過那段時間呢？等死是件非常糟糕的事情。他並不覺得自己真的病了，還沒有這種感覺。儘管稍後可能會發病，醫生是這麼說的，事實上，一定會發病。一個人還不想死卻行將就木，似乎荒謬至極。他想，最好的辦法是像往常一樣過日子。但不知怎地，這並未奏效。

這時沙特衛先生打斷了他的話。他委婉地暗示道，是否有某個女人存在？

但顯然沒有。當然有女人，但不是那一類。他的那個小圈圈朝氣蓬勃。他說他們不喜歡屍體。他不希望自己成為行屍走肉，這會使所有人尷尬，所以他就來到了國外。

「你來看這些島嶼？為什麼？」沙特衛先生在搜尋某種東西，某種難以捉摸而又微妙、令他困惑的東西，然而他確信它存在著。「也許，你以前來過這兒？」

「是的。」他不大情願地承認道，「多年前當我還是個年輕人的時候。」

突然間，他幾乎是不自覺地回頭向那棟別墅看了一眼。

「我記得這個地方，」他看著大海點了點頭說，「離永生只有一步之遙！」

「這就是你昨晚來這兒的原因。」沙特衛先生平靜地說。

安東尼・科斯登氣餒地看了他一眼。

「哦！我的意思是，事實上⋯⋯」他抗議道。

「昨晚你發現有人在這兒；今天下午你又碰到了我。你的命已經被救了兩次。」

「你若要那麼說，那隨你便。但該死！這是我的生命，我有權利做我想做的事。」

「陳腔濫調。」沙特衛先生厭煩地說。

「我當然明白你的意思，」安東尼．科斯登寬容地說，「自然你會盡力規勸。我自己也會勸人打消這個念頭，即使我深知他是對的。而你知道我是對的。乾淨俐落地了結，要比花錢、引起麻煩又讓大家費心的苟延殘喘好得多。反正，這世界上並沒有任何人屬於我……」

「如果有呢？」沙特衛先生尖銳地說。

科斯登深深地吸了口氣。

「我不知道。即使是那樣，我想，這條路也是最好的辦法。但不管怎樣，我沒有……」

他突然停住了。沙特衛先生好奇地看著他。浪漫得無可救藥的他再度推測，他一定在某個地方有某個女人。但科斯登否認了。他說，他不該抱怨，整體而言，他過著非常美好的生活。遺憾的是它很快就要結束了，就是這樣。但是他認為，無論如何，他曾經擁有一切……除了一個兒子。他想有個兒子。他希望有一個兒子可以接替他活著。然而，他重申他已有過非常美好的生活。

就在這時，沙特衛先生失去了耐性。他指出，依然處於未成熟階段的人，根本沒有資格宣稱自己懂得生活。顯然科斯登完全不懂「未成熟階段」的意思，因此沙特衛先生繼續把他的意思講得更清楚些。

「你還沒有開始生活。你還處於生命的開始。」

科斯登大聲笑了起來。

「什麼，我的頭髮已經灰白了，我四十……」

沙特衛先生打斷了他的話。

「與此無關。生活是生理成長和精神經驗的合成物。比如，我的年齡是六十九，而我也是實實在在的六十九歲。透過直接或間接方式，我獲得所有的生活經驗。而你則好像一個談起歲時變化卻只有雪和冰可談的人！春天的鮮花，夏日的沉悶，秋天的落葉，你對此一無所知，甚至不知道還有這些東西。你甚至拒絕了解這些事物的機會。」

「你好像忘了，」安東尼．科斯登冷冷地說，「我只有六個月的時間。」

「時間，像所有東西一樣，是相對的，」沙特衛先生說，「六個月可能是你一生中最漫長、最多采多姿的一段經歷。」

科斯登似乎不為所動。

「換成你，」他說，「你也會做同樣的事。」

沙特衛先生搖了搖頭。

「不，」他簡潔地說，「首先，我懷疑我是否有那份勇氣。那需要勇氣，而我並不是個勇敢的人。其次……」

「嗯？」

「我總是想知道明天會發生什麼事。」

科斯登大笑著突然站了起來。

「唉，先生，你非常擅長引導我說話。我不知道為什麼，總之，就是這樣。我已經說得太多了。別理我吧。」

「明天，當有人宣布事故發生時，我也什麼都別管嗎？也別提什麼自殺？」

「隨你便。我很高興你了解到一件事……你不可能阻止我。」

「親愛的年輕人，」沙特衛先生溫和地說，「我很難待在你身邊隨時對你耳提面命。你遲早會趁我不備時溜掉，執行你的計畫。但不管怎樣，今天下午你的計畫是泡湯了。至少你不會自尋短見，留下我含冤承擔把你推下去的罪名。」

「那倒是，」科斯登說，「要是你堅持留在這兒……」

「我堅持。」沙特衛先生堅決地說。

科斯登愜意地大聲笑了。

「那麼這個計畫必須暫時延遲了。總之，我要回飯店了。也許，回頭見。」

他留下沙特衛先生一人眺望著大海。

「現在，」他輕輕地自言自語，「下一步呢？必定有下一步。我懷疑……」

他起身，在那個高地邊緣站了一會兒，俯瞰奔騰的海水。但他在那兒沒找到靈感，於是他慢慢地轉過來，沿著那條柏樹夾道的路往回走，走進了那座靜悄悄的花園。他看著這棟門窗緊閉、氣氛安詳的房子，心裡一如往常般納悶：是誰曾住在那兒？在那些寧靜的圍牆裡曾發生過什麼事？一陣衝動之下，他走上了那些破舊的石階，把一隻手放在其中一扇淡綠色的百葉窗上。

窗子在他的觸摸之下竟然向後搖了一下。他猶豫了片刻，然後大膽地推開了它。接著他倒退了一步，驚愕地低呼了一聲。一名女子站在窗旁，面對著他。她身穿黑衣，頭上披著一件鑲有黑色花邊的網格狀頭紗。

沙特衛先生以夾雜德語的義大利語（他在慌忙之中所能想到最接近西班牙語的語言），拚命胡說一通。他覺得無助而慚愧，結結巴巴地說著：「請夫人原諒。」接著拔腿就走。那名女子卻一語未發。

他走到院子途中時，她說話了，說了槍響般銳利的兩個字：「回來！」

這一聲厲喊就好像給狗下命令一樣威嚴十足，以至於沙特衛先生不由自主地急忙轉過身來，小跑步回到窗前，根本還來不及感到不滿。他像隻狗一樣順從。那個女人動也不動地站在窗邊，非常從容地上上下下打量著他。

「你是個英國人，」她說，「我覺得是。」

沙特衛先生又趕緊道歉。

「如果我剛才知道您是英國人，」他說，「就會表達得更好一些。我為我魯莽地試圖打開那扇窗戶向您致以最誠摯的歉意。恐怕我除了好奇之外，找不出什麼別的任何藉口。我非常想看看這棟迷人的房子裡面是什麼樣子。」

她突然大聲笑了，是種深沉、渾厚的笑聲。

「如果你真想看看，」她說，「你最好進來。」

她站到一旁，沙特衛先生覺得非常興奮，於是跨進了房間。房裡很暗，因為其他窗戶的百葉窗都關著，但他看得見，房間的裝飾很少，而且家具破舊，到處是厚厚的塵土。

「不是這兒，」她說，「我不用這個房間。」

她帶路，他在後面跟著，兩人走出房間，穿過一條走廊，進入另一邊的一個房間。這裡的窗戶俯瞰大海，陽光灑滿了房間。家具和剛才那個房間裡的一樣質地很差，但這兒有些曾經很不錯的破地毯，一個大西班牙皮製屏風，以及幾盆鮮花。

「和我一塊喝茶，」女主人說。她又保證似地加了一句：「非常好的茶葉，我們用沸水來沏。」

她走出房門，用西班牙語大聲說了些什麼，然後回來在她客人對面的沙發上坐下。沙特衛先生首度得以審視她的外表。

她給他的第一印象是，在她強勢個性的襯托下，她顯得更加陰鬱、憔悴和年老。她個子高，曬得很黑，黑髮，漂亮，儘管年華已去。她在房間裡的時候，太陽似乎比她不在的時候明媚兩倍，沙特衛先生的內心悄悄產生了一股莫名的溫暖及活力。彷彿他把瘦削、憔悴的手伸向一團熱情的火焰。他想：「她是如此充滿活力，因此她還有許多可以分給別人。」

他回想起她叫他停下來時的命令口氣，心裡很希望他的被監護人奧爾嘉能感染一點這種力量。他想：「她一定是個很棒的伊索德！但她的聲音可能一點也不行。人生的際遇就是這麼陰錯陽差。」但他還有點怕她。他不喜歡跋扈的女人。

她手托著下巴，明目張膽地打量著他。最後她點了點頭，彷彿下定決心。

「我很高興你來，」她終於說，「今天下午我非常需要有個人和我聊聊。而你習慣於這種談話，不是嗎？」

「我不太明白你的意思。」

「我的意思是，人們會告訴你很多事。你很明白我的意思，為什麼還假裝不懂？」

「哦，也許……」

她飛快地繼續說，全然不顧他打算說的任何話。

「人們可以對你暢所欲言。那是因為你是半個女人。你知道我們的感覺、我們的想法、我們所做的怪事。」

她的聲音漸漸消失了。一個笑咪咪的大塊頭西班牙女孩把茶端了上來。茶很好，是中國茶，沙特衛先生小口品嘗著。

「你住在這兒？」他隨意地問道。

「是的。」

「但不完全是吧。這棟房子通常是關閉著的，不是嗎？至少我聽說是這樣。」

「我在這兒住的時間非常多，遠比任何人知道的多。我只用這些房間。」

「你擁有這棟房子很久了嗎？」

「它屬於我二十二年了，在此之前，我在這兒住過一年。」

沙特衛先生相當愚蠢地說（或者是他覺得愚蠢）：「那是一段非常長的時間。」

「那一年？還是那二十二年？」

沙特衛先生的興趣被勾了起來，嚴肅地說：「看情況而定。」

她點點頭。

「是的，看情況而定。它們是兩個單獨的時期。彼此毫無關係。哪個長，哪個短，直到現在我也說不上來。」

她沉默了一會兒，陷入了沉思之中，接著笑道：「我已經很久沒和任何人講話了，好久了！我不後悔。你來到我的窗前。你想透過我的窗戶看到點什麼。那是你常做的事，不是嗎？推開窗戶，透過窗戶看到人們生活的真相……要是他們允許的話。而他們經常不允許！想要瞞住你什麼事很難。你會猜測，而且猜得很準！」

沙特衛先生有股奇怪的衝動，想要完全真誠。

「我六十九歲了，」他說，「我了解生活的方法都是透過間接方式獲得的。有時候這令我很痛苦。然而因為這一點，我知道許多事情。」

她若有所思地點點頭。

「我知道。人生非常奇妙。我無法想像老是做一個旁觀者會是什麼感覺。」

她的語調迷茫。沙特衛先生微微笑了。

「是的，你不會知道。你處於舞台中央的位置，永遠是女主角。」

「你這麼說可真奇怪。」

「但我是對的。曾有些事情發生在你身上，總是發生在你身上。我想，有時候是一些悲慘的事情。是這樣嗎？」

她的眼睛瞇了起來，直視著他。

「如果你在這兒待的時間長一些，就會有人告訴你一個淹死在這個懸崖腳下的英國泳者的故事。他們會告訴你他是多麼年輕、健壯、英俊，他們會告訴你他年輕的妻子從懸崖頂上向下俯望，看著他淹死。」

「是的，我已經聽說過那個故事。」

「那個男人是我丈夫。這是他的別墅。我十八歲時他帶我來到這兒，一年後他死了，被海浪沖到黑色岩石上，被割傷、擦傷、肢解，受重創而死。」

沙特衛先生驚呼了一聲。她向前傾了傾，燃燒的雙眼直視著他。

「你剛才談到悲劇。你能想像比那更悲慘的事情嗎？一個剛結婚一年的年輕妻子，無助地看著愛人為生命搏鬥，並以可怕的方式失去生命。」

「太恐怖了，」沙特衛先生真心說道，「太恐怖了。我同意你的觀點。生活中沒有比這更可怕的事情了。」

突然間她大笑起來，頭向後一仰。

「你錯了，」她說，「還有更恐怖的事。那就是，那位年輕妻子站在那兒，滿心渴望她的丈夫溺死……」

「哦，我的上帝，」沙特衛先生失聲喊道，「你不是說……」

「不，確實如此。那才是事實的真相。我跪在那兒，跪在懸崖上祈禱。西班牙僕人們以為我在祈禱他獲救。我沒有。我祈禱的是我希望他死掉。我一遍又一遍地說著一句話：『上帝，幫助我不要希望他死。上帝，幫助我不要希望他死。』但沒有用。我一直不斷希望，希望，終於我的願望實現了。」

沉默了一兩分鐘後，她以一種截然不同的嗓音非常溫柔地說：「那是一件恐怖的事，不是嗎？這種事讓人忘不了。當我知道他確實死了，不能再回來折磨我後，我高興極了。」

「我的孩子……」沙特衛先生震驚地說。

「我知道。當時我太年輕了，無法接受那種事發生在我身上。那些事情應該發生在一個人年齡稍大、對人的獸行更有準備的時候。沒人知道他的真面目。我初次見到他時，認為他很了不起，當他向我求婚，我是那麼地喜悅、驕傲。但事情立刻起了變化。他對我發脾氣，我完全無法取悅他，但我還是非常努力去取悅他。然後他開始喜歡傷害我，尤其是恐嚇我。那是他最喜歡的。他想出各式各樣的方法……以及可怕的事情。我不準備告訴你。我想，真的，他一定是有點瘋了。我孤獨地待在這兒，受制於他，殘忍開始成為他的嗜好。」她睜大眼睛，眼神黯淡。「最慘的是我的孩子。我懷孕了，而因為他對我做的一些事情，那個孩子一生下來就夭折。我的小寶貝。我也差點死掉，但我沒死。我真希望我當時就死掉。」

沙特衛先生含糊地叫了一聲。

「後來我分娩了，情況如我告訴過你的那樣。一些住在旅館的女孩子向他挑戰。這就是出事的原因。所有的西班牙人都告訴他，在那兒冒險下海是瘋了。但他非常自負，他想炫耀自己。而我，眼睜睜看他被淹死，還很高興。上帝不該讓這些事情發生。」

沙特衛先生伸出他瘦小乾癟的手握住了她的手。她就像個孩子似的緊緊抓住了他。那份成熟從她臉上消失了。他毫不費力地看到了她十九歲的樣子。

「一開始，這一切看起來太好了，簡直不像是真的。這棟房子變成我的。我可以住在裡面，而且沒有人能再傷害我了！你知道，我是個孤兒，沒有近親，沒有人關心我發生了什麼事。這些倒使事情簡單化了。我繼續住在這棟別墅裡，它就像天堂一樣。是的，像天堂一樣。我從來沒有那麼高興過，而且永遠再也不會那麼高興。只需要一覺醒來，知道一切都令人滿意，沒有痛苦，沒有恐懼，不用擔心他下一步會對我做什麼。是的，它是天堂。」

她停頓了很久，沙特衛先生終於開口說：「然後呢？」

「我想人類永遠不會知足。起初只要自由就夠了，但過了一段時間，我開始感到……孤獨。我開始想念死去的孩子。要是我有自己的孩子該有多好！我想要一個孩子兼玩伴。我非常想要一個可以和我玩耍的東西或某個人。這聽起來很傻、很孩子氣，但確實是那樣。」

「我理解。」沙特衛先生嚴肅地說。

「接下來的事情有點難以解釋。它就那麼，嗯，發生了。旅館住了一位年輕的英國人。他誤闖了這個花園。當時我穿著西班牙服，他把我當成了西班牙女孩。我想，假裝是個西班牙女孩也很有趣，所以故意調皮搗蛋。他的西班牙語很糟，只會說一點。我告訴他這棟別墅屬於一位英國夫人，她出遠門了。我說她教過我一點英語，我故意把英語講得結結巴巴。這真是太有趣了，甚至到現在我還記得那是多麼有趣。他開始向我求愛。我們同意假裝這棟別墅是我們的家，假裝我們剛結婚，住在這兒。我建議推開其中一扇百葉窗，就是你今晚推開的那扇。窗戶開了，房間裡有很多灰塵，無人照管。我們溜了進去。那種感覺太令人興奮，太美妙了。我們假裝它是我們自己的房子。」

她突然住口，動人地看著沙特衛先生。

「一切看起來都那麼美好，像個童話故事。對我來說，這件事的可愛之處在於它不是真的，不夠真實。」

沙特衛先生點點頭。他對她的了解，可能比她對自我的了解更多：那個被嚇壞的寂寞小孩，陶醉在十足安全的假想中，因為它不是真的。

「我想，他是一個非常平凡的年輕人，只是出來探險，但非常可愛。我們繼續假裝著。」

她停了下來，看著沙特衛先生，又說道：「你明白嗎？我們繼續假裝……」

過了一會兒她又繼續說：「第二天早晨他又來到這棟別墅。我透過臥室的百葉窗看見他。當然他不會想到我在裡面。他依然認為我是個西班牙農家小女孩。他站在那兒四下張望。他曾要求我和他見面。我說過我會去，但我從來沒打算去。

「他站在那兒，看起來十分焦急。我想他是在擔心我。他人真好，為我擔心。他人很好……」

她又停頓了一下。

「隔天他離開了。我再沒有見過他。」

「我的孩子九個月後出生了。我一直很幸福。能夠如此平靜地擁有一個孩子，沒有人傷害你或是使你痛苦。我真希望當時我曾記得問那位英國青年的教名。那麼我就會用他的名字給我的孩子取名。不那樣做似乎很無情、很不公平。他給了這世界上我最想要的東西，而他永遠不會知道這件事！但是當然，我告訴自己，他不會那麼想，知道這件事只會令他煩惱擔憂。我只不過是他偶然的一次消遣，僅此而已。」

「那個孩子呢？」沙特衛先生問道。

「他非常優秀。我叫他約翰。出色極了。我真希望你現在能看到他。他二十歲了，將會成為一名礦業工程師。他是我在世界上最好、最親愛的兒子。我告訴他，他的父親在他出生之前去世了。」

沙特衛先生盯著她。一個不可思議的故事，然而，是一個未完的故事。他確信，還有其他內容。

「二十年是段很長的時間，」他若有所思地說，「你從來沒考慮過再婚嗎？」

她搖了搖頭。一絲紅暈在她棕褐色的臉頰上慢慢蕩漾開來。

「對你來說，孩子就足夠了？一直是這樣嗎？」

她看著他，眼睛流露出他從未見過的溫柔。

「發生了如此奇怪的事情！」她小聲道，「如此奇怪的事……你不會相信這些事的，不，我錯了，你可能會相信。我並不愛約翰的父親，當時並不愛。我認為我甚至不知道愛是什麼。我想當然耳地覺得這個孩子會像我。但他不像我。他看起來根本不像我的孩子。他像他父親，除了他父親，他誰也不像。透過他的孩子，我學會了解那個男人。透過他的孩子，我學會了愛他。我現在愛他，我將永遠愛他。你可以說這是幻想，說我樹立了一個幻想中的人物，但事實並非如此。我愛那個男人，那個真實的、具有一切凡人特點的男人。如果我明天看到他，我會一眼就認出他，儘管我們已有二十多年沒見面。愛他讓我變成一個女人。我像一個女人一樣愛他。二十年來我在愛他之中活著，我將愛他至死。」

她突然停住了，接著質問她的聽眾。

「你是否認為我瘋了才說這些奇怪的事情？」

「哦！親愛的。」沙特衛先生說道，他又握住了她的手。

「你真的了解？」

「我想我了解。但不止這些，是吧？還有一些事你沒告訴我吧？」

她的臉色陰沉下來。

「是的，是有。你很聰明。我一眼就知道你不是那種有事可以瞞住你的人。但我不想告訴你，我不想告訴你的原因是，對你來說，不知道是最好的。」

他看著她。她勇敢挑釁地迎著他的目光。

他心想：「這是一個測試。所有的線索都在我的手中，我應該能夠知道。如果我推理正確，我就會知道。」

一陣停頓，然後他緩緩地說：「出了問題。」

他看到她的眼皮微微顫抖，知道他猜對了。

「出了問題，突然間，在過了這麼些年後。」

他覺得自己在摸索，摸索她內心那塊隱祕的角落，在那兒她藏著他想知道的祕密。

「那個男孩，事情與他有關。你不會在意其他任何事情。」

他聽見她發出非常微弱的喘息聲，知道他探索對了。一件殘忍但是必要的事。是她的意志在和他的意志對抗。她具有支配性的無情意志力，但他在柔順的外表下也隱藏著意志力。他的內心深處有那份天賜的自信，知道自己在做分內之事。他為那些以追蹤犯罪為業的人，感到一絲轉瞬即逝的輕蔑遺憾。這種心理偵探的工作，收集線索，挖掘事實，當逐漸接近目標時的那份狂喜……正是她那份極力想對他隱瞞事實的激情幫助了他。他愈逼愈近，也愈感到她那份挑釁的執拗。

「你說，我最好不要知道，這樣對我會好些？但你不是一個考慮非常周到的女人。你不會因為害怕讓一個陌生人有暫時的不適而退縮。事情不止於此吧？如果你告訴我，你就使我變成一個共犯。那聽起來好像是犯罪。不可思議！我無法把你和犯罪聯想在一起。只可能有一種犯罪……和你自己過不去的犯罪。」

她的眼皮不由自主地垂了下來，閉上了眼睛。他向前傾了傾，抓住了她的手腕。

「那麼，我就對了！你在考慮自殺。」

她低聲驚呼了一聲。

「你怎麼知道？你怎麼知道？」

「為什麼？你並不厭倦生活。我從來沒見過比你更渴望生活、更光芒四射、充滿活力的女人。」

她站起來，走到窗前，一邊將她的一縷黑髮掠至腦後。

「既然你已經猜到這麼多了，我最好還是告訴你真相。今晚我不該讓你進來的。我本該知道你是那種會看透許多事的人。你猜的起因是對的。是因為那個男孩。他一無所知。但上次他回家的時候，悲哀地說起他的一個朋友，於是我意識到一些事情。如果他發現自己是私生子，這會傷透他的心。他驕傲，非常驕傲！現在有一位女孩……哦，我不打算談細節。但他很快就會回來，他想知道關於父親的一切，他想知道詳情。那位女孩的父母自然也想知道。當他發現真相，他會和她決裂、自我放逐，毀掉自己的生活。哦！我知道你會說什麼。他年輕、愚蠢，那樣做是剛愎自用！可能這些都是真的。但『你應該如何如何』真的對他們有用嗎？他們就是他們本來的樣子。這件事將令他心碎……但如果在他回來之前發生一場事故，那麼一切都會淹沒在懷念我的悲傷之中。他會瀏覽我的文件，但什麼也找不到，然後氣我告訴他的事情太少。但他不會懷疑事實。這是最好的辦法。一個人必須為幸福付出代價，而我已經擁有太多……哦！太多的幸福！而且事實上，這代價也很容易付出……只需一點勇氣跳下去，可能只是一會兒的痛苦。」

「但是，親愛的孩子……」

「不要和我爭辯。」她突然激動起來。「我不會聽那些老套的理由。我的生命屬於我自己。至今，它的存在一直是為了約翰。但他不再需要它了。他需要一個伴侶，一個妻子。他將更加放心地轉向她，因為我不在了。我的生命沒有用了，但我的死亡會有價值。而且我有權按自己的意願處理我的生命。」

「你確定嗎？」

他語氣的堅定令她驚訝。她稍微有點結巴地說：「要是它對任何人都沒用，而且我對此是最好的鑑定人……」

他又打斷她的話。

「不一定。」

「你這話是什麼意思？」

「聽著，我將給你舉個例子。我們這麼假設，一個人來到某個地方想要自殺，但碰巧發現另一個人在那兒，所以他沒有達到目的，於是走了，繼續活著。第二個人救了第一個人的命，不是因為這在他的一生中是必要或重要的，而只是因為在某一特定時刻他剛好在某一特定地點使然。你今天自殺了，可能之後五年、六年、七年，某個人會死去或遭逢災難，因為你不在某個特定的地點。那可能是一匹脫韁的馬從街上奔過來，看到你的時候偏到了一邊，因此沒有踩死在排水溝裡玩耍的一個孩子。那個孩子可能活著長大成人，成為一名偉大的音樂家，或是發明了一項治療癌症的藥物。或許沒有這麼戲劇性。他可能僅僅長大成人，享受著普普通通的日常生活樂趣……」

她盯著他。

「你是個與眾不同的人。你說的這些東西，我從來沒想過……」

「你說你的生命是你自己的，」沙特衛先生繼續說道，「但是你敢否認，你並未參加一齣造物主安排的巨型戲劇嗎？你可能直到戲的末尾才上場，它可能完全不重要，只是一個跑龍套的角色，但是如果你不給另一個演員提示台詞，這齣戲就會陷入停頓，整個舞台可能會垮掉。你作為你，可能不會對世界上任何人有什麼影響，但作為一個人，在某個特定的地方，你可能會是無法想像的重要。」

她坐下來，仍然盯著他。

「你要我做什麼？」她簡單地說。

這是沙特衛先生勝利的時刻，他發出命令。

「我要你至少答應我一件事：二十四小時內不要做任何魯莽的事情。」

她沉默了一會兒，接著說：「我答應。」

「還有一件事，我要請你幫個忙。」

「什麼？」

「不要關上讓我進來的那扇百葉窗，今晚在那兒守夜。」

她好奇地看著他，但點頭答應了。

「現在，」沙特衛先生說道，覺得有點掃興。「我必須走了。上帝保佑你，親愛的。」

他非常侷促不安地走了出來。那個健壯的西班牙女孩在走廊裡碰見他，為他打開邊門，好奇地盯著他看了一會兒。

他到達飯店時，天剛黑。露台上有個孤獨的身影。沙特衛先生徑直朝它走了過去。他很興奮，心跳得很快。他感到一件大事就在他的掌握之中。若走錯一步的話……

但他試圖隱藏自己的激動，自然隨意地和安東尼·科斯登說話。

「一個溫暖的夜晚，」他說道，「坐在懸崖上，我完全忘了時間。」

「你一直在那兒？」

沙特衛先生點點頭。旅館的旋轉門開著讓某個人進去，一束光線突然落在對方臉上，照亮了他臉上麻木、痛苦及令人無法理解的木然表情。

沙特衛先生心想：「他的情況比我要糟得多。幻想、臆測、猜想實在會對人產生很大的作用。這麼說吧，你可以用不同的方式對待痛苦。受制於不解的盲目，那是很可怕的……」

科斯登突然以沙啞的聲音開口說：「晚飯後我打算去閒逛一會兒。你……你明白嗎？第三次會是幸運的。看在上帝的份上，別管我。我知道你的干涉是好意，但是對我沒用。」

沙特衛先生挺直身子。

「我從不干涉別人。」他說，並隱瞞了他在這兒的目的。

「我知道你想什麼……」科斯登繼續說，但他的話被打斷了。

「請你原諒，但對此我有不同看法，」沙特衛先生說，「沒人知道另一個人在想什麼。他們可以猜測，但幾乎總是猜錯。」

「哦，也許是這樣吧。」科斯登滿腹狐疑，微微吃了一驚。

「想法是你自己的，」沙特衛說，「沒有人能改變或影響你的行為。讓我們談一個稍微不太痛苦的話題吧，比如那棟古老的別墅。它有著奇特的魅力，與世隔絕，只有上天才知道它的祕密。它誘惑我幹了一件不太好的事。我試圖去推開其中一扇百葉窗。」

「真的？」科斯登猛地轉過頭來。「但窗戶當然是關著的？」

「不，」沙特衛先生說，「它是開著的。」他溫柔地加了一句：「倒數第三扇窗戶。」

「天哪，」科斯登大聲喊出來。「那是……」

他突然止住不說了，但沙特衛先生已經看見了他眼裡跳動的光芒。他滿意地站起身來。不過他仍然有點不安。用他最喜歡的戲劇隱喻來說，他希望自己「準確無誤地講完台詞」。因為它們是非常重要的台詞。

但仔細考慮之後，他藝術家的判斷得到了滿足。在走上那個懸崖的路上，科斯登會試著推開那扇百葉窗，這是人類無法抗拒的天性。二十多年前的記憶把他帶到這兒，同樣的記憶也會把他帶到窗前。之後呢？

「明天一早我便會知道。」沙特衛先生想道，隨即邁開步子，有條不紊地換裝準備吃晚餐去了。

隔天早上大約十點鐘，沙特衛先生又站在拉巴斯花園裡。曼紐爾微笑著向他道聲「早安」，送給他一枝玫瑰花苞，沙特衛先生仔細地把它插在扣眼中，然後繼續走向那棟房子。他在那兒站了幾分鐘，抬頭看著寧靜的雪白圍牆、爬滿橘色植物的小徑，和那些淡綠色的百葉窗。如此寂靜，如此祥和。難道整件事是一場夢？

但就在這時，其中一扇窗戶打開了，一直占據著沙特衛先生心思的那位夫人走了出來。她邁著輕快步伐直接朝他走來，就像被狂喜的波浪簇擁著。她的眼睛閃閃發光，兩頰緋紅。她就像畫上那快樂的人兒，身上沒有躊躇，沒有懷疑和恐懼。她走到沙特衛先生面前，把她的雙手放在他的肩上，吻著他……不是一次而是許多次。碩大的深紅色玫瑰，非常柔軟光滑……這是他後來的感覺。陽光、夏日、鳥啼，他覺得自己置身於這種氛圍之中，充滿溫馨、喜悅和巨大的活力。

「我非常快樂，」她說，「親愛的！你是如何知道的？你怎麼會知道？你就像童話故事裡那位好心的魔術師。」

她停頓了一下，高興得喘不過氣來。

「我們今天要去……去領事那兒，去結婚。當約翰回來時，他的父親會在那兒。我們將告訴他過去發生了一些誤會。哦！他不會問問題。哦！我太幸福、太幸福、太幸福了。」

幸福確實如潮水般向她湧來。溫暖快樂的浪花滔滔不絕地濺在沙特衛先生的身上。

「安東尼非常驚訝地發現他有一個兒子。我從未想到他會在意或關心。」她滿懷信心地看著沙特衛的眼睛說道，「事情如此順利地發生、結束，你不覺得很奇特嗎？」

他清楚地看見了她。一個孩子，依然是個孩子，帶著她妄想的愛情，滿心相信「兩個人從此過著幸福美滿的日子」的童話故事。

他溫柔地說：「如果你在這最後幾個月帶給你的男人幸福和快樂，你真是做了件非常美好的事。」

她的眼睛睜得老大，一臉驚訝。

「哦！」她說道，「你不會是認為我會讓他死吧？在這麼多年後，當他終於來到我身邊的時候。我知道許多醫生宣告沒救的人至今仍然活著。死？當然他不會死！」

他看著她，她的力量，她的美麗，她的生氣勃勃，她不屈不撓的勇氣和毅力。他也知道醫生有弄錯的時候……個人因素，你永遠不知道它會有多麼重要或多麼不重要。

她又說話了，口氣帶著輕蔑和揶揄。

「你認為我不會讓他死，對吧？」

「是的，」沙特衛先生非常溫柔地說，「不管怎樣，親愛的，我認為你不會……」

然後他走下那條柏樹夾道的小徑，來到俯瞰大海的那張凳子，在那兒他發現了他正期望看見的人。鬼魅先生站起身來招呼他，模樣一如往昔般黝黑、憂鬱、微笑、悲哀。

「你在等我？」他問道。

「是的，我在等你。」沙特衛先生答道。

他們一起坐在凳子上。

「我有一種感覺，從你的表情上來判斷，你又替上帝盡了一次責任。」不久之後，鬼魅先生說。

沙特衛先生瞪著他。

「好像你對整件事一無所知似的。」

「你總是譴責我無所不知。」鬼魅先生微笑著說。

「如果你一無所知，前天晚上為什麼你在這兒等候？」沙特衛先生反問道。

「哦，那是……」

「是的，是那件事。」

「我有一項任務要完成。」
「為了誰？」
「你有時候別出心裁地稱我為『死者的辯護人』。」
「死者？」沙特衛先生有點困惑。「我不懂。」
鬼豔先生修長、瘦削的手指指著下面藍色的大海。
「二十二年前一個男人在那兒淹死了。」
「我知道，但我不明白……」
「假設那個男人愛他年輕的妻子。愛情能使男人變成魔鬼，也能使男人變成天使。她對他有種少女似的崇拜，但他永遠無法觸及她身上女人的那一面，而這使他發瘋。他折磨她，因為他愛她。會有這種事的。這點你和我一樣清楚。」
「是的，」沙特衛承認道，「我見過這種事情，但它很罕見，非常罕見……」
「而且你也見過懊悔這種東西——補償的欲望，不計代價補償。」
「是的，但是死亡來得太快了……」
「死亡！」鬼豔先生的嗓音裡有種輕蔑。「你相信來生，是嗎？誰告訴過你同樣的願望、同樣的渴求不能在另一個人的生活中再現？假如這種願望夠強烈，它就會找到一個信使。」
他的聲音逐漸消失。
沙特衛先生站起來，微微顫抖。

「我必須回飯店了，」他說，「如果你往那邊去的話。」

但鬼魖先生搖了搖頭。

「不，」他說，「我要回到我來的地方。」

沙特衛先生轉頭看，看見他的朋友朝懸崖盡頭走去。

07

月夜呢喃

The Mysterious Mr. Quin

「我有點擔心莫格莉。」史春蕾夫人說，「我女兒。」她加了一句。

她憂愁地嘆了口氣。

「有個成年的女兒，會讓人覺得自己非常老了。」

聽慣了這類心事的沙特衛先生殷勤地起身應對。

「沒人會相信。」他宣稱，同時微微鞠了一躬。

「馬屁精。」史春蕾夫人含糊地說。

顯然她腦子裡想著別的東西。沙特衛先生看著她穿著白衣的苗條身影，眼神流露幾許讚賞。坎城的陽光無孔不入，但史春蕾夫人成功通過考驗。從遠處看，她年輕得叫人稱奇。人們不禁懷疑她是否已經成年。無所不知的沙特衛先生心中卻明白，說史春蕾夫人有成年的下一代是非常可能的。她代表了人工勝過自然的最佳範例。她的身材極佳，臉部肌膚吹彈可破。她將大把的錢花在美容院裡，其效果無疑是驚人的。

史春蕾夫人點燃了一根菸，穿著上等肉色絲質長襪的玉腿交叉放著，喃喃地說：「是的，我實在很擔心莫格莉。」

「啊，」沙特衛先生說，「出了什麼麻煩啊？」

史春蕾夫人美麗的藍眼睛轉向他。

「你從來沒見過她，對吧？她是查爾斯的女兒。」她主動地補充說明。

如果「名人錄」的條目完全合乎事實，有關史春蕾夫人的條目大概會有這樣的結尾：

「嗜好：結婚。」她一生漂泊，不停地更換丈夫，離過三次婚，死了一位丈夫。

「假如她是魯道夫的女兒，我還可以理解。」史春蕾夫人沉思地說，「你記得魯道夫嗎？他總是喜怒無常。我們結婚六個月後，我就不得不申請那些怪裡怪氣的東西……他們稱之為什麼？夫妻關係什麼的，你明白我的意思。謝天謝地，如今簡單多了。我記得，我不得不寫給他那種愚蠢至極的信——基本上是我的律師口述給我的——要求他回來，說我將盡一切努力等等。但是你從來不能指望魯道夫什麼，他是那麼喜怒無常。他馬上衝回家，這樣做是相當錯誤的，根本不是律師的本意！」

她嘆了一口氣。

「那麼莫格莉呢？」沙特衛先生提示，機智地把她領回到正在討論的問題上。

「當然。我正準備告訴你，不是嗎？莫格莉一直看見些什麼東西，或是聽見它們，鬼魂之類的。我從來沒想到莫格莉會如此富有想像力。她是個非常好的女孩，一直都是，但就是有點……無趣。」

「不會吧。」沙特衛先生有點恭維地小聲說。

「事實上，她非常無趣，」史春蕾夫人說，「不喜歡跳舞，也不喜歡雞尾酒會，或是任何一件年輕女孩應該感興趣的事。她寧願待在家裡、打獵，也不願和我出來。」

「哎呀，哎呀，」沙特衛先生說，「你是說她不想和你出來，是嗎？」

「唉，我沒有強迫她。我發現，女兒就會洩母親的氣。」

沙特衛先生試圖想像史春蕾夫人性格嚴肅的女兒陪伴著她的樣子，但失敗了。

「我不禁認為，莫格莉是不是瘋了，」莫格莉的母親語氣歡快地繼續說，「有人告訴過我，聽見說話聲是一個很糟糕的徵兆。看起來不像是艾博茨米堤在鬧鬼。那棟老宅子在一八三六年時燒成了平地，他們改建成一種早期維多利亞式的城堡，不可能鬧鬼的。它非常醜陋、普通。」

沙特衛先生咳了一下，他納悶史春蕾夫人為什麼要告訴他這些。

「我想，說不定你能幫我。」笑得一臉燦爛的史春蕾夫人說。

「我？」

「是的。你明天要回英國了，對吧？」

「對，我要回去。」沙特衛先生小心翼翼地承認。

「你認識很多做精神研究的人。你當然認識，你認識每個人。」

沙特衛先生微微一笑，認識每個人是他的癖好之一。

「那事情就簡單了，不是嗎？」史春蕾夫人繼續說道，「我從來沒辦法和這種人和睦相處。你知道，那些留著鬍子、戴著眼鏡、一本正經的人。他們令我極端厭煩，我和他們在一起時，表現總是很糟。」

沙特衛先生相當吃驚。史春蕾夫人依舊對他笑得燦爛。

「那麼就這樣說定了？」她歡快地說，「你要去艾博茨米堤看莫格莉，安排一切。我將非常感謝你。當然，如果莫格莉真是腦子出了問題，我會回家。啊！賓波來了。」

她的微笑由燦爛變成了耀眼。

一個穿著白色法蘭絨運動褲的年輕人正朝他們走來。他大約二十五歲，長得很帥。

年輕人簡短地說：「我一直在到處找你，芭芭拉。」

「網球打得怎麼樣？」

「糟透了。」

史春蕾夫人站起身來，回頭以悅耳的聲調對沙特衛先生小聲說：「你能幫我簡直是太好了。我永遠不會忘記。」

沙特衛先生目送著這一對離去。

「我懷疑，」他暗自沉思道，「賓波是否會成為第五任。」

§

在豪華列車上，列車長正在給沙特衛先生指著幾年前這條線上一起事故發生的地點。聽完列車長興致勃勃的講述，沙特衛先生一抬頭，看見列車長身後一張熟悉的面孔正對著他微笑。

「我親愛的鬼豔先生。」沙特衛先生說。

他乾癟的小臉上綻開了笑容。

「真巧啊！我們竟然搭同一趟火車回英國……我猜你要去那兒。」

「是的，」鬼豔先生說，「我有件重要的事得去辦。你準備吃第一輪晚餐嗎？」

「我一向是吃第一輪。當然，很可笑的時間，六點半，但不必擔心沒菜吃。」

鬼豔先生理解地點點頭。

「我也是，」他說，「或許我們可以坐在一塊兒。」

六點半，鬼豔先生和沙特衛先生面對面坐在餐車的一張小桌子旁。沙特衛先生直接看了一下酒單，再轉向他的同伴。

「自從……哦，是的，自從那次在科西嘉會面以後，我一直沒和你見過面。你那天離開得很突然。」

鬼豔先生聳了聳肩。

「不比平常突然。我一向來來去去，你知道的；我總是來來去去。」

這些話好像喚醒了沙特衛先生內心記憶的共鳴。一陣小小的震顫掠過他的背脊，那並非不愉悅的感覺，恰恰相反，他感覺到一股期望的喜悅。

鬼豔先生拿著一瓶紅酒，正在查看上面的商標。酒瓶處於他和燈光之間，但過了一兩分鐘，一團紅光就包圍了他。

沙特衛先生又一次感到突然的激動。

「我在英國也有某種任務，」憶及此事，他笑容滿面地說，「你認識史春蕾夫人嗎？」

鬼豔先生搖了搖頭。

「這是個古老的頭銜，」沙特衛先生說，「一個非常古老的頭銜。少數能由女性繼承下來的頭銜。她本身是個女男爵。那確實是非常浪漫的一段歷史。」

鬼豔先生調整了坐姿，讓自己坐得更舒服些。一名侍者在搖搖晃晃的車內飛奔而來，奇蹟般地把幾杯湯擺在他們面前。鬼豔先生仔細地小口品嘗著。

「你打算向我描述你某個生活精采的熟人吧，」他小聲說，「是這樣嗎？」

沙特衛先生朝他眉開眼笑。

「她確實是個不可思議的女人，」他說，「六十歲了，是的，我認為至少六十歲了。我在她們還是少女的時候就認識她們了，她和她的姐姐。姐姐叫碧雅翠。碧雅翠和芭芭拉。我記得她們是巴倫家的女孩。兩人都很漂亮，而且當時經濟非常拮据。但那是許多年以前的事了，哎呀，天啊，我自己那時是個年輕人。」沙特衛先生嘆了口氣。「在她繼承那個爵位之前，喪失了許多條人命。我想，老史春蕾爵士是她的一個遠房表親。史春蕾夫人的生活充滿了浪漫。三次出人意料的死亡……老先生的兩個兄弟和一個侄子。然後就是『尤拉利亞』事件。你記得『尤拉利亞』的沉沒嗎？它在離開紐西蘭海岸後沉沒。巴倫家的女孩都在船上。碧雅翠溺水而死。芭芭拉是少數生還者之一。六個月後，老史春蕾死了，她繼承了爵位和一筆可觀的遺產。從那時起，她就只為一件事活著……她自己！她總是同一個樣子：美麗，肆無忌憚，毫無同情心，只關心自己。她曾有過四任丈夫，而且我毫不懷疑她馬上會有第五任丈夫。」

他接著敘述了史春蕾夫人託付給他的任務。

「我想去趟艾博茨米堤看看那位年輕的小姐，」他解釋道，「我……我覺得該處理這件事。把史春蕾夫人看成一個普通的母親是不可能的。」

他停住了，目光越過桌面落在鬼豔先生身上。

「我希望你能和我一起去，」他期望地說，「可能嗎？」

「恐怕不行，」鬼豔先生說，「但是讓我想想，艾博茨米堤在威爾特郡，是嗎？」

沙特衛先生點點頭。

「我想也是。碰巧，我會待在離艾博茨米堤不遠的地方，一個你我都知道的地方。」他微微笑了。「你記得那個小旅館，『貝爾斯和莫特利』嗎？」

「當然，」沙特衛先生大聲喊道，「你會在那兒？」

鬼豔先生點點頭。

「大約住上一個禮拜或十天，可能更久。你找一天來見我，我會很高興看到你。」

不知怎地，這個保證讓沙特衛先生感到莫名地安慰。

§

「我親愛的，呃，莫格莉小姐，」沙特衛先生說，「我向你保證我根本沒有嘲笑你。」

莫格莉．蓋爾稍稍皺了皺眉。他們正坐在艾博茨米堤寬敞舒適的大廳裡。莫格莉．蓋爾是個體格健壯的女孩，她長得一點也不像她的母親，完全繼承了她父親家族那健壯的鄉村騎士血統。她看起來朝氣蓬勃、身心健康、精神正常。然而，沙特衛先生認為巴倫家族都有精神不穩定的傾向。莫格莉從她父親那兒繼承了外表的同時，可能也從她母親的家族繼承了一些精神上的怪癖。

「我希望，」莫格莉說，「我能擺脫那個叫卡森的女人。我不相信招魂術，也不喜歡。她是那些迷上死人的傻女人之一，總是把靈媒帶到這兒來煩我。」

沙特衛先生咳了一下，有點坐立不安，接著以一種不偏不倚的口氣說：「讓我確定我是否得知了所有事實。第一次，呃，發生在兩個月前，對吧？」

「關於這個，」女孩贊同道，「有時是細小的說話聲，有時是很清晰的聲音，但差不多都說同樣的話。」

「說什麼？」

「『歸還不屬於你的東西。歸還你偷走的東西。』每次遇到這種情況，我都會開亮燈，但房間裡根本空無一人。最後我變得十分緊張，所以就讓媽媽的女傭克萊頓睡在我房間的沙發上。」

「而那個聲音依然響起？」

「是的。讓我害怕的是，克萊頓根本沒聽見。」

沙特衛先生沉思了一兩分鐘。

「那天晚上那個聲音傳來時，聲音很大還是很輕？」

「幾乎是耳語，」莫格莉承認道，「假如克萊頓睡得很熟，我猜她未必聽得見。她要我去看醫生。」女孩痛苦地大笑起來。

「但是從昨晚開始，連克萊頓也相信了。」她繼續道。

「昨晚發生了什麼事？」

「我正準備告訴你。這件事我還沒告訴任何人。昨天我出去打獵，我們走了很久。我累壞了，睡得非常沉，還做了夢，一個可怕的夢，夢到我掉落在鐵柵欄上，其中一支柵欄尖頭慢慢刺進了我的喉嚨。我醒來後發現這是真的，有尖銳的東西抵著我脖子的側面，同時一個聲音輕聲說道：『你偷走了屬於我的東西。納命來吧。』

「我大聲尖叫，」莫格莉繼續說道，「在空中亂抓，但什麼也沒有。克萊頓在隔壁房間裡聽到了我的喊叫便衝進來。她清楚地感覺到有什麼東西擦了她一下，但她說，不管那東西是什麼，反正它不是人。」

沙特衛先生盯著她。女孩明顯地十分心緒不寧和難過。他注意到她喉嚨左側貼著一小塊膏藥。她看到他的目光射向的方位，點了點頭。

「是的，」她說，「你看，這不是想像。」

沙特衛先生近乎歉然地提了一個聽起來十分誇張的問題。

「你是否知道有什麼人，呃，對你懷恨在心？」他問道。

「當然沒有，」莫格莉說，「這個想法真荒唐！」

沙特衛先生換了種方式追問：「在過去兩個月裡，有哪些人拜訪過你？」

「我想你問的不僅僅是來度週末的人吧？瑪莎·基恩一直和我在一起。她是我最好的朋友，而且和我一樣對馬感興趣。再就是我的表哥羅利·瓦瓦蘇經常來這兒。」

沙特衛先生點點頭。他提議想見一下女傭克萊頓。

「我想她跟了你很久了？」他問道。

「很久了，」莫格莉說，「她是媽媽和碧雅翠姨媽少女時代的女傭。我猜這就是媽媽一直留著她的原因，儘管她自己已經有了一名法國女傭。克萊頓平常就是做做縫紉和零碎的差事。」

她帶他上了樓，不久克萊頓來到他們跟前。她是個瘦削的高個老婦人，灰白的頭髮整齊地中分，看起來極其體面。

「不，先生，」她回答沙特衛先生說，「我以前從未聽過這棟房子鬧鬼。老實說，先生，直到昨天晚上，我一直認為全是莫格莉小姐的想像。但我確實感到什麼東西在黑暗中碰了我一下，而且我能告訴你，先生，它絕對不是人；還有莫格莉小姐脖子上的傷。不是她自己弄傷的，可憐的孩子。」

但她的話提示了沙特衛先生。難道莫格莉可能傷害自己？他聽說過一些奇怪的案例，像莫格莉這樣表面上心智健全、頭腦清楚的女孩有時會做出一些令人萬分吃驚的事情。

「會很快痊癒的，」克萊頓說，「不像我的這塊疤。」

她指了指自己前額上的一塊疤痕。

「這是四十年前留下的，先生，至今還未消掉。」

「那是『尤拉利亞』沉沒的時候，」莫格莉插話說，「克萊頓的頭撞在桅杆上，是嗎，克萊頓？」

「是的，小姐。」

「你本人認為如何，克萊頓，」沙特衛先生問道，「你認為莫格莉小姐這次被襲意味著什麼？」

「我實在不該多嘴，先生。」

沙特衛先生很清楚，這是訓練有素的僕人常具有的謹慎。

「你到底是怎麼想的，克萊頓？」他勸誘道。

「先生，我認為一定是這房間裡出過什麼邪惡的事，除非這事一筆勾銷，否則不會有什麼安寧。」

這個女人低沉地說道，她淡藍色的眼睛沉穩地迎接著沙特衛先生的目光。

沙特衛先生非常失望地下了樓。克萊頓明顯抱持傳統觀念，認為是過去某件事導致這起蓄意的「鬧鬼事件」。沙特衛先生不會輕易滿足。這種現象只發生在過去兩個月。自從瑪莎・基恩和羅利・瓦瓦蘇來這兒以後才發生。他一定要調查出這兩個人的事情。有可能整件事是個惡作劇。但他搖了搖頭，對這個解答不滿意。事情一定比這還邪惡。郵差剛來過，莫格莉拆閱她的信件，突然發出一聲歡呼。

「媽媽太可笑了，」她說，「讀讀這個。」她把信遞給沙特衛先生。

這是一封典型的史春蕾夫人的信件。

親愛的莫格莉：

我很高興有那位不錯的矮個子沙特衛先生和你作伴。他非常聰明，認識所有那些大有來頭的密探。你一定要把他們都請來，徹底調查清楚事情。你一定會度過一段很棒的時光，我真希望我能在那兒，但是最近這段日子以來我實在不太舒服。飯店給客人吃的食物太不負責任了。醫生說我是某種食物中毒。我確實病得很厲害。

親愛的，你真是可愛，寄給我巧克力。但實在有點傻，不是嗎？我的意思是，這兒有許多很棒的糖果店。

再見了，親愛的，祝你愉快地降服家裡的鬼魂。賓波說我的網球技術進步得令人稱奇。

獻上滿滿的愛。

你的芭芭拉

「媽媽總是喜歡我叫她芭芭拉，」莫格莉說，「我覺得，簡直傻極了。」

沙特衛先生微微笑了一下。他意識到史春蕾夫人女兒的保守、呆板必定讓史春蕾夫人非常難受。她信中的內容在某種程度上打動了沙特衛先生，但顯然並未打動莫格莉。

「你寄給你母親一盒巧克力？」他問。

莫格莉搖了搖頭。

「不，我沒有，一定是其他人。」

沙特衛先生表情嚴肅起來。兩件事情讓他覺得意味深長。史春蕾夫人收到一盒巧克力，如今她正因嚴重的食物中毒而受苦。顯然她沒把這兩件事情串聯在一起。有關聯嗎？他自己傾向於認為有。

一個高個子的黑髮女孩懶洋洋地從客廳裡走出來，加入他們。

莫格莉向沙特衛先生介紹說她叫瑪莎．基恩。她輕鬆愉快地朝這位矮個子笑笑。

「你是來抓莫格莉的寵物鬼？」她慢吞吞地問道，「我們都藉那個鬼來嘲笑她。啊，羅利來了。」

一輛車剛好在前門停下來。從裡面跌跌撞撞地走出一個高個子的金髮青年，一臉熱情和孩子氣。

「嗨，莫格莉，」他大聲喊道，「嗨，瑪莎！我帶來援手了。」

他轉向剛進入大廳的兩個女人。沙特衛先生認出走在前面的那個女人是莫格莉剛剛說過的卡森夫人。

「你一定得原諒我，莫格莉，親愛的，」她笑容滿面地慢吞吞說道，「瓦瓦蘇先生告訴我們說沒關係。我帶羅伊德夫人來完全是他的主意。」

她稍微指了指她的同伴。

「這是羅伊德夫人，」她以一種驕傲的口吻說，「史上最厲害的靈媒。」

羅伊德夫人並未發出任何謙虛的反駁，她鞠了躬，兩手依然交叉放在前面。她是一個膚色很深、長相普通的年輕女子。她的衣服不入時但很華麗。她戴著一串月長石和許多戒指。

沙特衛先生看出莫格莉．蓋爾對這一行人的闖入不太高興。她瞪了羅利．瓦瓦蘇一眼，但後者好像根本沒意識到他使莫格莉生氣了。

「我想，午飯準備好了。」莫格莉說。

「好的，」卡森夫人說，「我們將在午飯之後馬上舉行一個降靈會。你為羅伊德夫人準備好水果了嗎？她在降靈會之前從來不吃豐盛的食物。」

他們全都進了飯廳。靈媒吃了兩根香蕉和一顆蘋果。謹慎、簡潔地應答著莫格莉不時說的客套話。就在他們準備從桌旁起身時，她突然扭過了頭，嗅了嗅空氣。

「這棟房子裡有什麼東西很不對勁。我感覺到了。」

「她是不是很棒？」卡森夫人興奮地低聲說道。

「哦！毫無疑問。」沙特衛先生冷冷地說。

降靈會在書房舉行。在沙特衛先生看來，女主人非常不情願，只是她的客人都顯得興高采烈，她只好遷就了。

卡森夫人非常仔細地安排好一切，顯然她對這些事情很在行。椅子圍成一圈，窗簾拉下，不一會兒，靈媒宣布她準備開始了。

「六個人，」她說道，環視了一下房間。「這不好，我們必須是一個奇數。七是理想的數字，七個人的時候最能取得最佳效果。」

「再叫一個傭人來，」羅利起身建議道，「我去找男管家。」

「叫克萊頓來吧。」莫格莉說。

沙特衛先生看到羅利．瓦瓦蘇那張英俊的臉上掠過一絲惱怒的表情。

「為什麼要叫克萊頓呢？」他質問道。

「你不喜歡克萊頓。」莫格莉緩緩地說。

羅利聳了聳肩。

「是克萊頓不喜歡我，」他怪異地說，「事實上，她對我恨之入骨。」

他等了一兩分鐘，但莫格莉不讓步。

「好吧，」他說，「叫她下來。」

眾人圍成一圈了。

一陣沉默，其間有人咳嗽、侷促不安地亂動，不一會兒，大家聽見了一連串的叩擊聲，然後是處於靈媒控制下某個名喚徹洛基的北美印第安人的聲音。

「印第安武士向各位女士先生們道聲晚安。在場的某個人非常急於講話，非常急於傳話給小姐。我要開始了。神靈將說出她要說的話。」

停頓了一下，然後是另一個女人的聲音，溫柔地說：「莫格莉在這兒嗎？」

羅利．瓦瓦蘇自作主張回答道：「是的，」他說，「她在。你是誰？」

「我是碧雅翠。」

「碧雅翠？誰是碧雅翠？」

使大家煩惱的是，大家又聽見了那個印第安人徹洛基的聲音。

「我有話要轉達給你們所有的人，這兒的生活很美好。我們都努力工作，幫助那些還沒死去的人們。」

又是一陣沉默，然後又是那個女人的聲音。

「是碧雅翠在講話！」

「哪個碧雅翠？」

「碧雅翠．巴倫。」

沙特衛先生身子向前一傾，他非常激動。

「在『尤拉利亞』事件中溺死的碧雅翠．巴倫？」

「是的，我記得『尤拉利亞』，我有話要轉達給這棟房子的人：歸還不屬於你的東西。」

「我不明白，」莫格莉無助地說，「哦，你真是碧雅翠姨媽？」

「是的，我是你姨媽。」

「當然她是，」卡森夫人責備地說，「你怎麼能懷疑？神靈不喜歡這樣。」

突然，沙特衛先生想起了一個非常簡單的測試方法。他說話的時候，嗓音顫抖著。

「你記得波提契先生嗎？」他問道。

對方馬上傳來了一陣輕快的笑聲。

「可憐的翻船先生，當然。」

沙特衛先生驚得目瞪口呆。測試成功了。那是發生在四十多年前的事。當時沙特衛先生和巴倫家的女孩們在同一個海濱度假勝地不期而遇。她們認識的一名義大利青年駕著一艘小船出去。船翻了。碧雅翠．巴倫戲稱他為翻船先生。這個房間裡除了他之外，不可能還有人知道這件事。

靈媒動了動，呻吟了幾聲。

「她要脫離了，」卡森夫人說，「恐怕我們今天能從她那兒知道的就這些了。」

陽光又一次照亮了這個擠滿人的房間，其中兩個人被嚇得半死。

沙特衛先生從莫格莉慘白的臉上知道她深受困擾。他們打發走卡森夫人和那個靈媒之後，他和女主人進行了一場私人談話。

「我想問你一兩個問題，莫格莉小姐。假如你和你母親死了，誰將繼承爵位和財產？」

「我想是羅利．瓦瓦蘇，他的母親是媽媽的親表姐。」

沙特衛先生點點頭。

「他今年冬天似乎常來，」他溫和地說，「請原諒我這樣問你，但他……喜歡你嗎？」

「三個星期前他向我求婚，」莫格莉平靜地說，「我拒絕了。」

「請原諒，但是你和其他人訂婚了嗎？」

他看見她的臉紅了。

「是的，」她斷然說道，「我準備嫁給諾埃．巴頓。媽媽哈哈大笑，說這很可笑。她好像認為和一個助理牧師訂婚很滑稽。為什麼呢，我倒想知道！助理牧師多得數不清！你該看看諾埃在馬背上的樣子。」

「是的，確實如此，」沙特衛先生說，「哦，毫無疑問。」

一名男傭用托盤呈上一封電報。莫格莉撕開它。

「媽媽明天回家，」她說，「討厭，我真希望她別回來。」

沙特衛先生對此未做任何評論，可能他認為這是有道理的。

「這樣的話，」他小聲說，「我要回倫敦了。」

§

沙特衛先生對自己不太滿意。他覺得他把這個特殊問題留在一種未完成的狀態。確實，史春蕾夫人要回來了，他的任務也就結束了。但是他確信他還沒聽到艾博茨米堤之謎的最後結果。

但接下來的事態異常嚴重，讓他措手不及。他是在早報上得知這一訊息的。「女男爵陳屍浴室。」《麥克風日報》這樣報導。其他報紙的措辭稍微克制些，不過事實是一樣的。人們發現史春蕾夫人死在她的浴室裡，死因是溺水。據說，她在失去知覺的情況下，頭滑到了水下。

但沙特衛先生對這個解釋不滿意。他大聲喊來他的貼身男僕，不若平時般細心地草草梳洗了一下。十分鐘後，他的勞斯萊斯轎車已經以最快速度載著他飛奔出倫敦了。

但奇怪的是，他要去的地方不是艾博茨米堤。而是十五英里外一個名字不很常見的小旅館「貝爾斯和莫特利」。當他得知鬼豔先生還在那兒時，大大地鬆了口氣。轉瞬間，他已經和他的朋友面對面了。

沙特衛先生抓住他的手，馬上開始激動地說起來。

「我非常難過。你一定得幫我。我已經有那種可怕的感覺。一切恐怕太遲了，那個好女孩可能就是下一個，因為她是個好女孩，一個徹頭徹尾的好女孩。」

「你是否能告訴我，」鬼黯先生微笑著說，「出了什麼事？」

沙特衛先生白了他一眼。

「你知道的，我十分確定你知道。但是我會告訴你。」

他和盤托出他待在艾博茨米堤期間發生的故事。像往常和鬼黯先生在一起時一樣，他發現自己敘述得不亦樂乎。他滔滔不絕，於細節處一絲不苟，細緻入微。

「所以你看，」他最後說，「必須有個解釋。」

他滿懷希望地看著鬼黯先生，彷彿一隻狗看著牠的主人。

「但是，必須去解決問題的人是你，不是我，」鬼黯先生說，「我不認識這些人，而你認識。」

「我四十年前就認識巴倫家的女孩們。」沙特衛先生自豪地說。

鬼黯先生點點頭，看起來很滿意。於是沙特衛先生如夢似幻地繼續講下去。

「那時我在布萊頓，波提契——翻船先生——是非常傻的一個笑話，但我們笑得好開心啊。哎呀，哎呀，當時我年輕，做了許多傻事。我現在還記得和他們在一塊的那個女僕。她叫艾麗絲，一個可人兒，非常機靈。我記得，我曾經在飯店的走廊裡吻她，差點被兩姐妹之一撞上。唉，這些都是好久以前的事了。」

他又搖了搖頭，嘆了口氣。然後他看著鬼黯先生。

「那麼你幫不上忙？」他滿是渴求。「前幾次……」

「前幾次，你的成功完全歸功於你自己的努力，」鬼豔先生嚴肅地說，「我想這一次也一樣。假如我是你，我現在就去艾博茨米堤。」

「說得對，說得對，」沙特衛先生說，「事實上，我正想要這麼做。能請你和我一起前往嗎？」

鬼豔搖了搖頭。

「不，」他說，「我這兒的事辦完了，差不多馬上就要走。」

到了艾博茨米堤，沙特衛先生立刻被領到莫格莉．蓋爾那裡。她兩眼無神地坐在客廳的一張桌子旁邊。桌上散滿了各家報紙。她招呼他的方式令他有點感動。她似乎非常高興見到他。

「羅利和瑪莎剛剛離開。沙特衛先生，事實不是醫生認為的那樣。我確信，我深信，媽媽是被推到水裡、被困在那兒的。她是被謀殺的。不管謀殺她的是誰，那個人也想謀殺我。我確信這一點。這就是為什麼……」她指了指她面前的文件。「我在立遺囑，」她解釋道，「許多錢和財產不與爵位同時被繼承。還有我父親的錢。我要把我所能得到的一切都留給諾埃，我知道他會好好利用，我不信任羅利，他總是不擇手段。您願意當我的遺囑見證人簽個名嗎？」

「我親愛的小姐，」沙特衛先生說，「你應該在兩名見證人在場的情況下簽署遺囑，而且他們應該同時簽名。」

莫格莉漠視這項法律。

「我看不出來這有什麼重要，」她宣稱道，「克萊頓看著我簽了字，然後她簽了自己的名字。我本打算搖鈴叫來管家的，但您現在正好可以做這件事。」

沙特衛先生不再反對，他扭開鋼筆，正準備簽上自己的名字時，突然停住了。那個名字就在他自己名字的上面，勾起了他一連串的回憶——艾麗絲．克萊頓。

某種東西非常辛苦地要和他溝通。艾麗絲．克萊頓，這個名字有某種重要性。它和鬼豔先生有關的某件事情混淆在一起。某件不久前他和鬼豔先生說過的事情。

哦，他想起來了，艾麗絲．克萊頓，這就是她的名字。那個可愛的小妞。人會變，是的，但不會變成那樣。他認識的艾麗絲．克萊頓有一雙棕色的眼睛。他覺得天旋地轉，伸手摸著一把椅子，不一會兒，彷彿從遙遠的地方傳來莫格莉的聲音，她焦急地對他說：「您不舒服嗎？怎麼回事？我確定您不舒服。」

他清醒過來，抓起了她的手。

「親愛的，我現在全明白了。你必須做好承受巨大打擊的準備。樓上那個你叫她克萊頓的女人根本不是克萊頓。真正的艾麗絲．克萊頓在『尤拉利亞』事件中溺死了。」

莫格莉盯著他。

「那……那麼她是誰？」

「我沒有弄錯，我不可能弄錯。你稱作克萊頓的那個女人，是你母親的姐姐碧雅翠．巴倫。你記得你告訴過我她被桅杆撞到頭嗎？我想是這一擊破壞了她的記憶力，因此，你母親趁機……」

「偷取爵位，您的意思是這樣嗎？」莫格莉痛苦地問道。

「是的，她會那麼做。現在她已經死了，這樣說似乎很糟糕，但她的確是那樣的人。」

「碧雅翠是你媽媽的姐姐，」沙特衛先生接著說，「你舅舅死後，她將繼承一切，你母親則什麼也得不到。你母親宣稱受傷的那個女孩是她的女僕，不承認她是她姐姐。那個女孩傷勢復元後，當然相信了別人告訴她的話：她是艾麗絲‧克萊頓，你母親的女僕。我猜就是在最近，她的記憶開始恢復，但發生在多年以前的那次頭部受創，終究導致了她腦子受傷。」

莫格莉驚恐地看著他。

「她殺死了媽媽，而且想殺死我。」她喘息道。

「看起來是這樣，」沙特衛先生說，「她的腦子裡只有一個混亂的念頭：她應該繼承的財產被偷走了，而你的母親和你存心阻止她得到這一切。」

「但，但克萊頓這麼老了。」

沙特衛先生沉默了一分鐘，一幅景象慢慢浮現在他面前：那個頭髮灰白的老婦人，以及坐在坎城陽光下容光煥發的金髮尤物。姐妹！真是如此嗎？他記得巴倫家的女孩們長得很相似。只因為兩人的生活朝不同的方向發展……

他猛地搖了搖頭，為人生的奇蹟和遺憾困擾不已……

他轉向莫格莉，溫和地說：「我們最好上樓去看看她。」

他們發現克萊頓坐在她做針線的那個小工作間裡。他們進來時，她並未轉過頭。沙特衛先生即刻明白原因。

「心臟病，」他撫摩著她冰冷的肩頭小聲說道，「這可能是最好的結局。」

08

海倫的臉龐

The Mysterious Mr. Quin

沙特衛先生獨自坐在歌劇院二樓的大包廂內。包廂門外放著印有他名字的名片。身為一名文藝鑑賞家，沙特衛先生尤其喜歡優美的音樂。他每年都是柯芬園[10]的固定觀眾，整個表演季的週二和週五他都預定了包廂。

但他並不經常獨自坐在那裡。他是個喜歡熱鬧的矮小紳士，喜歡他的包廂裡坐滿他所屬的那個上流社會的優秀人物，以及他歡迎的藝術圈名流。今夜他之所以獨自坐在這裡，是因為一位伯爵夫人讓他失望。這位伯爵夫人不僅美麗出眾，負有名望，而且是個好母親。她的孩子們染上了常見而令人痛苦的流行性腮腺炎。於是她留在家裡淚汪汪地和極度古板的保母聊天。她那位給了她孩子及頭銜但其實一文不名的丈夫，乘機逃之夭夭了，沒有比音樂更令他厭煩的東西了。

因此沙特衛先生獨自坐著。那天晚上正在上演《鄉村騎士》和《丑角》。因為從來不喜歡第一齣戲，所以他等到桑圖妐為死者極度悲痛的最後一幕落幕後才抵達，趁人們蜂擁出去專心聊天或爭先恐後地喝咖啡、檸檬汁之前，他閱歷豐富的眼睛及時地掃視了一下劇院。沙特衛先生調了調看戲用的小望遠鏡，環視了劇院，選定目標，接著胸有成竹地出發了。然而，他旋即遭到阻礙，因為一出包廂，他就迎面碰上了一位高大、黝黑的男子。他認出了這個男人，滿心的喜悅令他極度興奮。

「鬼豔先生。」沙特衛先生大聲喊道。

他熱情地抓住他這位朋友的手，緊緊地握著，好似害怕一轉眼他就不見了。

「你一定得坐到我的包廂裡來，」沙特衛先生堅決地說，「你不是和別人一起來的吧？」

「不是，我自己坐在正廳前排。」鬼豔先生微笑著答道。

「那就這麼決定了。」沙特衛先生鬆了一口氣說。

要是有人在一旁觀察的話，一定會注意到沙特衛先生的舉止簡直有點滑稽。

「你真是太好了。」鬼豔先生說。

「沒什麼，這是我的榮幸，我不知道你喜歡音樂？」

「我被《丑角》吸引是有原因的。」

「哦！當然，」沙特衛先生邊說邊明智地點了點頭。雖然如果有人問起的話，他其實很難解釋為什麼他這麼表示。「當然，你是的。」

鈴聲一響起，他們就返回了包廂，靠在包廂的前緣，觀看返回座位的人們。

「那是顆美麗的頭顱。」沙特衛先生突然評論道。

他立刻拿起望遠鏡對準了他們下方正廳前排的一個位置。一個女孩坐在那裡，他們看不清她的臉，只能看見她純金色的頭髮，罩在一頂帽子下面，白皙的頸子裸露著。

10 柯芬園（Covent Garden），位於英國倫敦西區，其內的皇家歌劇院（Royal Opera House）是該區的一大地標，於一七三二年開放。

「一個希臘人的頭像，」沙特衛先生恭敬地說，「純粹的希臘人。」他開心地嘆了一口氣，「想到極少數人才生有和他們極其相配的頭髮，就覺得這是件不可思議的事情，更值得注意的是現在每個人都把頭髮剪短了。」

「你太善於觀察了。」鬼豔先生說道。

「我有幻覺，」沙特衛先生承認道，「我確實有幻覺。比如，我馬上挑出了那顆頭顱。我們遲早一定要看一看她的臉。但是我相信她的臉不會和她的頭相配，那只有千分之一的可能性。」

他的話剛出口，燈光就開始搖曳，然後暗了下來。接著就傳來了指揮棒急促的叩擊聲，戲開演了。今晚演唱的是一個新的男高音，據說被稱作是卡羅素[11]第二。報紙以不偏不倚的態度報導他是個南斯拉夫人、捷克人、阿爾巴尼亞人、馬札爾人，又是保加利亞人。他在艾伯特廳舉行過一場精采的音樂會，演出的內容是他出生山區的民謠，還有一支經過組合的樂隊伴奏。這些歌曲是以奇怪的半音演唱的，準音樂家說它們「太絕妙了」，真正的音樂家們保留了他們的看法，意識到耳朵必須經過特殊的訓練和調適，才能做出任何評論。今晚發現喬奇賓用包括所有傳統嗚咽聲和抖音的普通義大利語演唱，令人感動極了。

第一幕結束了，掌聲如雷。沙特衛先生轉向鬼豔先生。他意識到後者正在等他說出看法，於是略微自鳴得意。畢竟他懂，作為一個批評家，他絕對正確。

他非常緩慢地點了點頭。

「真的很棒。」他說。

「你這樣認為？」

「和卡羅素的嗓子一樣好。人們一開始感覺不到這一點，因為他的技巧還不完美。有些調子不大協調，對起唱的準確性把握不足。但是他的嗓音非常出色。」

「我聽過他在艾伯特廳舉行的音樂會。」鬼豔先生說。

「是嗎？我沒去成。」

「他以一曲〈牧羊人之歌〉大獲成功。」

「我從報上得知這項消息，」沙特衛先生說，「副歌部分，每次都以一個類似大聲呼喊的高音結束……降A調和降B調之間的一個音符。非常不可思議。」

喬奇賓謝了三次幕，微笑著鞠躬。燈光亮了起來，人們魚貫而出。沙特衛先生俯身觀看那名金髮女子。她站了起來，理了理圍巾，然後轉過身來。

沙特衛先生屏息。他知道，世界上有過這樣的臉龐……造就歷史的面孔。

那個女孩朝座間通道走去。她的同伴，一個年輕人，就在她的身旁。沙特衛先生注意到附近每個男人看她的樣子，並不停地偷偷看她。

11　卡羅素（Enrico Caruso, 1873-1921），義大利男高音歌唱家，歌劇演員。

「太美了！」沙特衛先生自言自語地說，「這世界上還有這麼一種東西，不是嫵媚，不是魅力，也不是吸引力，不是我們隨便說的任何一種東西，就是純粹的美麗：她的臉型、眉型和下巴的弧度。」他低聲溫柔地引證了一句話：「『一張使千艘戰艦出海的臉』。」他首度明白了這些話的含義。

他看了鬼豔先生一眼，鬼豔先生正用那種完全理解的目光看著他。沙特衛先生感到不必多說。

「我一直納悶，」他簡單地說，「這種女人到底像什麼？」

「你認為呢？」

「海倫、克麗歐佩托拉、瑪麗．斯圖爾特這樣的女人。」

鬼豔先生沉思地點了點頭。

「假如我們出去，」他建議，「我們就會明白。」

他們一起出去，而且搜尋成功。他們要找的那對男女正坐在樓梯間中央的一張沙發上。沙特衛先生首次注意到女孩的同伴：一個黝黑的年輕人，不帥，但讓人覺得他身上有一股焦躁的熱情。一張臉充滿奇怪的角度，突出的顴骨，強而有力且略微彎曲的下巴，深陷的眼睛在濃黑眉毛下不可思議地閃亮著。

「一張有趣的臉，」沙特衛先生自言自語地說，「一張真正的臉。它意味著什麼東西。」

那個年輕人身子朝前傾，熱切地說著話。那個女孩在一旁聆聽。他們兩人都不屬於沙特衛先生的圈子。他把他們歸類為「自認為藝術家的人」。女孩穿著一件毫無款式可言的廉價綠絲綢外衣，腳蹬一雙弄髒的白色緞面鞋。那名年輕人穿著晚禮服，一副很不自在的樣子。

沙特衛先生和鬼豔先生兩個人來來回回許多次。第四次時，第三個人加入了這一對，一個看起來像職員的白皙青年。隨著他的到來，氣氛緊張了。新來者打著領帶，一副侷促不安的樣子，那個女孩美麗的面孔嚴肅地面對他，她的同伴則是怒容滿面。

「老故事。」當他們經過時，鬼豔先生溫和地說。

「是的，」沙特衛先生嘆了一口氣。「我想，這是不可避免的。兩隻咆哮的狗搶一塊骨頭。過去一直如此，將來也會永遠如此。然而，人們應該期望一些不同的東西。美麗……」他停住了。美麗，對於沙特衛先生來說，意思是非常美妙絕倫的東西。他發現很難講出來。他看了看鬼豔先生，後者理解地認真點了點頭。

他們返回座位上繼續看第二幕。

在演出快要結束時，沙特衛先生興高采烈地轉向他的朋友。

「今天晚上下雨。我的車就在這兒，你一定得讓我送你到，呃，什麼地方。」

最後一個詞是沙特衛先生的細心所致。他覺得「送你回家」有探人隱私的味道。鬼豔先生一直是出奇地含蓄。真是奇怪，沙特衛先生對他的了解竟然如此鮮少。

「但是，也許，」小個子沙特衛先生繼續說，「你自己有車在外面等你。」

「不，」鬼豔先生說，「沒有車在等我。」

「那麼……」

鬼魖先生搖了搖頭。

「你真是太好了，」他說，「但我寧願獨行。另外，」他非常神祕地微笑著說，「假如有什麼事情會發生，那也是你應該要去做的。晚安，謝謝你。我們又一起看了一齣戲。」

他離開得如此迅速，以至於沙特衛先生來不及反對。但是他感到一絲隱隱的不安在攪動著他的心。鬼魖先生指的是什麼戲？《丑角》？還是另一齣？

馬斯特——沙特衛先生的司機——按習慣在一條小巷裡等著主人。他的主人不喜歡空等車輛在劇院門前依次前來。今天還是和以往一樣。於是沙特衛先生快步繞過角落，沿著街道走向馬斯特等他的地方。在他前面是一位女孩和一名男子，就在他認出他們的時候，另一人加入了他們。

所有的事情都發生在眨眼之間。一個男人的聲音生氣地高喊著，另一個男人受到傷害似地抗議。然後是扭打，互相襲擊，憤怒地喘息，廝打得更厲害。一名警察的身影不知從哪兒威嚴地冒了出來。又轉瞬間，沙特衛先生已經在那個女孩旁邊了。她靠著牆，縮成一團。

「對不起，」他說，「你不能待在這兒。」

他抓住她的手臂，帶領著她迅速走出這條街。她回頭看了一次。

「我不該嗎？」她不敢確定地說。

沙特衛先生搖了搖頭。

「你捲入這件事會很麻煩。你可能必須和他們一起去警察局。我確信你的兩個朋友都不希望這樣。」

他停住了。

「這是我的車。假如你允許的話，我很樂意送你回家。」

女孩審視著他。沙特衛先生穩重體面的外表使她油然生出好感。她低下了頭。

「謝謝您。」她說，並從馬斯特為她打開的車門上了車。

她告訴沙特衛先生一個在切爾西區的地址，算是回答了他的問題。他上了車，坐在她旁邊。

女孩心煩意亂，沒有心情說話。沙特衛先生非常老練，知道此時最好別去打擾她的思緒。一會兒後，她轉向他，主動開口了。

「我希望，」她性急地說，「他們不會那麼傻。」

「是件麻煩事。」沙特衛先生表示贊同。

他實事求是的態度讓她放寬了心，於是她繼續說下去，好像有必要依賴某個人。

「其實並不是像……我的意思是，哦，事情是這樣的：伊斯尼先生和我是很久的朋友，自從我來到倫敦就認識他。他為我的嗓子不知費了多少心血。他讓我明白了許多非常好的入門知識。他對我的好遠非言語所能表達。他是個完全為音樂瘋狂的人。他真是太好了，今晚帶我來這兒。我相信他不一定真能付得起。後來，伯恩斯先生走過來和我們說話……非常和善。菲爾（伊斯尼先生）就生氣了。我不知道他為什麼生氣。這是個自由國家啊。而伯恩斯先生總是令人如沐春風，性情溫和。然後就在我們朝地鐵入口走下去時，伯恩斯走過來加入我們，他還沒來得及說兩個字，菲利普就像個瘋子似的朝著他撲過去，而且……哦！我不喜歡這樣。」

「是嗎？」沙特衛先生非常溫柔地問道。

她臉紅了，但只是一點點。她完全沒有對此產生警覺。他們為她打架，她必定有相當程度的興奮激動，這是人的天性，但依沙特衛先生判斷，其中還有一個令人煩惱的疑團。隨後當她前言不搭後語地說了一句話時，他從中抓到了蛛絲馬跡。

「希望他沒有打傷他。」

哪個「他」？沙特衛先生心想，暗自在黑暗中竊笑。

經過自己的判斷後，他說道：「你希望，呃，伊斯尼先生沒傷著伯恩斯先生？」

她點點頭。

「是的，這就是我剛才說的話，看起來可怕極了。真想知道情況如何了。」

汽車停了下來。

「你有電話嗎？」他問道。

「有。」

「假如你願意，我會查明到底發生了什麼事，然後打電話告訴你。」

女孩的臉龐一下子亮了起來。

「哦，那樣的話，真是太好了。您確定不會麻煩嗎？」

「一點也不。」

她又謝了他一次，把她的電話號碼告訴他，又不好意思地加了一句：「我的名字是吉莉安・維斯。」

汽車行駛在夜色中，朝目的地直奔而去，沙特衛先生泛起了一抹奇怪的微笑。

他想，原來是這麼回事……「那個臉型，那下巴的弧度」！

但是他履行了自己的諾言。

接下來的週日下午，沙特衛先生去丘園觀賞杜鵑花。很早以前（在沙特衛先生看來，是令人難以置信的很早以前），他曾經和某位年輕女士驅車來丘園看藍風鈴花。沙特衛先生事先在腦海裡精心準備好要說的話，以及他要用來向那位小姐求婚的詞句。當時他正在心裡默記那些話，也有點心不在焉地回應她對藍風鈴花的欣喜，突然間青天霹靂。那位年輕女士停止了對藍風鈴花的驚嘆，突然向沙特衛先生（把他當作一個真正的朋友）吐露她愛上另一個人。沙特衛先生收起他準備好的那一小段話，趕緊在他大腦深處的抽屜裡搜尋同情和友情。

這就是沙特衛先生的羅曼史……維多利亞時代早期那種不冷不熱的羅曼史。但這段羅曼史使他對丘園產生一種浪漫的眷戀。他經常去那兒看藍風鈴花，或者，倘若他出國時間比平常晚，他會去觀賞杜鵑花，並獨自嘆氣，暗自傷感，全心沉醉在那種舊式、浪漫的方式中。

就在這個特定的下午，他漫步回來經過茶館時，認出了草地上一張桌子旁坐著的一對男女，他們是吉莉安．維斯和那個金髮青年，他們也認出了他。他看見女孩臉紅了，興奮地對她的同伴說了些什麼。轉眼間，他便以他傳統、拘謹的方式和他們倆握手了，並且接受他們怯生生的喝茶邀請。

「我無法告訴您，先生，」伯恩斯先生說，「我是多麼感激您不久前對吉莉安的照顧，她全都告訴我了。」

「是的，確實是這樣，」女孩說，「您太好了。」

沙特衛先生覺得很高興，而且對這一對年輕人產生興趣。他們的天真和誠摯感動了他，而且對他來說，可以窺探一下他不太熟悉的那個世界。這些人屬於他一無所知的那個階層。儘管外表乾癟瘦小，沙特衛先生其實極富同情心。很快他就熟悉了他新朋友的一切。他注意到她對伯恩斯先生的稱呼變成了查理；聽到他們訂婚的消息，他也一點都不訝異。

「事實上，」伯恩斯先生以他令人耳目一新的坦率說道，「是今天下午才發生的事情，對吧，吉兒？」

伯恩斯是一家輪船公司的職員，薪水豐厚，自己有一點錢。他們兩人打算不久就結婚。

沙特衛先生傾聽著，點點頭，向他們表示祝賀。

「一個普通的年輕人，」他思忖，「一個非常平凡的年輕人。不錯的年輕人，正直坦率，自信但不自負，長相不錯，但不是十分英俊，他沒有任何與眾不同之處，永遠不會有什麼驚人之舉。還有，那個女孩愛他……」

他大聲說道：「那麼伊斯尼先生……」

他故意停頓，但他所說的話已經足以產生他預想到的效果了。查理．伯恩斯的臉陰沉了下來，吉莉安看起來很不安，不僅僅是不安，他想，她看起來一副害怕的樣子。

「我不希望這樣。」她低聲說。她的話是對沙特衛先生說的，好像她本能地知道他能理解她的情人所無法理解的感覺。「您知道，他為我做了許多事。他鼓勵我從事演唱，而且……而且助我一臂之力。但我知道我的嗓音並不是非常好，不是一流的。當然，有地方聘請我……」

她停住了。

「你也碰上了一些麻煩，」伯恩斯說，「一個女孩需要有人照顧她。吉莉安遇過許多不愉快的事情。她是個非常漂亮的女孩，如您所看到的，於是，哦，這經常為她帶來麻煩。」

和他們一起聊著，沙特衛先生逐漸明白了伯恩斯先生含糊地稱為「不愉快的事情」是怎麼回事。一個開槍自殺的年輕人，一個銀行經理（是個已婚男子）離奇的行為，一個粗暴的陌生人（肯定是個傻子），一個中年藝術家瘋狂的行為。一系列因吉莉安．維斯而起的暴力和悲劇，查理．伯恩斯用平淡無味的口氣一一列舉。

「就我看來，」他最後說道，「這個叫伊斯尼的小子有點瘋。要是我不出面照顧吉莉安，她一定會和他扯出麻煩。」

他的笑在沙特衛先生聽來有點傻，女孩臉上並未隨之泛起微笑，她正懇切地看著沙特衛先生。

「菲爾人不錯，」她慢慢地說，「他喜歡我，我知道，而且我像對一個朋友一樣喜歡他，但是僅此而已。我不知道他如何承受我和查理的消息。他……我真害怕他會……」

她停住了，在她隱約意識到危險之前停了下來。

「假如我能幫你什麼，」沙特衛先生溫和地說，「請吩咐。」

他認為查理・伯恩斯好像有點憤怒。但吉莉安馬上說：「謝謝您。」

沙特衛先生答應在接下來的這個週四和吉莉安一起喝茶，然後就離開了他的新朋友。

週四到了，沙特衛先生心頭一陣雀躍。他想：「我是個老頭子了，但是還不至於老到不為一張臉激動。一張面孔……」這時他有種預感地搖了搖頭。

吉莉安獨自在那兒。查理・伯恩斯稍後才來。沙特衛先生想，她看起來快樂多了，好像她心頭卸下了一塊重擔。事實上，她也坦率地這樣承認。

「我曾經害怕告訴菲爾關於查理的事。我真傻。我本來應更了解菲爾的。當然，他很難過，但是沒有比他更和藹可親的人了。他真是溫柔。瞧，這是他今天早晨送給我的東西……一件結婚禮物。很高貴吧？」

對於處於菲爾・伊斯尼那樣境況的年輕人來說，它確實非常高貴。一個真空管無線電收音機，是最新的款式。

「你知道，我們兩人都很喜歡音樂，」女孩解釋道，「菲爾說，這樣我聽到收音機裡播出的音樂會時，就會經常想到他。我一定會的。因為我們曾經是這麼好的朋友。」

「你一定會為你的朋友自豪，」沙特衛先生溫柔地說，「他似乎接受了這個打擊，像個真正的運動員。」

吉莉安點了點頭。他看見她的淚水奪眶而出。

「他請求我為他做一件事，今晚是我們初次見面的紀念日。他問我是否願意今天晚上安靜地待在家裡，收聽無線電廣播節目，不和查理出門到任何地方去。我說，當然我會待在家裡收聽節目，而且我非常感動，我會充滿感激和友愛地想起他。」

沙特衛先生點點頭，但他迷惑不解。他很少在勾畫人的性格方面出錯。他斷定菲爾・伊斯尼不太可能有這種多愁善感的請求。這個年輕人比他猜想的更平庸。吉莉安顯然認為菲爾的要求十分合乎一個被拒絕的求愛者心態。沙特衛先生有點……只是一點……失望。他自己是個多愁善感的人，而且他也有自知之明。但他希望其他人的情況好一些。此外，感傷是屬於他這把年紀的人。在現代社會中它派不上用場。

他請吉莉安演唱，她照辦了。他告訴她，她的嗓子富有魅力，但他心裡很清楚，她只是二流水準。她在這行若能成功，一定得靠她的臉蛋，而不是嗓子。

他並不是特別想再見到年輕的伯恩斯，所以不久他站起來準備走人。就在這時，壁爐台上的一個裝飾品吸引了他的注意力。它和其他那些華而不實的小玩意相比，顯得非常醒目，就像在垃圾堆上的一顆寶石。

它是一個淺綠色玻璃製成的曲形高腳杯，長長的細頸，形狀非常優雅。在杯子邊緣穩穩地懸著看起來像個大肥皂泡的東西，那是個彩虹色玻璃球。吉莉安注意到他的全神貫注。

「那是菲爾送給我的另一件結婚禮物。我覺得它十分漂亮。他在某個玻璃廠工作。」

「是很漂亮，」沙特衛先生虔誠地說，「慕拉諾的吹玻璃工人都會為此驕傲。」

沙特衛先生離去了，同時他對菲爾．伊斯尼莫名地產生了興趣。一個非常有趣的年輕人。但是這個美麗的女孩更喜歡查理．伯恩斯。多麼奇怪而不可捉摸的世界啊！

沙特衛先生剛想起來，因為吉莉安．維斯非凡的美貌，他和鬼黯先生在一起的那個夜晚，在某種程度上沒有達到預期的目的。一般說來，每次和神祕的鬼黯先生見面都會發生一些奇怪且始料未及的事情。抱著可能碰上這個神祕人的希望，沙特衛先生朝小丑餐館走去。過去，他曾經在此遇見鬼黯先生一次。鬼黯先生曾說過他經常光顧這家餐館。

沙特衛先生在小丑餐館從一個房間走到另一個房間，滿心期待地四下環顧，但沒有看見鬼黯先生那張黝黑、微笑的面孔。然而，有另外某個人獨自坐在一張小桌旁，他是菲爾．伊斯尼。

那個地方很擁擠，沙特衛先生坐在這個年輕人的對面。他感到一陣突如其來的莫名狂喜，好像自己捲入了某件事，而且正經歷著其中最有趣的部分。他身處其中……不管它是什麼。他現在明白了那天晚上鬼黯先生在歌劇院說的話是什麼意思。一齣戲正在上演，其中有個角色，一個重要的角色，是沙特衛先生的。他一定得成功地扮演好這個角色。

抱著一種完成使命的感覺，他在菲爾．伊斯尼對面坐下。兩人輕而易舉地交談起來。伊斯尼看起來急於找人聊天。沙特衛先生一如往常，是個鼓舞人心、富於同情心的聽眾。他們談到戰爭，談到炸藥、毒氣。伊斯尼對於最後提到的這些東西興致高昂，因為在戰爭時期，他一直從事炸藥、毒氣的製造。沙特衛先生發現他確實有趣。

有一種毒氣，伊斯尼說，從來未被實驗過，停戰來得太快了。這種毒氣曾被寄予厚望，吸一口就能置人於死地。他說得愈來愈起勁。

氣氛活躍了起來，沙特衛先生漸漸又把話題轉移到音樂上。伊斯尼消瘦的臉龐一下子明朗起來。他的口氣飽含著一個音樂愛好者的狂熱和縱情。他們談到了喬奇賓，對此這個年輕人滔滔不絕。他和沙特衛先生都同意，世界上沒有什麼比一個真正出色的男高音更珍貴。伊斯尼在孩提時代就聽過卡羅素的演唱，而且他永遠也忘不了。

「你知道嗎？他能對著一個酒杯演唱，把它震碎。」他問道。

「我過去一直認為這是一個童話。」沙特衛先生微笑著說。

「不，這絕對是真的，我相信。這種事情是很可能的，這是一個共鳴的問題。」

他開始談技術細節。他的臉脹得通紅，眼睛閃閃發光。他似乎對這個主題很著迷，而且沙特衛先生注意到，他對他所談的東西相當了解。老先生意識到他是在和一個具有罕見頭腦的人交談。一個幾乎可以稱作天才的大腦，才華洋溢，難以捉摸，還沒準備好該從什麼方向發揮潛力，但毫無疑問，他是個天才。

沙特衛先生想起了查理．伯恩斯，驚訝於吉莉安．維斯的選擇。

突然他意識到已經很晚了，他叫侍者拿帳單來。伊斯尼看起來有些抱歉。

「很慚愧，喋喋不休說了這麼多，」他說，「但你今晚來到這兒，真是我的運氣。我……我今晚需要和某個人談談。」

他莫名其妙地一笑，結束了他的話，眼睛仍然在閃閃發亮，其中有一種克制的激動。然而，在他的身上有一種悲劇性的東西。

「非常愉快，」沙特衛先生說，「我們的談話，令我極感興趣，而且對我很有啟發。」之後，他滑稽而有禮貌地微微鞠了一躬，走出了餐館。夜色很溫和，他慢慢地沿著街道走去。這時他有一種非常奇怪的錯覺，感覺他不是一個人，還有另一個人走在他身邊。他徒勞地告訴自己，這種念頭只是一種錯覺，但這種錯覺揮之不去。某個人在他的身邊和他一起走在那條黑暗寂靜的街上，某個他看不見的人。他不知道是什麼東西把鬼豔先生的身影如此清晰地展現在他的眼前。他真切地感到鬼豔先生就在他身邊，但他只能用眼睛說服自己，他是獨自一個人。

只是鬼豔先生的身影揮之不去，隨之而來的還有其他一些東西。某種需要，某種緊迫，一種沉重的災難預感。他必須去做某件事，而且得趕快去做。某件事情很不對勁，需要他去糾正。

這種感覺如此強烈以至於沙特衛先生停止抗拒。他反而閉上眼睛，試圖使腦子裡鬼豔先生的身影更清晰些。要是能問問鬼豔先生該多好，但就在這個念頭閃過他的腦海時，他就知道這是錯誤的。詢問鬼豔先生從來沒有什麼用。「線索在你自己手裡」，這就是鬼豔先生會說的話。

線索。什麼線索？他仔細分析了自己的感覺和印象。現在，他有種危險的預感，它威脅的是誰？

一幅情景馬上跳到他的眼前：吉莉安．維斯獨自一人坐在那裡聽無線電廣播。

沙特衛先生扔給一個經過的報童一枚便士，一把抓過一份報紙，立刻翻到倫敦的無線電廣播節目那一版。他饒有興致地注意到喬奇賓今晚將在無線電節目中演唱。他將演唱《浮士德》其中一段：〈拯救蒂瑪拉〉，之後是一系列民謠：〈牧羊人之歌〉、〈金魚〉、〈小鹿〉等等。

沙特衛先生把報紙揉成一團。知道了吉莉安即將收聽的內容，似乎使得她的形象更清晰了。獨自坐在那兒……

菲爾．伊斯尼那個奇怪的請求。不像這個男人，根本不像他的性格。伊斯尼性格中沒有多愁善感，他是一個感情強烈的男人，一個危險的男人，可能……

他的思緒猛地停了下來。一個危險的男人，這意味著某些東西。「線索在你自己手中」。今晚與菲爾．伊斯尼的會面非常奇怪。一個幸運的機會，伊斯尼曾說過。是個機會嗎？還是沙特衛先生今晚曾一兩次感覺到的那個混亂交織的陰謀？

沙特衛先生回想當時情景。伊斯尼的話語裡必定有些什麼東西，有什麼線索。一定有，否則為什麼會有這種奇怪的緊迫感？他談了些什麼？演唱，戰時的特殊工作，卡羅素。

卡羅素……沙特衛先生的思路突然改變。喬奇賓的嗓音和卡羅素的嗓音幾乎完全相同。吉莉安坐著聆聽演唱，歌聲嘹亮、逼真、有力，迴盪在房間裡，使玻璃發出清脆的響聲……

他屏住氣。玻璃發出清脆的響聲！卡羅素對著酒杯歌唱，酒杯被震碎。喬奇賓在倫敦的播音間裡演唱，約一英里多之外的一個房間裡是玻璃破碎的叮噹響聲……不是酒杯，是一只淺綠色的高腳玻璃杯。一個水晶般像肥皂泡的東西掉了下來，那東西可能不是空的……

此刻的沙特衛先生在路人看來像是突然發瘋了。他又一次打開報紙，很快掃了一眼無線電節目預告，然後拚命地在寂靜的街道上跑了起來。在街道盡頭，他找到一輛慢行的計程車，一下子跳上車，大聲喊叫著給了司機一個地址，告訴他事關人命，趕快開到那兒去。司機斷定他腦子裡有問題，不過很富有，所以竭盡全力飛馳。

沙特衛先生仰靠在座位上，腦海裡一堆亂七八糟、斷斷續續的思緒：在學校裡學過又忘了的科學知識、那天晚上伊斯尼的措詞——共鳴性，固定週期，假如力的週期與固定週期恰好一致，就像一座吊橋，士兵們行走上去，他們大踏步的擺幅和吊橋的週期相同。伊斯尼研究過這個主題。伊斯尼知道這一點。伊斯尼是個天才。

喬奇賓將在十點四十五分演唱。現在時間到了。但是先唱《浮士德》。唱了〈牧羊人之歌〉中的副歌之後，那出色的高音將……將產生什麼效果？

他的腦子嗡嗡嗡地轉了起來。基音，泛音，半音。他對這些東西不十分了解，但伊斯尼懂。上天保佑他能及時趕到！

計程車停了下來。沙特衛先生衝出車門，像個年輕的運動員似的奔上通向三樓的石階。公寓的門半開著。他推開了門，迎面而來的是那出色的男高音。隨著不落俗套的配曲，傳來的是熟悉的〈牧羊人之歌〉歌詞。

牧羊人，瞧千軍萬馬奔騰而來……

那麼，他是及時趕到了，他猛地打開客廳的門。吉莉安正坐在壁爐旁的一張高背椅上。

貝拉．米沙的女兒今天要出嫁了；

我得趕快趕到婚禮上。

她一定認為他瘋了。他抓住她，大聲說著一些莫名其妙的話，半拉半拖著她出來，直到他們站在樓梯上。

我得趕快趕到婚禮上，

呀——哈！

一個精采的男高音，洪亮，有力，中氣十足，任何一個歌唱家都會感到驕傲的音階。隨之而來的是一種聲音，碎玻璃微弱的叮噹聲。

一隻野貓從他們的身邊竄過，從開著的公寓門進去了。吉莉安動了一下，但沙特衛先生拉住她，語無倫次地說：「不，不，不，它能置人於死地。無味，令人毫無警覺。只要吸一口，就全完了。沒有人知道它到底有多致命。它不像以前實驗過的任何東西。」

他反覆說著菲爾．伊斯尼在餐桌上告訴他的那些話。

吉莉安不解地盯著他。

§

菲爾．伊斯尼掏出他的錶，看了看時間，剛好十一點半。在過去的三刻鐘裡，他一直在河堤上踱來踱去。他朝泰晤士河望去，然後轉過身來，窺視著今晚與他共進晚餐的同伴的臉龐。

「真奇怪，」他說道，並且大聲笑了。「我們今晚似乎注定彼此相遇。」

「是命運的安排才怪。」沙特衛先生說。

菲爾．伊斯尼更專心地看了看沙特衛先生，他的表情變了。

「怎麼了？」他靜靜地說道。

沙特衛先生直接切入正題。

「我剛從維斯小姐的公寓來。」

「是嗎？」

同樣的嗓音，同樣死一般地沉寂。

「我們從房間裡抓出了一隻死貓。」

一陣沉默，然後伊斯尼說：「你是誰？」

沙特衛先生說了一會兒，複述了一下整個事件的過程。

「所以你知道，我及時趕到了。」他暫停了一下，很溫柔地加了一句：「你有什麼要說的嗎？」

他預期某種事情即將發生，某種感情會爆發，某種瘋狂的辯護會傾瀉而出。但什麼事情也沒有。

「沒有。」菲爾．伊斯尼平靜地說，突然轉身走開了。

沙特衛先生目送著他，直到他的身影吞沒在黑暗裡。不知不覺地，他對伊斯尼產生一種奇怪的同情，一種藝術家對藝術家、多愁善感者對心碎的情人、普通人對天才的同情。

最後他猛地振作精神，開始朝伊斯尼離去的方向走去。

開始起霧了。一會兒，他碰見了一名警察，警察疑惑地看著他。

「你剛剛聽見水花濺落的聲音嗎？」警察問。

「沒有。」沙特衛先生說。

警察仔細朝河上望去。

「我猜，又是一起自殺事件，」他鬱鬱不樂地咕噥道，「他們會處理的。」

「我想，」沙特衛先生說，「他們有自己的理由。」

「金錢，大部分是為了金錢，」警察說，「有時是因為一個女人，」他邊說邊準備離去。

「並不總是他們的錯，而是某些女人總會帶來許多麻煩。」

「某些女人。」沙特衛先生溫和地贊同道。

警察繼續朝前走了，沙特衛先生坐在一個座位上，霧氣瀰漫在他四周。他想起了特洛伊的海倫，懷疑她是否只是個漂亮而平凡的女人，一切幸運與災難都源於她那張美麗的臉龐。

09

幽靈小丑

The Mysterious Mr. Quin

沙特衛先生緩緩地走在龐德大街上，盡情享受著陽光。他穿戴得像往常一樣整齊時髦，朝哈徹斯特美術館走去。那兒正在舉辦一個叫法蘭克·布斯拓的人的畫展。此人是新近出現的藝術家，迄今為止沒沒無聞，但有希望一夕成名。沙特衛先生是一位藝術贊助者。

沙特衛先生一走進哈徹斯特美術館，立刻有人認出了他，帶著愉快的微笑招呼他。

「早安，沙特衛先生。我們原以為不久後才會見到你。你知道布斯拓的作品嗎？不錯，確實很不錯，非常獨特。」

沙特衛先生買了一份目錄，穿過開闊的拱廊，步入展出布斯拓作品的那個狹長房間。展出的是水彩畫，畫技如此高超，拋光處理得如此完美，手法極其特別，以至於十分像彩色的蝕刻畫。沙特衛先生沿著牆慢慢地邊走邊仔細欣賞。整體而言，他肯定這些畫作。他覺得這個年輕人應當會成功。這個年輕人的畫富有創造性和想像力，技法之精確、嚴謹無可比擬。當然，還不是很成熟。雖然看起來只是一個期望……但其中也有些接近天才的東西。沙特衛先生在一幅小小的傑作面前停頓一下，這是一幅西敏寺橋的畫。橋上是擁擠的公車、有軌電車和匆忙的行人。很小的東西，但完美得令人驚嘆。他注意到這幅畫的名字叫「蟻群」。他繼續向前走，突然屏住了氣，想像力和注意力完全被一幅畫吸引了。

那幅畫被命名為〈亡故的小丑〉。畫中最顯著的位置是鋪著黑白大理石塊的地板。地板中央仰躺著小丑。他的手臂平展著，穿著紅黑相間的小丑衣服。在他身後的窗戶外面有個人在注視著地板上的他，那個人的輪廓襯著夕陽閃爍的紅光，看起來和他竟是同一個人。

這幅畫令沙特衛先生激動不已的原因有兩個：第一是他認出或者說他以為他認出了畫中那名男子的面孔，一張和沙特衛先生的朋友鬼豔先生極其相似的臉。沙特衛先生在某些神祕的情況下見過他一兩次。

「我一定不會搞錯，」他喃喃自語道，「果真如此，這意味著什麼呢？」

因為據沙特衛先生的經驗，每次鬼豔先生出現都伴隨著某種明顯的意義。

如前面已經提到的，沙特衛先生之所以對這幅畫感興趣還有第二個原因：他認出了畫中的場景。

「查恩利的露台房間，」沙特衛先生說道，「真是奇怪，有趣極了。」

他更仔細地看了看這幅畫，心裡琢磨著那位藝術家的腦子裡想的到底是什麼。一個死了的小丑躺在地板上，另一個小丑透過窗戶看著，或者是同一個小丑嗎？他順著牆壁慢慢地走著，對其他的畫作視而不見，腦海裡一直想著同樣的問題。他很興奮。今早的生活還似乎有點單調乏味，現在卻不再枯燥了。他很肯定地知道自己就要碰上令人興奮而且有趣的事情了。他走到柯布先生坐著的桌前。柯布先生是哈徹斯特美術館的重要人士，沙特衛先生認識他多年了。

「我有興趣買第三十九號，」他說道，「如果它還沒被賣出去的話。」

柯布先生查閱了一下帳簿。

「最好的一幅，」他低聲說道，「是幅佳作，不是嗎？對，還沒賣出去。」他開了價。

「是筆很好的投資，沙特衛先生。明年這個時候，你得付三倍的價錢才能買到它。」

「這是人們在這些場合經常說的話。」沙特衛先生微笑著說。

「哦，難道我說得不對嗎？」柯布先生質問道，「我相信，如果你打算賣掉你的收藏品，沒有一幅畫的賣價會比你當時買進的價格低。」

「我要買這幅畫，」沙特衛先生說，「我現在就給你開支票。」

「你不會後悔的。我們相信布斯拓。」

「他是個年輕人？」

「我想，二十七歲或二十八歲。」

「我想見見他，」沙特衛先生說道，「或許，他願意某個晚上來和我共進晚餐？」

「我可以把他的地址給你。我確信他會抓住這個機會的。你的名字在藝術界有很大的分量。」

「你過獎了。」

沙特衛先生還打算繼續說下去，這時柯布先生打斷了他的話。

「他過來了。我馬上把你介紹給他。」

他從桌子後面站起來。沙特衛先生隨他走向一名高大、笨拙的年輕人。年輕人正靠牆站著，怒容滿面地冷眼旁觀世界。

柯布先生做了一番介紹，然後沙特衛先生做了一段正式而彬彬有禮的簡短演說：「我剛才很榮幸地買下了你的一幅畫——〈亡故的小丑〉。」

「哦！嗯，你不會吃虧的，」布斯拓毫不客氣地說，「那是一幅好畫，儘管這是我自己說的。」

「我看得出來，」沙特衛先生說，「我對你的作品非常感興趣，布斯拓先生。對於如此年輕的人來說，它超乎尋常地成熟。我是否有榮幸請你和我一起共進晚餐？你今天晚上有約會嗎？」

「事實上，我沒有。」布斯拓說道。依然沒有過分誇張的客套。

「那八點怎麼樣？」沙特衛先生說道，「這是我的名片，上面有我的地址。」

「好的，」布斯拓先生說，「謝謝。」很明顯是事後想起來才加上去的。

「一個對自己評價很低的年輕人，而且害怕世人也如此看他。」

這是沙特衛先生跨出美術館步入龐德大街的陽光下時做出的結論。而且，沙特衛先生對同胞們的判斷很少會有誤差。

法蘭克．布斯拓大約八點五分到達，主人以及另外一位客人正在等他。沙特衛先生介紹說另一位客人是蒙克頓上校。他們幾乎是馬上進去用餐。橢圓形的桃花心木桌旁還擺了第四個座位。沙特衛先生解釋道：「我期望我的朋友鬼豔先生能順路來拜訪，」他說道，「我不知道你是否遇到過他。哈利．鬼豔先生？」

「我沒遇見過什麼人。」布斯拓咆哮著說。

蒙克頓上校饒有興致地盯著這位藝術家，就好像在看新品種的水母。沙特衛先生盡可能使談話友好地進行下去。

「我對你的那幅畫有特殊的興趣，是因為我認出那個場景是查恩利那個有露台的房間。對吧？」見藝術家點了點頭，沙特衛先生繼續說：「非常有趣，我過去曾在查恩利住過許多次，可能你認識這個家族的人？」

「不，我不認識！」布斯拓說道，「那種家庭不屑認識我。我坐大型遊覽車去的。」

「天啊，」蒙克頓上校沒話找話說，「坐著大型遊覽車！天哪。」

法蘭克．布斯拓對他怒目而視。

「為什麼不能？」他怒氣沖沖地質問道。

可憐的蒙克頓上校吃了一驚。他瞪著沙特衛先生，彷彿在說：「身為一個自然主義者的你，可能對這些未開化的生活形式感興趣，但為什麼要把我扯進來？」

「哦，大型遊覽車！那玩意兒可真糟糕！」他說道，「經過不平坦的地方時，你會被顛得厲害。」

「假如你買不起勞斯萊斯，那麼你就不得不坐大型遊覽車。」布斯拓凶巴巴地說。

蒙克頓上校目不轉睛地盯著他。沙特衛先生心想：「除非我能設法讓這個年輕人放輕鬆，否則我們將度過一個非常不愉快的夜晚。」

「查恩利一直令我著迷，」他說，「自從那場悲劇之後，我只去過那兒一次。一棟陰森的房子，一棟鬼屋。」

「沒錯。」布斯拓說。

「實際上有兩個名副其實的鬼，」蒙克頓說道，「他們說，查爾斯一世把腦袋夾在腋下，在露台上走來走去，我忘記原因了，但我確定。再來就是拎著銀水壺的哭泣女郎，在其中一位查恩利家族的人死後，人們經常看到她。」

「瞎扯。」布斯拓輕蔑地說。

「無疑地，他們是個非常不幸的家族，」沙特衛先生急忙說道，「四位爵位擁有者全都暴斃，最近死去的這位查恩利爵士又是自殺。」

「真叫人毛骨悚然，」蒙克頓沉重地說，「這件事發生時我正好在那兒。」

「讓我想想，那是十四年前的事了，」沙特衛先生說道，「從那時以後，那棟房子就被封了起來。」

「這點我並不感到奇怪，」蒙克頓說，「對一個年輕女孩來說，這一定是可怕的打擊。他們結婚才一個月，剛度完蜜月回來。為了慶祝他們到家而舉行的大型化裝舞會。就在客人們即將到達時，查恩利把自己反鎖入橡木居，開槍自盡。不應該做那種事的。對不起，你說什麼？」

他猛地把頭轉向左邊，歉然地看著沙特衛先生笑了。

「我開始感覺緊張兮兮了，沙特衛先生。我剛剛覺得有人坐在那張空椅子上對我說了些什麼。」

「是的，」過了一兩分鐘他又繼續說道：「這對雅莉絲・查恩利是一個非常可怕的打擊。她是那種到處顯得出眾的美女，充滿了人們所謂的生活喜悅，而現在他們說她本人就像個鬼。我許多年沒見她了。我想她大部分時間住在國外。」

「那個男孩呢？」

「那個男孩在伊頓公學。我不知道他成年後會幹什麼。但不知怎地，我認為他不會重開那棟老房子。」

「它將成為一座很好的大眾休閒公園。」布斯拓說。

蒙克頓上校用冷漠、厭惡的眼神看著他。

「不，不，你並非真是這個意思，」沙特衛先生說，「假如你真的這麼認為，你就不會畫那幅畫了。傳統和氛圍是無形的東西。他們花了幾個世紀建成，假如你毀了它，你不可能在二十四小時內重建起來。」

他站起身。

「我們到吸菸室去。我有些查恩利的照片放在那兒，我想給你們看看。」

沙特衛先生的業餘嗜好之一就是攝影。他也是《我的朋友們的家》這本書的得意作者。上述的朋友們地位都很高。這本書本身把沙特衛先生以一種相當勢利的形象公諸於眾，而這對沙特衛先生遠失公正。

「這是一幅我去年拍的『有露台的那個房間』的照片，」他說道，把照片遞給布斯拓。

「你看，它拍攝的角度和你畫中的角度幾乎是一樣的。那是一塊非常好的地毯，可惜照片上顯不出它的顏色。」

「我記得這塊地毯，」布斯拓說道，「色彩令人讚嘆，就像一團火焰在閃爍。不過這張地毯鋪在那兒有點不協調。對於那個鋪著黑白方塊的大房間來說，地毯尺寸不合適。房間的其他任何地方都沒地毯。它破壞了整體效果，就好像一塊碩大的血跡。」

「可能這一點給了你創作那幅畫的靈感？」沙特衛先生問道。

「可能如此，」布斯拓若有所思地說，「乍看之下，人們會自然而然地在這個裝了嵌板的小房間裡上演一齣悲劇。」

「橡木居，」蒙克頓說，「是的，正是那個鬧鬼的房間。那兒有個藏身的地洞，靠近壁爐有一塊可以移動的嵌板，據說查爾斯一世曾在那兒藏身。在那個房間裡，曾有兩個人死於決鬥。就我看來，雷吉·查恩利就是在那兒自殺的。」

他把照片從布斯拓手裡拿過來。

「哦，那是塊布卡拉地毯，」他說道，「價值幾千英鎊，我想。我在查恩利的時候，它是鋪在橡木居……一個合適的地方。把它鋪在大理石地板上，讓人覺得很滑稽。」

沙特衛先生正看著他拉到身邊來的那張空椅子，然後沉吟道：「我想知道它是什麼時候被移走的？」

「一定是最近。哦，我想起悲劇發生當天我們曾提起這塊地毯。查恩利當時說，實際上應該把它壓在玻璃下面。」

沙特衛先生搖了搖頭。

「那場悲劇之後，房子馬上被關閉了起來。一切都保持原樣。」

布斯拓打斷了他們的談話，提出一個問題。他已經將他咄咄逼人的態度拋到一邊。

「查恩利爵士為什麼要開槍自盡？」他問道。

蒙克頓上校不安地在他的椅子裡移動了一下。

「沒人知道。」他含糊地說。

「我想，」沙特衛先生慢慢地說，「他是自殺的。」

上校不知所措地看著他，驚愕不已。

「自殺，」他說道，「當然是自殺。我的老兄，我當時就在那兒。」

沙特衛先生朝他身旁的那個空椅子看去，微微笑了，好像在笑某個別人看不見的祕密笑話，他平靜地說道：「有時候，人們在事後幾年看到的東西，要比他們當時看到的東西清晰得多。」

「胡說，」蒙克頓激動而急促地說，「完全是胡說！你怎麼可能在記憶模糊而非清晰鮮明時把問題看得更清楚呢？」

但是沙特衛先生的觀點意外得到了支持。

「我明白你的意思，」這位藝術家說，「我想你可能是對的。這是一個比例問題，不是嗎？可能還不僅僅是比例的問題，還有相對性之類的東西。」

「假如你們問我，我會說所有愛因斯坦的這些東西全是胡扯。招魂師和某人祖母的鬼魂一樣也全是胡扯。」上校說完，憤怒地四下瞪著。「當然是自殺，」他繼續道，「我親眼目睹事情的發生！」

「告訴我們關於這件事的情況，」沙特衛先生說，「這樣我們也就會親眼看見了。」

怒氣稍微平息的上校咕噥了一句，在椅子上坐得更舒服了些。

「整件事情非常出人意料，」他開始說道，「查恩利和平時一樣正常。有一大群朋友為了這個舞會逗留在此。沒人想到他會在客人們開始到達時開槍自盡。」

「如果他等到他們都走了以後，可能會讓人感覺舒服點。」沙特衛先生說。

「當然。做那樣一件事，簡直太不應該了。」

「沒有特色。」沙特衛先生說。

「是的，」蒙克頓贊同道，「不像查恩利的性格。」

「然而他是自殺的？」

「當然他是自殺的。當時我們三、四個人站在樓梯頂端，我，奧斯川家的女孩，艾吉．達西，哦，還有其他一兩個人。查恩利經過下面的大廳，進入了橡木居。奧斯川家的女孩說，他的臉上有種令人毛骨悚然的表情，而且他的眼睛直視著前方，不過，當然這是胡說，從我們站的地方她看不到他的臉，但他走路的樣子很匆忙，好像整個世界都壓在他的雙肩上。其中一個女孩大聲喊他，她是某人的家庭教師，我想查恩利夫人出於好意邀請她參加舞會。她正在找查恩利，要傳話給他。她大聲喊道：『查恩利爵士，查恩利夫人想知道……』他卻毫不在意，逕自走入了橡木居，甩上了門，而且我們聽見鑰匙在鎖裡轉動的聲音。一分鐘後，我們聽見了槍聲。

「我們衝下樓梯來到大廳。橡木居有另一扇門通向那個有露台的房間。我們試著打開，但發現它也鎖上了。最後我們不得不破門而入。查恩利躺在地板上，已經死了，緊挨著他的右手有一把手槍。除了自殺這還會是什麼？意外？別這樣告訴我。只有另一種可能，謀殺，而在沒有凶手的情況下無法成立謀殺案。我想你們會承認這一點。」

「凶手可能已經逃跑了。」沙特衛先生暗示道。

「這不可能。假如你給我紙筆，我會給你畫出那個屋子的地圖。橡木居有兩扇門，一扇通向大廳，一扇通向那個有露台的房間。兩扇門都從裡面鎖上了，鑰匙在鎖上面。」

「窗戶呢？」

「關著，而且百葉窗都是放下來的。」

一陣沉默。

「事情就是這樣。」蒙克頓上校得意洋洋地說。

「顯然看起來如此。」沙特衛先生悲哀地說。

「請注意，」上校說，「儘管我剛剛嘲笑過那些招魂師，我還是不介意承認那棟房子有種離奇古怪的倒楣氛圍，尤其是那個房間。在牆壁的嵌板上有許多彈孔，那是曾經發生在這個房間裡的決鬥結果。而且在地板上有塊奇怪的汙漬，儘管他們換過那塊木板許多次，那汙漬總是再現。我想現在那地板上會有另外一塊血跡了，可憐的查恩利的血。」

「他流了很多血嗎？」沙特衛先生問道。

「非常少，少得不可思議，醫生是這麼說的。」

「他射中了自己哪裡，子彈穿過頭顱？」

「不，是穿過心臟。」

「這可不容易，」布斯拓說，「知道人的心臟在哪兒是非常困難的一件事。我自己永遠打不中自己的心臟。」

沙特衛搖了搖頭。他有一絲不滿，本來希望發現什麼東西，但他實在不知道是什麼。蒙克頓上校接著說：「查恩利是個陰森恐怖的宅子。當然，我什麼也沒看見。」

「你沒看過拎著銀水壺哭泣的女郎嗎？」

「對，我沒見過，先生，」上校強調說，「但我猜那棟房子裡的每個傭人都會發誓他們見過。」

「盲目的恐懼是中世紀社會的禍根，」布斯拓說，「今天仍然處處有它的蹤跡，但謝天謝地，我們正在擺脫它。」

「迷信，」沙特衛先生沉思地說，他的目光又轉向了那張空椅子。「有時候，可能有用。」

布斯拓盯著他。

「有用，這是個奇怪的詞語。」

「好吧，我希望你現在被說服了，沙特衛。」上校說道。

「哦，是有點，」沙特衛先生道，「表面看來似乎奇怪，對於一個年輕、富有、幸福、正在慶祝他抵家的新婚男人來說，自殺既毫無意義也不可思議，但我同意我們沒有忽視事實。」他溫和地重複道：「事實。」並且皺起了眉頭。

「我想有趣的是我們沒人知道事實，」蒙克頓說，「亦即隱藏在後面的故事。當然有謠言，形形色色的謠傳。你知道的，人們會說什麼。」

「但是沒人知道任何事情。」沙特衛先生若有所思地說。

「不是一篇暢銷的偵探小說，對吧？」布斯拓說道，「沒人能因查恩利的死獲利。」

「除了一個未出生的孩子。」沙特衛先生道。

蒙克頓突然低聲笑了笑。

「可憐的雨果・查恩利頗受打擊，」他說道，「將有一個孩子出生的消息一傳出來，他就正襟危坐地等著看是男是女。他的債權人也在焦急地等待結果。最後結果是個男孩，這令他們許多人失望。」

「那位寡婦情緒非常低落嗎？」布斯拓問道。

「可憐的孩子，」蒙克頓道，「我永遠忘不了她。她沒大聲痛哭或是有任何類似的情況。她好像……呆了。如我說的，她不久之後關閉了那棟房子，而且就我所知，從那以後那棟房子再也沒有開放過。」

「那麼，我們對於動機是一無所知，」布斯拓輕笑了一聲說道，「有另一個男人或另一個女人，不是前者就是後者，嗯？」

「看起來像是這麼回事。」沙特衛先生說。

「很可能是另一個女人，」布斯拓繼續說道，「因為那位美麗的寡婦沒有再嫁。我討厭女人。」他平心靜氣地加了一句。

沙特衛先生微微笑了一下，法蘭克．布斯拓看見了那絲微笑，馬上對此反擊。

「你笑吧，」他說，「但我確實這麼認為。她們攪亂所有的事情。她們礙事。她們橫阻於你和你的工作之間。她們——我只遇見過一個——哦，有趣的女人。」

「我想會有一個。」沙特衛先生說。

「不是你所想的那種。我……我只是偶然遇見了她。實際上，是在火車上。畢竟，」他憤然加了一句：「為什麼一個人不能在火車上碰到別人呢？」

「可以，當然可以，」沙特衛先生安慰地說，「火車上和其他任何地方一樣好。」

「火車自北部開來。那節車廂裡只有我們兩個人。我不知道為什麼，但我們聊了起來。

我不知道她的名字，而且我想我不會再見到她了。我不知道我想再見她。這可能是一樁遺憾。」他停頓了一下，努力想表達清楚意思。「她不是很真實，朦朧虛幻，好像從蓋爾人的神話仙山走下來似的。」

沙特衛先生溫和地點點頭。他的想像力已經毫不費力地勾畫出這個場景。過分自信而且講究實際的布斯拓，和一個披著銀色光澤般的幽靈似的人影，就像布斯拓說過的那樣，朦朧虛幻。

「我猜想，如果是發生了非常可怕的事情，其程度之嚴重幾乎無法忍受，一個人才會變成那樣。他或她可能會逃離現實，進入一個幾乎只有自己的世界。然後，過一段時間之後，就回不到原來的世界了。」

「這就是發生在她身上的情況嗎？」沙特衛先生好奇地問道。

「我不知道，」布斯拓道，「她沒有告訴我任何事情，我只是在猜測。一個人要想知道任何結果就不得不猜測。」

「是的，」沙特衛先生緩緩地說，「人必須猜測。」

門開了，他抬頭看了看。他飛快地尋找著什麼，滿眼期待，但管家的話令他失望了。

「先生，一位女士有非常重要的事情要見您。她是艾絲佩·格倫小姐。」

沙特衛先生有些吃驚地站起身來。他知道艾絲佩·格倫的名字。在倫敦，哪個人不知道呢？首度被大肆宣傳為戴圍巾的女人。她獨自演出了一系列日間戲，一時風靡倫敦。借助她的圍巾，她迅速扮演了各種各樣的角色。那條圍巾依次是一個修女的貼頭帽，一個磨坊工人的圍巾，一個農民的頭巾和一百個其他的東西，她扮演的每個角色都與其他完全不同。作為一名藝術家，沙特衛先生對她十分崇敬。碰巧他從未結識過她。她在這樣不尋常的時刻來拜訪，強烈地引起了他的興趣。向其他人說了幾句抱歉的話之後，他離開房間穿過大廳來到會客室。

格倫小姐坐在一張鋪著金色織錦套墊的大背長椅的正中央，如此泰然自若地控制了房間。沙特衛先生馬上意識到她打算掌控局勢。很不可思議的是，他第一個感覺是反感。過去他一直對艾絲佩．格倫的藝術真誠地崇拜。根據舞台上傳達給他的感覺，她的個性吸引人且令人愉快。她令人充滿期待、啟發人心，而非霸氣十足。現在，面對面地和她本人在一起，他領受到的是全然不同的感覺。她身上有種嚴厲、大膽、強勢的氣息。她又高又黑，年紀大約三十五歲。無疑地，她長得很漂亮，而且她顯然倚仗這一事實。

「您得原諒我這次不合常規的拜訪，沙特衛先生。」她說道。她的聲音洪亮、圓潤而且撩人。

「我不想說長久以來我一直想認識您，但我很高興有這麼個藉口。至於今晚我的來訪，」她大聲笑了。「當我想要一件東西的時候，簡直不能等，當我想要一件東西的時候，就是一定要得到。」

「不管是什麼藉口把如此迷人的一位女士帶到我這兒來作客，我都肯定歡迎。」沙特衛先生以一種舊式的殷勤風度說道。

「您真是太好了。」艾絲佩．格倫說道。

「我親愛的小姐，」沙特衛先生說，「請允許我在這兒感謝您經常帶給我愉悅……在我劇院包廂的座位上。」

她高興地朝他微微笑了。

「我就開門見山切入正題了。今天我在哈徹斯特美術館看見了一幅畫，沒有它我簡直活不下去。我想買下來卻不行，因為您已經買了。所以，」她停頓了一下。「我實在很想要它，」她繼續說道：「親愛的沙特衛先生，我就是一定要擁有它。我帶來了支票簿。」她滿懷希望地看著他。「每個人都告訴我您人好得不得了。人們對我都很友好，您知道的。這樣對我來說很不好，但情況確實如此。」

這些就是艾絲佩．格倫的手段。沙特衛先生內心對這種極端的嬌柔和這種被寵壞的孩子似的裝腔作勢非常冷靜審慎。他想，這本來應該打動他的，但實際上沒有。艾絲佩．格倫犯了一個錯誤。她把他看成一位上了年紀的藝術愛好者，容易受漂亮的女人討好。但沙特衛先生殷勤風度的背後有著精明、具判斷力的頭腦。他能看穿人們的真面目，而不是人們想展示給他的東西。他看清在他面前的，不是一位因一時心血來潮想要某樣東西而懇求他人的迷人女子，而是一個為了某種他不清楚的原因一意孤行的冷酷無情、自私自利的人。而且他很肯定艾絲佩不會得逞。他不打算拱手將〈亡故的小丑〉讓給她，他迅速地想到了一個既不公然得罪又能擺脫她的最佳辦法。

「我確信，」他說，「每個人都盡其所能地使您隨心所欲，而且高興都來不及。」

「那麼您真的打算把那幅畫讓給我了？」

沙特衛先生緩緩地、抱歉地搖了搖頭。

「恐怕不行。您要知道，」他停頓了一下。「我買那幅畫是為了一位女士。它是一件禮物。」

「哦！但無疑……」

桌上的電話突然響了起來。沙特衛先生低聲說了句抱歉的話，拿起了話筒。一個聲音在對他說話，一個微弱、冷冰冰的聲音，聽起來非常遙遠。

「請沙特衛先生接電話好嗎？」

「我就是沙特衛。」

「我是查恩利夫人，雅莉絲・查恩利。我敢說你不記得我了，沙特衛先生。我們已有許多年不見了。」

「親愛的雅莉絲。當然，我記得你。」

「我想問你一件事。今天我在哈徹斯特美術館看畫展，其中有一幅叫作〈亡故的小丑〉的畫，可能你認出來了，那是查恩利那間有露台的房間。我，我想要那幅畫。而你買了它。」

她停頓了一下。「沙特衛先生，由於我個人的原因，我想要那幅畫。你能轉售給我嗎？」

沙特衛先生暗忖：「哎呀，這可真是奇蹟。」當他對著話筒講話時，他慶幸艾絲佩・格倫只能聽見他說的話。

「假如你願意接受我的禮物，親愛的夫人，我將非常高興。」他聽見他身後突然傳來一聲驚呼，他趕快繼續說：「我是為你買的。真的。但是聽著，親愛的雅莉絲，我想請你幫我一個大忙，如果你願意。」

「當然，沙特衛先生，我非常榮幸。」

他接著說：「我要你現在到我家來，馬上來。」

稍微的停頓接後，她沉靜地回答說：「我馬上就來。」

沙特衛先生放下話筒，轉向格倫小姐。

她氣急敗壞地說：「你們談的是那幅畫嗎？」

「是的，」沙特衛先生說，「我要送一份禮物給她的那位夫人，她幾分鐘之後就會到這兒來。」

突然，艾絲佩・格倫的臉上再度綻開笑容。

「您會給我一個機會說服她把那幅畫轉讓給我？」

「我給您一個說服她的機會。」

他內心感到一股莫名的興奮。他正參與一齣正朝著預定結果發展的戲。他，這個旁觀者，扮演著主角。他轉向格倫小姐。

「請和我到另一個房間好嗎？我想讓您見見我的幾個朋友。」

他為她打開門，穿過大廳，推開了吸菸室的門。

「格倫小姐，」他說，「請允許我把我的一位老朋友介紹給您，他是蒙克頓上校。這位是布斯拓先生，您非常崇拜的那幅畫的作者。」

然後，當第三個人從他自己椅子旁的那張空椅子上站起來時，他吃了一驚。

「我想今晚你應該很期待我的到來，」鬼豔先生說，「你不在的期間，我向你的朋友們自我介紹了一番。我很高興我能順路來訪。」

「親愛的朋友，」沙特衛先生說，「我……我一直盡我所能讓事情順利進展，但是……」在鬼豔先生那雙帶著些許嘲笑意味的深色眼睛注視之下，他打住了話頭。「讓我介紹一下。哈利·鬼豔先生，艾絲佩·格倫小姐。」

是錯覺，還是她真的稍微有點畏縮。一絲奇怪的表情掠過她的臉龐。突然，布斯拓興高采烈地插了一句：「我明白了。」

「明白什麼了？」

「我明白是什麼令我困惑了。有相像之處，有明顯的相像。」他好奇地盯著鬼豔先生。「你看出來了嗎？」他轉向沙特衛先生。「難道你沒看出來，他和我畫中的小丑有著明顯的相似，那個透過窗戶向裡看的小丑？」

這一次不是幻覺。他清楚聽見格倫小姐突然吸了口氣，甚至看見她向後退了一步。

「我告訴過你們，我在等某個人，」沙特衛先生洋洋得意地講著，「我必須告訴你們，我的朋友，鬼豔先生是最不平凡的人。他能撥開迷霧，讓你們看清事情。」

「你是個靈媒嗎，先生？」蒙克頓上校狐疑地看著鬼豔先生說道。

後者微微笑了，慢慢地搖了搖頭。

「沙特衛先生過獎了，」他平靜地說，「有一兩次我和他在一起時，他完成了幾件很精采的推理工作。我不知道他為什麼把功勞記到我頭上。我想是因為謙虛之故吧。」

「不，不，」沙特衛先生激動地說，「不是的。你使我看清楚情勢，我本應該看清楚的情勢，實際上也看見了，卻不知道我已經看見了。」

「聽起來太複雜了。」上校說道。

「不一定，」鬼豔先生說，「麻煩的是我們不只是滿足於看清情勢，我們往往對自己看見的情勢進行錯誤的詮釋。」

艾絲佩轉向法蘭克·布斯拓。

「我想知道，」她緊張地說，「是什麼使你產生創作那幅畫的靈感？」

布斯拓聳了聳肩。

「我不太清楚，」他坦白地說，「某件和那棟房子有關的事，我的意思是，和查恩利有關的事，占據了我的想像力。空無一人的大房間。外面的露台，關於鬼怪的念頭和幻覺，我想是這些東西。我剛聽說了已故的查恩利老爺的故事，他開槍自盡。假設你死了，而你的靈魂依然活著呢？這必定很奇怪。你可能會站在外面露台上，透過窗戶向裡看你自己的屍體，而且你會看到一切。」

「看到一切？」艾絲佩．格倫說，「你的意思是什麼？」

「哦，你會看到發生過的事情。你會看到……」

門開了，管家通報說查恩利夫人到了。

沙特衛先生去迎接她。他將近十三年沒見過她了。他記得的仍是她以前的模樣：一個容光煥發的熱情女孩。而現在他看到的是一個毫無表情的女郎。非常美麗，非常蒼白，給人一種飄著而不是走著的感覺，就像一片被寒風隨意吹來的雪花。她有些不真實。如此冷淡，如此遙遠。

「你來了真是太好了。」沙特衛先生說。

他領著她向前走。她朝格倫小姐稍微揮了一下手表示認識。然後，當後者對此毫無反應時，她停頓了一下。

「非常抱歉，」她低聲說，「但我應該在某個地方見過您，不是嗎？」

「可能是在舞台上吧，」沙特衛先生說，「這位是艾絲佩．格倫小姐，這位是查恩利夫人。」

「很高興認識您，查恩利夫人。」艾絲佩．格倫說道。

她的嗓音裡突然稍微夾雜著大西洋彼岸的味道。沙特衛先生由此想起了她形形色色的舞台角色。

「蒙克頓上校，你認識的，」沙特衛先生繼續說道，「這是布斯拓先生。」

他看見她的臉頰上突然浮現一抹彩色。

「布斯拓先生和我也見過，」她說，並且微微笑了一下。「在火車上。」

「還有哈利．鬼豔先生。」

他審視著她，但這次她並未露出認識舊友的跡象。他為她放了一張椅子，然後他自己在椅子上坐好，清了清嗓子，有點緊張地說：「我……這是一個很不尋常的小聚會。它圍繞著這幅畫。我，我想假如我們願意，我們可以……弄清事情真相。」

「你該不會是打算開一個降靈大會吧，沙特衛？」蒙克頓上校問道，「你今天晚上非常古怪。」

「不，」沙特衛先生說，「不完全是個降靈大會。但我的朋友鬼豔先生相信，而且我也同意，藉著回首過去，人們能看清事情的本來面目，而不是看到它表面的樣子。」

「過去？」查恩利夫人問道。

「我在談你丈夫的自殺，雅莉絲。我知道這讓你傷心……」

「不，」雅莉絲．查恩利說，「這不會讓我傷心。現在沒有任何事情能令我傷心。」

沙特衛先生想起了法蘭克．布斯拓的話：「她不是很真實，朦朧虛幻，好像從蓋爾人的神話仙山走下來似的。」

「朦朧虛幻」。他這樣形容她，這個形容非常貼切。一道影子，另外一個東西的反射。那麼，那個真實的雅莉絲在哪裡？他的內心深處迅速回答：「在過去。時間隔開我們十四年了。」

「親愛的，」他說，「你嚇著我了。你就像那個拎著銀水罐的哭泣女郎。」嘩啦！桌上艾絲佩肘邊的咖啡杯掉到地板上摔成了碎片。沙特衛先生對她的道歉置之不理。他想：「我們正在逼近，每一分鐘我們都在逼近，但我們逼近了什麼？」

「讓我們的思緒回到十四年前的那個夜晚，」他說，「查恩利老爺自殺。為什麼？沒人知道。」

查恩利夫人在椅子裡微微動了動。

「查恩利夫人知道。」法蘭克・布斯拓突然說道。

「胡說！」蒙克頓上校說。然後他不說話了，皺著眉頭好奇地看著查恩利夫人。她的目光越過眾人落在那位藝術家身上。好像他把她的話引了出來。她說話了，同時慢慢地點點頭，她的聲音就像一片雪花，冰冷而溫柔。

「是的，你說得很對。我知道。這就是為什麼只要我活著我就永遠不再回查恩利。這就是為什麼當我的兒子迪克要我打開查恩利，再去那兒住時，我告訴他不行。」

「您能告訴我們原因嗎，查恩利夫人？」鬼豔先生問道。

她看著他。然後彷彿進入了催眠狀態，她像個孩子似的平靜、自然地講了起來。

「如果你們想聽，我就告訴你們。現在看來，一切都不那麼重要了。我在他的文件中發現了一封信，我毀了它。」

「什麼信？」鬼豔先生問道。

「那個女孩給他的信，那個可憐的孩子。她是梅莉安的家庭教師。他……他和她做愛了，是的，當時我們已經訂婚，準備結婚。而且她……她也將要有一個孩子了。她寫信告訴他這些，而且說她打算告訴我這件事。所以，你們明白，他開槍自盡。」

她神情疲倦恍惚地環顧著他們，就像一個孩子背誦完一篇她再熟悉不過的課文。

蒙克頓上校抽了抽鼻子。

「我的上帝，」他說道，「原來事情是這樣。這下徹底解釋了這件事。」

「是嗎？」沙特衛先生說，「有件事沒有解釋清楚，沒有解釋布斯拓先生為什麼要畫那幅畫。」

「你的意思是什麼？」

沙特衛先生朝鬼豔先生看去，似乎在尋求鼓勵，而且顯然得到了，於是他繼續說道：

「是的，我知道，對你們所有人來說，我這麼說不大正常，但那幅畫是整件事情的焦點。我們大家今晚都在這兒全是因為那幅畫。那幅畫必須被畫出來，這就是我的意思。」

「你的意思是橡木居神祕的影響力？」蒙克頓上校開口道。

「不，」沙特衛先生說，「不是橡木居，是那個有露台的房間。就是它！死者的魂魄站在窗外往內看，看見了他自己躺在地板上的屍體。」

「這是不可能的，」上校說，「因為屍體在橡木居。」

「假設它不在那兒，」沙特衛先生說，「假設它就正好在布斯拓看見它的地方，想像中看見它的地方。我的意思是，在窗前鋪著黑白地磚的地板上。」

「你在胡說八道，」蒙克頓上校說，「假如屍體在那兒，我們就不會在橡木居裡發現它了。」

「是不會，除非有人把它搬到那兒。」沙特衛先生說。

「如果是這樣，我們又怎麼會看見查恩利走進橡木居的門裡去了呢？」蒙克頓上校質詢道。

「嗯，你們沒有看見他的臉，對吧？」沙特衛先生問道，「我想說的是，你們看見一個穿著化裝舞會裝的男人走進了橡木居，對吧？」

「織錦做的衣服和一頂假髮。」蒙克頓說。

「僅僅如此，你們就認為那是查恩利老爺，因為那個女孩大聲喊他查恩利老爺。」

「而且因為幾分鐘後我們破門而入時，只有死去的查恩利老爺在那兒。你不能忽略這一點，沙特衛。」

「對，」沙特衛先生洩氣地說，「對，除非那兒有某個可以藏身的地方。」

「你不是提過那個房間內有個藏身之處嗎？」法蘭克·布斯拓插嘴說。

「哦！」沙特衛先生大聲喊起來。「假設……」

他擺了擺手讓大家安靜，另一隻手放在前額上，然後遲疑而緩慢地說話了。

「我有一種想法，這可能只是一個猜想，但我覺得它符合邏輯。假設有人開槍打死了查恩利老爺。在那個有露台的房間裡開槍打死了他。然後他和另一個人把屍體拖到橡木居。他們把它放在地板上，在它的右手旁擱了支手槍。現在我們繼續下一步。必須看起來十分肯定查恩利老爺是自殺的。我想這一點很容易做到。穿著織錦衣服、戴著假髮的那個男人經過大廳，來到橡木居通往大廳的門旁，某個人為了確保事情萬無一失，在樓梯最高一級處大聲喊他查恩利老爺。他進去後把兩個門都鎖上，朝房間的牆壁木嵌板上開了一槍。如果你們記得的話，那個房間本來就有彈孔，所以多一個也不會引起注意。然後他靜靜地躲在那個祕密的分隔間裡。門被打開了，人們衝了進來。看起來毫無疑問查恩利老爺是自殺的。人們根本不做其他任何假設。」

「我認為這些是胡言亂語，」蒙克頓上校說，「你忘了查恩利有一個正當的自殺動機。」

「事後發現的一封信，」沙特衛先生說，「一個非常聰明、不擇手段、打算某日成為查恩利夫人的小演員所寫的一封謊話連篇、殘忍的信。」

「你的意思是？」

「我的意思是那個女孩與雨果．查恩利暗自勾結，」沙特衛先生說，「你知道的，蒙克頓，每個人都知道，他是個惡棍。他想他應該會繼承爵位。」他猛地轉向查恩利夫人。「寫那封信的那個女孩叫什麼名字？」

「莫妮卡·福特。」查恩利夫人說。

「蒙克頓，從樓梯最高處大聲喊查恩利老爺的是莫妮卡·福特嗎？」

「是的，現在你這麼一提，我相信是她。」

「哦，那不可能，」查恩利夫人說，「我……我為此事去找過她。她告訴我一切都是真的。我後來只見過她一次，但無疑她不可能一直演下去。」

沙特衛先生的目光落在了艾絲佩身上。

「我想她能，」他平靜地說，「我認為她具有成為一名成功演員所需要的素質。」

「有件事你沒解釋清楚，」法蘭克·布斯拓說，「在那個有露台的房間地板上會有血，必定會有。他們不可能在匆忙之中清洗乾淨血跡。」

「對，」沙特衛先生承認道，「但有件事他們能做到，一件只需要一兩秒鐘的事，他們能在血跡上扔塊布卡拉地毯。在那個夜晚之前，沒有人曾在那個有露台的房間裡見過那塊布卡拉地毯。」

「我想你是對的，」蒙克頓說，「不過儘管如此，那些血跡還是必須在某個時候清洗掉吧？」

「是的，」沙特衛先生說，「在午夜的時候。一個女人可以拎著水罐、端著水盆、走下樓梯，很容易地清洗掉那些血跡。」

「但要是有人看見她呢？」

「這沒關係，」沙特衛先生說，「我現在說的是事情的真相，我說的是一個拎著水壺，端著臉盆的女人。但如果我說的是拎著銀水罐的哭泣女郎，那麼就是這件事表面看起來的情況了。」

他站起來走到艾絲佩．格倫面前。

「這就是你做的事情吧？」他說，「他們現在叫你『戴圍巾的女人』，但就是在那個晚上，你扮演了你的第一個角色——『拎著銀水罐的哭泣女郎』。這就是為什麼你剛才碰翻了桌上的咖啡杯。當你看到那個畫面時你害怕了。你覺得有人知道真相。」

查恩利夫人伸出了她蒼白、控訴的手。

「莫妮卡．福特，」她喘息著說，「我現在認出你來了。」

艾絲佩．格倫尖叫了一聲一躍而起。她用力把矮個子的沙特衛先生推到一邊，渾身發抖地站在鬼豔先生面前。

「那麼我是對的。確實有人知道！哦，我沒有被這件蠢事矇騙。這完全是假裝解決問題的自吹自擂。」她指著鬼豔先生。「你在那兒。你在窗戶外面朝裡看。你看見了我們，雨果和我做的事。我知道有人在往內看，我一直感覺得到。然而當我抬起頭來看時，那兒一個人也沒有。我知道某個人在注視著我們。我覺得有一次我瞥見了窗邊的那張臉。這令我驚嚇了這麼多年。你為什麼現在打破沉默？這是我想知道的。」

「可能這樣一來，死者就可以安息了。」鬼豔先生說。

突然，艾絲佩．格倫猛地衝到門口，站在那兒，轉過頭憤怒地撂下一堆話來。

「你們愛怎麼辦就怎麼辦吧。上帝才會知道有足夠的證人聽見了我剛才說的那些話。我不在乎，我不在乎。我愛雨果，而且幫他做了那件令人毛骨悚然的事情，後來他拋棄了我。他去年死了。如果你們願意，你們可以讓警察追蹤我，但正如那個乾癟小老頭所說的，我是個相當棒的演員。他們很難找到我。」

她狠狠地把身後的門甩上，一會兒他們聽見大門也重重地甩上了。

「雷吉，」查恩利夫人大聲哭喊著，「雷吉。」淚水順著她的臉龐流淌下來。「哦，親愛的，親愛的，我現在可以回查恩利了。我能和迪克住在那兒了。我能告訴他他的父親是個什麼樣的人：世界上最好、最出色的男人。」

「我們得非常認真地商量一下如何處理這件事，」蒙克頓上校說，「雅莉絲，親愛的，如果你允許我送你回家，我很高興和你談談這件事。」

查恩利夫人站起身來。她走到沙特衛先生面前，把雙手放在他的肩上，非常溫柔地吻了吻他。

「死去這麼久又活過來真是太美妙了，」她說，「你知道的，我過去就像死了似的。謝謝你，親愛的沙特衛先生。」

她和蒙克頓上校走出了房間。沙特衛先生目送著他們。他已經忘記了法蘭克．布斯拓的存在，直到後者咕噥了一句他才猛地轉過頭來。

「她是個可愛的人，」布斯拓悶悶不樂地說，「但不像過去那樣有趣。」他憂鬱地說。

「這就是藝術家。」沙特衛先生說。

「哦，她不是，」布斯拓先生說，「我想如果我冒冒失失地去查恩利打擾，只會受到冷落。我不想去我不受歡迎的地方。」

「親愛的年輕人，」沙特衛先生說，「假如你少在意一點你留給別人的印象，我想，你會更明智、更快樂。你最好還是除去你腦子裡一些非常陳舊的觀念，比如說，在我們現代的社會中，人的出身背景有什麼重要性呢。你是那種女人心目中非常帥氣的年輕人，而且即使不能說你絕對有天賦，但你可能還是有。每天晚上上床之前反覆地對你自己把這些話說上十次，三個月後去查恩利拜訪查恩利夫人。這是我給你的忠告，而且我是一個有豐富生活經驗的老人。」

一抹迷人的微笑突然綻開在藝術家的臉上。

「您對我真是太好了，」他突然抓住沙特衛先生的手，用力地握著說，「我感激不盡。現在我必須走了。非常感謝您讓我度過了一個最難忘的夜晚。」

他四下看了看，好像要和另外某個人道再見，然而吃了一驚。

「我說，先生，您那位朋友已經走了。我根本沒有看見他走。他是個非常古怪的人，不是嗎？」

「他來去都很突然，」沙特衛先生說，「這是他的性格特徵。人們並不容易看見他來來去去。」

「像小丑一樣，」法蘭克．布斯拓說道，「他是個隱形人。」說完為自己的玩笑開心地大笑起來。

10

折翼之鳥

The Mysterious Mr. Quin

沙特衛先生看著窗外。雨下個不停。他打了個寒顫，心想，鄉下的房子很少有足夠的暖氣設備。想到幾個小時後他就要奔回倫敦，他高興了起來。人一旦過了六十歲，倫敦確實是最理想的去處。

他覺得有點衰老和淒涼。參加家庭聚會的大部分成員都是如此年輕。他們其中四人剛剛到書房去玩通靈遊戲了。

他們邀請他一起去，但他拒絕了。他不覺得枯燥地數字母，以及因此拼出來的那些通常沒有意義的字母組合，會有任何樂趣。

是的，對他來說倫敦是最理想的去處。他很高興半小時前瑪琪·基利小姐打電話邀請他去萊德爾（Laidel）時他拒絕了。無疑地，她是個可愛的年輕人，但倫敦最棒。

沙特衛先生又打了個寒顫，同時想起書房的爐火通常很暖。他推開門，小心翼翼地跨進光線變得很暗的房間。

「如果我不妨礙……」

「是N還是M？我們必須再數一次。不會，當然不會，沙特衛先生。你知道嗎，刺激的事情不斷發生。神靈說她的名字是艾達·施碧爾，還說約翰幾乎馬上會和某個叫格拉蒂·邦恩的人結婚。」

沙特衛先生在爐火前一把大安樂椅上坐下。他垂下眼皮，打起盹來。他不時地甦醒，聽見些隻字片語。

「不可能是PABZL……除非他是俄國人。約翰，你在移動。我看見了。我想是一個新的神靈來了。」

又是一陣瞌睡。接著一個名字使他猛然驚醒。

「Q—U—I—N。是嗎？」

「是的，它又叩了一下表示『是』。鬼豔。你有什麼話要轉達給這兒的某個人嗎？是的。給我嗎？給約翰？給莎拉？給伊芙琳？不是，但沒有其他人了呀。哦！說不定是帶給沙特衛先生的？它說『是』。沙特衛先生，有訊息給你。」

「它說什麼？」

現在，沙特衛先生徹底清醒了，他神情緊張地坐在椅子上，上身挺得筆直，眼睛閃閃發亮。

桌子震動了一下，其中一個女孩去數。

「LAI，不可能，這講不通。沒有詞以LAI開頭。」

「繼續下去。」沙特衛先生說，他口氣強硬，因此她乖乖地聽命行事。

「LAIDEL？又一個L，哦！看起來這就是全部了。」

「繼續。」

「請再告訴我們一些。」

一陣停頓。

「好像沒了。桌子已經完全不轉動了。真可笑。」

「不，」沙特衛先生若有所思地說，「我不覺得可笑。」

他站起來離開了房間，逕自來到電話旁。不一會兒他撥通了。

「請讓基利小姐接電話好嗎？是你嗎，瑪琪，親愛的？如果可以，我想改變主意，接受你的邀請。事情並不像我認為的那樣緊急，非得返回城裡不可。好的，好的，我會及時回去吃晚餐。」

他掛斷電話，乾癟的雙頰上意外地浮起一抹紅暈。鬼豔先生，神祕的哈利．鬼豔先生。沙特衛先生掰著指頭數著他和那個神祕男子接觸的次數。哪兒與鬼豔先生有關，哪兒就會有事情發生！萊德爾發生了什麼事？或是將要發生什麼事？

不管是什麼事，又有工作需要沙特衛先生做了。從某些方面看來，他將扮演一個積極的角色。對此他確信不疑。

萊德爾是一棟很大的住宅。它的主人大衛．基利是那種安靜的人，沒什麼個性，似乎是個活家具。這些人的不起眼與大腦能力毫無關係，大衛．基利是一名非常傑出的數學家，他寫了一本書，百分之九十九的人完全不懂。但像許多具有傑出天才的人一樣，他展示不出任何身體上的活力和魅力。大衛．基利是一個真正的「隱形人」，這是經常惹人發笑的笑話。男僕們拿著蔬菜從他身邊經過，客人們忘了和他打招呼或說再見。

他的女兒瑪琪則大不相同。她是個正直的好女孩，渾身散發著活力和生命力。仔細周到，健康正常，而且非常美麗。

當沙特衛先生到達時，就是她接待了他。

「太好了，您總算來了。」

「非常高興你允許我改變主意。瑪琪，親愛的，你看起來氣色很好。」

「哦！我一向氣色很好。」

「是的，我知道。但是不僅如此。你看起來，嗯，我想到的詞是容光煥發。發生了什麼事嗎，親愛的？任何，嗯，特別的事情？」

她放聲大笑，臉稍微紅了。

「真糟糕，沙特衛先生，您總是猜中事情。」

他拉起她的手。

「那麼是這麼回事了？真命天子已經出現了？」

這是一種老式的詞彙，但瑪琪並不反對。她非常喜歡沙特衛先生舊式的行為舉止。

「我想是這樣，是的。不過我還沒讓任何人知道。這是個祕密。但我不十分介意您知道，沙特衛先生。您總是如此和善而且富有同情心。」

沙特衛先生非常喜歡聽別人講羅曼史。他多愁善感，是維多利亞式的人。

「我不能問這個幸運的人是誰囉？嗯，那麼我只能說，希望他值得你給他那份榮耀。」

老沙特衛先生真是可愛，瑪琪心想。

「哦！我覺得我們會相處得非常好，」她說，「您看，我們的興趣相同，這一點非常重要，不是嗎？我們有許多共同點，而且我們完全了解對方的一切。很長時間以來就是如此。這給人一種很不錯的安全感，不是嗎？」

「毫無疑問，」沙特衛先生說，「但就我的經驗，一個人永遠不會真正了解其他人。那是生活充滿趣味和魅力的一部分。」

「哦！我要冒險試試看。」瑪琪大聲笑著說，隨後他們上樓換衣服準備用餐。

沙特衛先生遲到了。他沒有帶貼身男僕，而且讓一個陌生人開箱取出他的東西總是讓他有點緊張。他下來後發現所有人都到齊了，瑪琪以現代作風只說了一句：「哦！這是沙特衛先生。我餓了。我們進去吧。」

她和一位灰白頭髮的高個女子領路。那個女人有著引人注目的特徵。她的聲音非常清晰、有些尖銳，她的臉稜角分明，非常漂亮。

「您好，沙特衛先生。」基利先生說。

沙特衛先生驚跳起來。

「您好，」他說，「我恐怕沒看見您。」

「沒有人看得見。」基利先生悲哀地說。

他們走了進去。橢圓形的餐桌不高，是桃花心木製的。沙特衛先生被安排在年輕的女主人和一名矮個子的黑髮女孩之間。這個女孩非常熱情，嗓門很大。她那清脆響亮、堅定的笑聲表達的與其說是任何真正的歡樂，倒不如說是不計任何代價執意歡樂的決心。她的名字好像是桃麗絲，是沙特衛先生最不喜歡的那種年輕女子。

坐在瑪琪的另一側是一個約三十歲左右的男人，他和那個灰白頭髮的女人相像的長相表明他們是母子。

他的身旁……

沙特衛先生屏住了呼吸。

他不知道那到底是什麼。它不是美麗。是另外別的東西……某種比美麗更難以捉摸、模糊得多的東西。

她正在傾聽基利先生相當沉悶的餐桌談話。她的頭略偏向一邊。在沙特衛先生看來，她在那兒，然而她又不在那兒！她在某種程度上遠遠不及環坐在橢圓形桌旁的其他人真實，在她斜向一邊下垂的身體中有種美麗的感覺……何止是美麗。她抬頭看了一下，目光一瞬間和餐桌對面沙特衛先生的目光相遇了，他想找的那個詞語跳出了他的腦際。

魔力……就是它。她有種令人著迷的氣質。她可能是那些隱居在深山裡、只有二分之一人類血統的人。她使得其他每個人都顯得過分真實……

但同時，她莫名地引出他的同情。只有一半是人使她顯得殘缺。他努力想了一下，找出了一個字眼。

「折翼之鳥。」沙特衛先生說。

他滿意地把心思轉回到女童子軍的話題上，希望那個叫桃麗絲的女孩沒有注意到他心不在焉。當她轉向另一側的那名男子……一個沙特衛先生幾乎沒有注意到的男人時，沙特衛先生轉向瑪琪。

「坐在你父親旁邊的那位女士是誰？」他低聲問道。

「葛拉翰夫人？哦，不對！你指的是梅貝兒。您不認識她嗎？梅貝兒．安斯利。她是克萊德家族的一員，那個不幸的克萊德家族。」

他吃了一驚。那個不幸的克萊德家族。他想起來了。一個兄弟開槍自盡，一個姐妹溺死，另一個在一次地震中去世。一個厄運連連的怪家族。這個女孩一定是最年幼的一個。

他的思緒突然被喚了回來。瑪琪的手碰了碰他放在桌子下面的手。其他人都在交談。她的頭稍微向左點了一下。

「就是他。」她答非所問地小聲說。

沙特衛先生會意地迅速點點頭。這麼說，這位年輕的葛拉翰先生就是瑪琪選定的人了。嗯，就外表而言，她的眼光實在再好不過，沙特衛先生很會看人。他是一個友善、討人喜歡、相當實際的年輕人。他們是天造地設的一對，兩個人都嚴肅穩重，是健康合群的好青年。

萊德爾的規矩習慣依循傳統。女士們先離開飯廳。沙特衛先生走到葛拉翰那兒，開始和他交談。他對這個年輕人的猜測得到了證實，然而他感到他有些不對勁。羅傑．葛拉翰心不在焉，他的心思似乎在遠方，他將玻璃杯放回桌上時，手顫抖著。

「他有心事，」沙特衛先生敏銳地想道，「我敢說，事情沒有他認為的那麼重要。不過不曉得是什麼事。」

沙特衛先生習慣飯後吃幾粒消化錠。剛才忘了拿下來，於是他回房間去取。在下樓去客廳的路上，他沿著一樓那條長長的走廊向前走，大約在半路有個附陽台的房間。沙特衛先生經過時順著開著的門朝裡面看了一眼，突然停下了腳步。

月光瀉入房間。格子狀的玻璃窗使房間產生一種奇怪的動感圖案。一個人影坐在低低的窗台上，略朝一邊側著身子，輕柔地彈撥著一把四弦琴的弦……不是爵士樂的節奏，而是遠較古老的旋律，神馬奔馳在神山上發出的馬蹄聲。

沙特衛先生站在那兒陶醉了。她穿著一件暗色的深藍雪紡紗洋裝，打褶的飾邊使這件衣服看起來就像鳥的羽毛一樣。她俯身彈著那件樂器，低聲吟唱著。

他慢慢地一步一步走進房間。他走近她，她抬頭看見了他。他注意到她並未受到驚嚇，似乎也不感到訝異。

「希望我沒打擾到您。」他開始道。

「請……坐。」

他坐在她旁邊一張光亮的橡木椅上。她溫柔而小聲地哼著曲子。

「今晚四周充滿了魔力，」她說，「你也如此認為嗎？」

「是的，四周充滿了魔力。」

「他們要我來取我的四弦琴，」她解釋道，「經過這兒時，我想單獨待在這兒，待在黑暗和月光中會非常美好。」

「那麼我……」沙特衛先生正欲站起身來，但她制止了他。

「別走。你，你適合，不知怎的。很奇怪，但你確實適合待在這兒。」

他又坐下來。

「今天是個奇怪的夜晚，」她說，「今天下午晚些時候，我在外面的林子裡碰見一個男人，非常奇怪的男人，高大而且黝黑，像個迷途的亡靈。當時太陽正在西沉，樹縫間透過來的夕陽照得他看起來就像一個小丑。」

「啊！」沙特衛先生向前探了探身子，他的興趣增強了。

「我想和他說話，他……他看起來極像我認識的一個人，但他消失在樹林中了。」

「我想我認識他。」沙特衛先生說。

「是嗎？他，很有趣吧？」

「是的，他很有趣。」

一陣停頓。沙特衛先生感到困惑不解。他覺得他應該去做某件事情，而他不知道是什麼事。但毫無疑問……毫無疑問，此事與這個女孩有關。

他有點笨拙地說：「有時候，一個人不快樂，就想逃開……」

「是的，沒錯。」她突然住口。「哦！我明白你的意思了。但你錯了。情況正好相反，我想獨處是因為我快樂。」

「快樂？」

「快樂得不得了。」

她說得相當從容，但沙特衛先生感到一陣突如其來的震驚。同樣說的是快樂，這個奇怪的女孩言下的快樂卻與瑪琪．基利所講的快樂同語不同義。對梅貝兒．安斯利來說，快樂是某種強烈而逼真的狂喜……某種不僅僅是人類的、而且超乎人類的東西。他有點退縮了。

「我……不知道。」他笨拙地說。

「您當然不知道。而且這還不是事實，我現在還不快樂，但我馬上會快樂。」她向前傾了傾。「你知道站在樹林裡是什麼情形？一大片樹蔭蔽日的樹林中，樹木茂密地包圍著你，一片你可能永遠走不出去的林子，這時，突然間，就在你的面前，你看見了你夢中的那個鄉村，美麗耀眼，你只要跨出樹林和黑暗，就找到了它……」

「許多東西在我們觸及之前，看起來都很美，」沙特衛先生說，「一些世界上最醜陋的東西看起來卻最美……」

地板上有腳步聲。沙特衛先生轉過頭來。一名金髮男子站在那兒，表情愚蠢、木然。他是沙特衛先生在餐桌上幾乎沒注意到的那個男人。

「他們在等你，梅貝兒。」他說。

她站起來，剛才的那種表情從她臉上消失了，她的聲音單調平靜。

「我馬上來，傑拉德，」她說，「我剛才一直在和沙特衛先生聊天。」

她走出房間，沙特衛先生尾隨其後。他離開時扭頭看了一下，看見她丈夫臉上的表情，一種饑渴而且絕望的表情。

「魔力，」沙特衛先生心想，「他很明白地感覺到這一點。可憐的傢伙，可憐的傢伙。」

客廳的光線很好。瑪琪和桃麗絲・柯爾吵吵嚷嚷地表示不滿。

「梅貝兒，你這個可惡的小東西，去了這麼久。」

她坐在一個矮凳上，調了調那把四弦琴，唱了起來。他們一起合唱。

「這可能嗎，」沙特衛先生心想，「和少女有關的主題，能寫出這麼多傻兮兮的歌。」

但他不得不承認這種採用切分音節奏的哀婉曲調的確令人心動。儘管如此，它們仍遠遠比不上老式的華爾滋。

氣氛非常熱烈。切分音節奏的曲子繼續著。

「沒有交談，」沙特衛先生心想，「沒有好的音樂，沒有安寧。」他希望世界並未變得如此嘈雜。

突然梅貝兒・安斯利不唱了，遠遠朝他微微一笑，開始唱葛利格[12]的一首歌。

我的天鵝，我美麗的天鵝……

這是沙特衛先生很喜歡的一首歌。他喜歡結尾那純真無邪的驚訝。

難道你只是一隻天鵝嗎？一隻天鵝嗎？

之後，聚會散了。瑪琪端了飲料給大家，她父親拿起放在一邊的四弦琴，開始漫不經心地撥弄它。大家互道了晚安，陸陸續續向門口愈走愈近。每個人馬上都說起話來。傑拉德．安斯利悄悄地留下眾人溜走了。

在客廳外面，沙特衛先生向葛拉翰夫人禮貌性地道了晚安。有兩個樓梯，一個近在眼前，另一個在長長的走廊盡頭。葛拉翰夫人和她兒子經過旁邊的樓梯，而安靜的傑拉德．安斯利已經走在他們前面。

「你最好拿走你的四弦琴，梅貝兒，」瑪琪說，「要是你現在不拿，明天一早你會忘記。你一大早就得出發。」

「走吧，沙特衛先生，」桃麗絲．柯爾邊說邊粗魯地抓住他的一隻手臂。「早點睡覺。」瑪琪挽著他的另一隻手，三個人在桃麗絲的陣陣笑聲中走過走廊。他們在走廊盡頭停

12 葛利格（Edvard Grieg, 1843-1907），挪威作曲家。

下來等著大衛．基利過來，後者邁著較為均勻緩慢的步子，邊走邊關掉電燈。他們四個人一起走上樓去。

第二天一早，沙特衛先生正準備下樓去飯廳吃早餐，有人輕輕敲了一下門，瑪琪．基利走了進來。她的臉色慘白，渾身抖個不停。

「哦，沙特衛先生。」

「親愛的孩子，出了什麼事？」他握住她的手。

「梅貝兒……梅貝兒．安斯利……」

「怎麼了？」

發生了什麼事？什麼？某件可怕的事情……他知道。瑪琪幾乎說不出話來。

「她……她昨晚上吊自殺……在她的門後。哦！太恐怖了。」她失控了，放聲啜泣。

上吊自殺。不可能。匪夷所思！

他對瑪琪說了幾句老套的安慰話，便匆匆下樓了。他發現大衛．基利看起來迷惑無助。

「我打電話報警了，沙特衛。顯然不得不這麼做。醫生這麼說的。他剛檢查完那個……那個，天哪，那可是件令人不快的事情。她肯定極度地不快樂，才會那樣做，還有昨晚那首奇怪的歌。『天鵝之歌』[13]，嗯？她看起來特別像隻天鵝，一隻黑天鵝。」

「是的。」

「『天鵝之歌』，」基利重複道，「顯示她心裡就是這麼想的，是嗎？」

「看起來是這樣，是的，無疑看起來如此。」

他猶豫著，然後問他是否可以看看……如果，那……

男主人明白了他吞吞吐吐的請求。

「隨你便吧，我忘了你對人間的悲劇有著強烈的愛好。」

他帶頭走上寬闊的樓梯間。沙特衛先生尾隨其後。樓梯最前面的房間是羅傑・葛拉翰住著，在走廊另一側與之相對的是他母親的房間。後者的門半開著，飄來一縷煙霧。

沙特衛先生一時感到驚訝。他看不出來葛拉翰夫人是個一大早就抽菸的女人。事實上，他原來以為她根本不抽菸。

他們沿著走廊來到盡頭的倒數第二個門。大衛・基利走進房間，沙特衛先生也跟著進去了。

這個房間不是很大，種種跡象表明這是一個男人的房間。牆上的一扇門通向第二個房間。一段剪斷的繩子還在門上高高的掛鉤上晃著。床上……

沙特衛先生站了一會兒，低頭看著那堆揉成一團的雪紡紗。他注意到它褶邊的式樣就像一隻鳥的羽毛。她的臉，他只掃了一眼之後，就再也沒有看第二眼。

13 「天鵝之歌」（Swan Song），指天鵝臨死時發出的憂傷動聽的歌聲。此處譯作天鵝之歌。

他的目光從晃著繩子的門移向他們進來的那個門。

「它昨晚是開著的嗎？」

「是的。至少女傭是這樣說的。」

「安斯利睡在這兒嗎？他聽到什麼了嗎？」

「他說，什麼也沒聽見。」

「簡直令人難以置信。」沙特衛先生小聲地說。

他回頭看一看床的形狀。

「他在哪兒？」

「安斯利？他和醫生在樓下。」

他們下樓後發現一名警官已經到了。沙特衛先生認出此人乃其舊識溫克飛警官，因而感到驚喜。警官和醫生上了樓，幾分鐘後傳下來一個要求：所有參加這次家庭聚會的成員都到客廳集合。

百葉窗被拉了下來，整個房間像個葬禮會場。桃麗絲．柯爾看起來嚇壞了，悶悶不樂，不時地用手帕擦擦眼睛。瑪琪堅定而機敏，此刻她已經完全控制住了自己的情緒。葛拉翰夫人鎮定自若，一如往常，臉色嚴肅，毫無表情。看起來這場悲劇對她兒子的影響比對其他人的影響都強烈。今天上午他看起來精神上受到了嚴重的打擊。大衛．基利，像平常一樣，退到了不顯眼的地方。

那位失去妻子的丈夫孤單地坐著，和其他人有點距離。他的表情古怪而茫然，好像他幾乎意識不到發生了什麼事。

沙特衛先生表面上相當鎮定，內心卻為即將執行的任務而洶湧不已。

溫克飛警官和莫里斯大夫一前一後地走進來，並隨手關上門。溫克飛警官清了清嗓子開口說：「我相信，這是件非常令人悲傷的事件，非常不幸。在這種情形下，我需要問每個人幾個問題。我肯定你們是不會反對的。我從安斯利先生開始。請原諒我這麼問，先生，但您的妻子曾經揚言要自殺嗎？」

沙特衛先生衝動地張開了嘴，隨即又閉上了。時間很多，最好不要講得太早。

「我，不，我認為沒有。」

他的聲音極其猶豫不決，如此特別，以至於每個人都偷偷看了他一眼。

「您不確定，先生？」

「不，我，很確定。她沒有。」

「哦！您知道她是否不快樂嗎？」

「不。我，不，我不知道。」

「她什麼也沒和您說過。比如，關於覺得抑鬱？」

「我，沒有，什麼也沒和我說過。」

不管警官問什麼，他都說一無所知。於是，警官繼續問下一個問題。

「麻煩您簡短描述一下昨晚的事件好嗎？」

「我們，當時都上樓睡覺。我馬上就睡著了，什麼也沒聽見。今天早晨女傭的尖叫把我吵醒。我衝進隔壁的房間，發現我妻子，發現她……」

他語不成聲。警官點了點頭。

「好的，好的，這就夠了。我們不必深論下去。昨天晚上您最後一次看到您妻子是什麼時候？」

「我，在樓下。」

「在樓下？」

「是的，我們大家一塊兒離開客廳。我直接上了樓，其他人還在大廳裡交談。」

「然後您再也沒有看到您的妻子？難道她上來睡覺時沒向您道晚安？」

「她從樓下上來時我已經睡著了。」

「但她只比您晚幾分鐘上來。對吧，先生？」他看了看大衛．基利，後者點了點頭。

「半小時後她還沒上來。」安斯利固執地說。

警官的目光溫和地移向葛拉翰夫人。

「她沒待在您房間裡聊天嗎，夫人？」

不知是沙特衛先生的幻覺，還是葛拉翰夫人確實在她以一貫的平靜果斷態度開口前有過一絲遲疑。

「沒有，我直接回我的房間，關上了門，什麼也沒聽見。」

「您說，先生，」警官將注意力轉回到安斯利身上。「您睡著了，什麼也沒聽見。和您房間相通的那扇門是開著的，對吧？」

「我，我想是這樣。但我太太很可能從開在走廊裡的另一扇門進入她的房間。」

「即使如此，先生，也應該會有某些響聲……吱吱呀呀的噪音，鞋跟走在地板上的咚咚聲。」

「沒有。」

說話的人是沙特衛先生，他控制不住自己地脫口而出。每個人都轉過來看著他，一臉驚訝。他緊張了起來，結結巴巴，面紅耳赤。

「對，對不起，警官。但是我一定得講。你的調查方向錯了，完全錯了。安斯利夫人不是自殺，這點我確信無疑。她是被謀殺的。」

一片死寂，接著溫克飛警官平靜地說：「你說這話的根據是什麼，先生？」

「我，這是一種感覺，一種非常強烈的感覺。」

「但我認為，先生，肯定不止於此，肯定有某種特別的理由。」

哦，當然有特別的理由。有來自鬼豔先生的神祕訊息，但你不能把這告訴一名警官。沙特衛先生拚命地四下搜尋著，但什麼也沒發現。

「昨天晚上，我們一塊聊天，她說她非常快樂。非常快樂……就是這麼說的。這不像是一個考慮自殺的女人會說的話。」

他得意洋洋，接著又補充說：「她返回客廳去取她的四弦琴，這樣第二天早上她就不會忘記了。這也不像是要自殺的跡象。」

「對，」警官贊同道，「對，可能不像。」他轉向大衛．基利，說：「她拿著四弦琴上樓了嗎？」

這位數學家努力回想。

「我認為……是的。她手裡拿著它上樓了。我記得就是在她轉過樓梯間的那個轉角時，我看見了那把四弦琴，當時我還沒有關掉這兒的燈。」

「哦！」瑪琪大聲叫起來。「但它現在在這兒。」

她戲劇性地指著桌子上那把四弦琴躺著的地方。

「不可思議。」警官說。他疾步走過去搖了搖鈴。

他簡明扼要地吩咐管家把負責早晨房間清潔的女傭找來。她來了，對她的回答非常確定：她清早打掃房間時，那把四弦琴是她首先看到的東西。

溫克飛警官打發走女僕，然後簡短地說：「我想和沙特衛先生單獨談一談。其他人可以走了。但誰也不許離開這棟房子。」

門一關，沙特衛先生就開始嘰嘰喳喳講個不停。

「我，我相信，警官，這件案子你心裡已經有底了。我只是覺得，就像我剛才所說的，有一種非常強烈的感覺……」

警官舉起手示意他不必再講了。

「你說得非常正確，沙特衛先生。那位女士是被謀殺的。」

「你知道？」沙特衛先生感到有些懊惱。

「有些事情令莫里斯醫生困惑不解。」他朝留下來的醫生看去，醫生點了一下頭表示同意。「我們做了徹底的檢查。套在她脖子上的繩子不是勒死她的繩子，勒死她的是某種更細的東西，某種更像金屬絲的東西。它正好嵌進了皮膚裡。繩子的痕跡是之後重疊上去的。她先被勒死，然後又被吊在門上，看起來就像自殺。」

「但誰……」

「是的，」警官說，「是誰下的手呢？這就是問題所在。那個睡在隔壁、從來不和妻子道晚安、什麼也沒聽見的丈夫如何？我想事情離我們期待的不遠了。我們一定得弄明白他們之間的關係。這是你對我們有幫助的地方，沙特衛先生。你明白這兒的內幕，你可以用我們辦不到的方式得知事情，查出那兩人的關係。」

「我並不願意……」沙特衛先生僵硬地開口道。

「你已經不是第一次幫我們偵破謀殺案了。我記得司荃姬夫人一案。你對那種事情有天賦，先生。純粹的天賦。」

是的，這是真的，他有著這方面的天賦。他平靜地說：「我會盡力而為，警官。」

傑拉德．安斯利殺了他的妻子嗎？是他嗎？沙特衛先生回憶起昨晚他那副痛苦的表情。他愛她，而且他正遭受痛苦，痛苦會驅使一個男人去做些怪事。

但還有其他某種東西……某種別的因素。梅貝兒曾以走出樹林來形容自己，她在期待快樂……不是安謐、理性的快樂，而是那種非理性的快樂，一種瘋狂的喜悅……

如果傑拉德．安斯利講的是真話，那麼就是說梅貝兒至少比他晚半小時回房間。而大衛．基利說曾看見她上樓。在那邊還有另外兩個房間住著人。一個是葛拉翰夫人的房間，另一個是她兒子的房間。

她兒子的房間。但他和瑪琪……

無疑瑪琪應該猜測到……但瑪琪不是那種善於猜測的人。但是，無火不起煙……煙！啊！他想起來了。一縷煙霧從葛拉翰夫人的臥房門口飄出來。

他火速行動，逕自上樓進了她的房間。房間裡沒人。他隨手關上門，並且上了鎖。

他走到爐架前。一堆燒焦的碎片，他非常小心翼翼地用手指把它們耙平。他很幸運。正中央是一些沒有被燒掉的碎片……一封信的碎片……

支離破碎的碎片，但它們告訴了他一些寶貴的東西。

生活可能會很美妙，羅傑親愛的。我以前從來不知道……我的一生是一場夢，直到遇見你，羅傑……

……我想傑拉德知道……我很抱歉，但我能做什麼呢？除了你，羅傑，世上的一切對我來說都是不真實的……我們很快就會在一起了。

羅傑，你打算在萊德爾告訴他什麼？你寫得很奇怪，但我不怕……

沙特衛先生小心翼翼地把這些碎片放進從書桌上取來的一枚信封裡。他走到門口，開了鎖，推開門，和葛拉翰夫人碰個正著。

這是一個令人尷尬的時刻，沙特衛先生一時窘迫不堪。他做了可能是最好的選擇：開門見山地處理這個局面。

「我剛才在搜查您的房間，葛拉翰夫人，發現了一些東西，一小捆沒有完全燒完的信件。」

一陣驚恐掠過她的臉龐，瞬間即逝，但確實存在過。

「安斯利夫人寫給您兒子的信。」

她猶豫了片刻，然後平靜地說：「原來如此。我本來以為它們會被燒得更徹底。」

「為什麼？」

「我兒子正準備結婚。這些信件如果由於那個可憐的女孩自殺而被公開，可能會引起許多痛苦和麻煩。」

「您的兒子可以自己動手燒掉他的信件。」

她一時語塞。沙特衛先生乘勝追擊。

「您在他的房間裡發現了這些信，把它們拿到您的房間付之一炬。為什麼？因為您害怕，葛拉翰夫人。」

「我沒有害怕的習慣，沙特衛先生。」

「沒錯，但情況危急。」

「危急？」

「您兒子可能會處於被逮捕的危險，因為謀殺。」

「謀殺！」

他看見她的臉色發白，迅速地繼續道：「您昨晚聽見安斯利夫人進了您兒子的房間。他之前告訴過她他已有婚約了嗎？沒有，我看得出他沒有。昨晚他告訴她了。他們吵了起來，他……」

「謊言！」

他們如此專心於他們的舌戰，以至於沒有聽見走近的腳步聲。羅傑・葛拉翰悄無聲息地站在他們身後。

「沒問題的，媽媽。別……擔心。請到我房間來，沙特衛先生。」

沙特衛先生跟著他進了房間。葛拉翰夫人轉身走開了，並沒有跟著進去的意圖。羅傑・葛拉翰關上了門。

「聽著，沙特衛先生，您認為我殺了梅貝兒。您認為我在這兒勒死了她，之後，趁大家都睡著時，又把她移走，吊到那扇門上？」

沙特衛先生目不轉睛地看著他，然後出人意料地說：「不，我不這樣認為。」

「謝天謝地。我不可能殺死梅貝兒。我……我愛她。還是不愛？我不知道。它像一團亂麻，我無法解釋。我喜歡瑪琪，一直喜歡她，她是個非常好的女孩，我們很相配。但梅貝兒不同。那是……我說不清楚，一種魔力。我……我覺得，我怕她。」

沙特衛先生點了點頭。

「那是一種瘋狂、一種令人迷惑的心醉神迷……但那是不可能的，不可能實現。那種東西不會持久。我現在明白被施了魔法是怎麼回事了。」

「是的，肯定像那個樣子。」沙特衛先生若有所思地說。

「我，我想完全擺脫它。昨晚，我本打算告訴梅貝兒。」

「但你沒有？」

「是的，我沒有，」葛拉翰緩緩地說，「我向您發誓，沙特衛先生，我在樓下說晚安之後再沒有見過她。」

「我相信你。」沙特衛先生說。

他站起來。殺死梅貝兒．安斯利的不是羅傑．葛拉翰。他可能會逃離她，但不可能殺死她。他怕她，怕她那種瘋狂的、無形的、神仙似的特性。他知道魔力這種東西並拒絕了它。

他去尋求他知道「行得通」的那種安全理性的東西，而放棄了不知道會把他帶到何處的那個無法捉摸的夢。

他是個理性的年輕人，而對沙特衛先生這樣一位生活藝術家和鑑賞家來說，這種人堪稱枯燥乏味。

他留下羅傑．葛拉翰一人待在房間裡，自己下了樓。客廳空無一人。梅貝兒的四弦琴躺在窗邊的一張凳子上。他拿起來，心不在焉地撥弄了幾下。他對這種樂器一無所知，但他的耳朵告訴他這把琴走調走得極其厲害。他嘗試著調了調音。

桃麗絲．柯爾進了房間，瞪著他。

「可憐梅貝兒的四弦琴。」她說。

她明顯的譴責使沙特衛先生固執了起來。

「幫我調一調音。」他說完又加了一句：「如果你會的話。」

「我當然會。」桃麗絲說道，沙特衛先生暗示她辦不到的話刺傷了她。

她從他手裡把四弦琴拿過來，撥了撥弦，敏捷地調了一個音，弦啪的一聲折斷了。

「嗯，我從來沒有這樣。哦！我明白了，但太奇怪了！這根弦不對，太大了。這是一根A弦。把它調上來是多麼愚蠢啊。當然會在你試圖給它定弦時折斷。人們真傻！」

「是的，」沙特衛先生說，「他們是傻，即使當他們試圖聰明些的時候……」

他的語調極其古怪，以至於她直盯著他看。他從她手中拿過四弦琴來，卸下了那根折斷的弦，拿著它走出了房間。在書房裡，他找到了大衛．基利。

「看這兒。」他說。

他拿出那根弦。基利接住了它。

「這是什麼？」

「一根斷掉的四弦琴弦。」他停頓了一下，才又接著說：「你把另一根怎麼處理了？」

「另一根？」

「你用來勒死她的那一根琴弦。你非常聰明，不是嗎？幹得十分俐落，就在我們都在大廳裡有說有笑的那一刻。

「梅貝兒回房間來取她的四弦琴。你不久前在撥弄它的時候，把那根弦取了下來。你用那根弦套住了她的喉嚨，勒死了她。然後你出來鎖住門，加入我們的行列。等到夜深人靜時，你下來把她的屍體掛在她房門上。然後你在四弦琴上裝了另一根弦，卻是一根不合適的弦，這就是你愚蠢的原因。」

一陣停頓。

「但你為什麼要殺她？」沙特衛先生說，「看在上帝的份上，為什麼？」

基利先生大聲笑了，他那古怪的咯咯咯短笑聲讓沙特衛先生覺得非常噁心。

「太簡單了，」他說，「沒什麼為什麼！還有，從來沒人注意到我。從來沒人注意過我在幹什麼。我想……我想我會博得眾人一笑……」

接著他又發出了那種鬼鬼祟祟的咯咯咯短笑聲，瘋狂的雙眼看著沙特衛先生。

沙特衛先生很高興就在這時溫克飛警官走進了房間。

§

二十四小時後，在往倫敦途中，沙特衛先生從一陣小睡中醒來，發現一個黝黑的高個子男人坐在車廂中與他面對面。他並不十分驚訝。

「親愛的鬼魖先生！」

「是的，我在這兒。」

沙特衛先生緩緩說道：「我幾乎無法面對你。我很慚愧，我失敗了。」

「你確定？」

「我沒救她。」

「但是你發現了真相？」

「是的，沒錯。本來那些年輕人中有一個會被控告，甚至可能會被宣判有罪。所以無論如何，我救了一個人的命。但是她……她……那個迷人的古怪人兒……」他哽咽了。

鬼魖先生看著他。

「難道死亡是發生在任何人身上最可怕的不幸嗎？」

「我，嗯，可能，不……」

沙特衛先生想起來了。瑪琪和羅傑・葛拉翰……梅貝兒在月光下的臉龐，她那安詳神祕的快樂……

「不，」他承認說，「不，或許死亡不是最大的不幸……」

他想起她那件打褶的藍色雪紡紗，在他看來，那就像鳥的羽毛……折翼之鳥……

他抬頭向上看時，發現只剩自己一人。鬼豔先生已經人去無蹤。

但他忘了帶走一件東西。

座位上是一隻用暗藍色的石頭刻成的鳥，雕刻得很粗糙，可能沒有什麼藝術性，但它包含某種其他東西。

它有種朦朧的魔力特質。

沙特衛先生是這樣說的，而沙特衛先生是個鑑賞家。

11

世界的盡頭

The Mysterious Mr. Quin

沙特衛先生來科西嘉是因為公爵夫人。這超出了他所熟悉的範圍。在里維拉，他可以確保自己過得很舒適，而且對他來說，舒適是非常重要的。儘管他喜歡舒適，但他也喜歡這位公爵夫人。他很自命不凡，但為人處事毫不傷人，一派老式紳士作風。他喜歡上流社會人士。萊絲公爵夫人是位名副其實的公爵夫人。她的祖先中沒有芝加哥的殺豬屠夫。她不僅是一位公爵的女兒，也是一位公爵的妻子。

除此之外，她是一個看起來寒酸的老婦人，喜愛在衣服上掛黑色的珠狀飾物。她有許多款式過時的鑽石，而且她戴這些鑽石的方式和她母親一模一樣：隨意地別在全身。有人曾暗示說，公爵夫人站在房間中央，她的女僕隨手將胸針朝她身上亂扔。她慷慨地捐款給慈善機構，盡心照顧她的房客和被扶養人，但對小錢非常吝嗇。她乞求朋友們讓她搭便車，在地下室折價區買東西。

公爵夫人來科西嘉是因為一時心血來潮。她厭倦了坎城，還和飯店的經營者因房價問題激烈地爭執了一番。

「你要和我一起去，沙特衛，」她堅決地說，「在我們這個年紀，沒必要擔心醜聞。」

沙特衛先生受寵若驚。以前從未有人將她和醜聞扯在一起。他無足輕重。醜聞，和一位公爵夫人，令人開心極了！

「風景如畫，」公爵夫人說，「還有強盜等等諸如此類的事情。而且非常便宜，我聽說的。曼紐爾今天早晨太放肆了，應該挫一挫這些飯店經營者的銳氣。如果他們再這樣下去，別指望上流社會人士會來他們這兒。我非常坦白地告訴了他。」

「我想，」沙特衛先生說，「可以很舒服地從昂蒂布坐飛機飛過去。」

「他們可能會收你相當大的一筆費用。」公爵夫人尖銳地說，「你去查一查吧。」

「當然，公爵夫人。」

雖然他的角色顯然是那種光榮的隨從，但沙特衛先生依然雀躍不已。

當公爵夫人知曉從亞維農起飛的航線機票價格後，立刻拒絕了。

「他們別認為我會花那麼一大筆錢，去坐他們那些又差勁又危險的玩意兒。」

於是他們乘船去，沙特衛先生忍受了十個小時嚴重的不適。最初，當船七點出發時，他誤以為船上會有晚餐，但其實沒有。船小浪猛。沙特衛先生一大早在艾亞丘下船時，已經給折騰得半死。

而公爵夫人正好相反，顯得精神抖擻。如果她覺得是在省錢，根本不介意這番折騰。她興致勃勃地看著碼頭上的景色、棕櫚樹、冉冉升起的太陽。似乎所有人都跑出來看這艘船進港，步橋在人們激動的喊叫聲中搭了起來。

「從來沒看人用過這種方法！」他們身旁一個健壯的法國人說。

「我那個女傭吐了一整夜，」公爵夫人說，「那個女孩是個十足的傻瓜。」

沙特衛先生病懨懨地微微笑一下。

「簡直是浪費美食。」公爵夫人強而有力地接著說。

「她吃了什麼嗎？」沙特衛先生嫉妒地問。

「我碰巧帶了一些餅乾和一塊巧克力，」公爵夫人說，「當我發現船上沒有晚餐時，我就全都給了她。那些下層階級的人們總是對沒飯吃大驚小怪。」

隨著一聲勝利的呼叫，步橋搭好了。一群音樂喜劇中強盜模樣的人衝到船上，強行奪走了旅客手中的行李。

「快走，沙特衛，」公爵夫人說，「我想洗個熱水澡、喝些咖啡。」

沙特衛先生也想，但他不太稱心如意。一位點頭哈腰的飯店經理把他們迎進了飯店，帶他們去看他們的房間。公爵夫人的房間附帶浴室，而沙特衛先生則發現他的浴缸似乎安置在別人的臥室裡。在早晨這個時候期望有熱水可能是種妄想。後來他喝了些純咖啡，是用一個沒有蓋子的壺端上來的。他房間裡的百葉窗和窗戶大開著，早晨清新的空氣吹進房間，芳香瀰漫。碧海藍天，絢爛的一天。

侍者揮舞著手，示意大家注意這些景色。

「艾亞丘，」他鄭重其事地說，「世界上最美麗的港口！」

說完隨即突然離開了。

望著與白雪皚皚的山巒相互輝映的湛藍色海灣，沙特衛先生與侍者有同感。他喝完咖啡，躺在床上，很快睡著了。

午餐時分，公爵夫人心情特別好。

「這對你正好，沙特衛，」她說道，「讓你去掉那些一本正經、枯燥無味的習慣。」她舉起長柄望遠鏡四處瞧了瞧。「哎呀！娜歐蜜・卡爾頓・史密斯在這兒。」

她指的是一位獨自坐在窗前桌旁的女孩。她彎腰駝背、無精打采地坐著。她的衣服看起來像是用棕色的麻袋布做的，黑色短髮亂七八糟。

「是位藝術家？」沙特衛先生問道。

他一向善於猜出人們的身分。

「非常正確，」公爵夫人說，「不管怎樣，她自稱是藝術家。我知道她在地球上某個奇怪的地方閒蕩。一貧如洗，目空一切，而且像所有卡爾頓・史密斯家的人一樣死心眼。她的母親是我的表姐妹。」

「那麼她是諾爾頓家族的一員了？」

公爵夫人點點頭。

「是她害了自己，」她主動說道，「她是個機靈的女孩，曾和一個最不受歡迎的年輕人攪和在一起。是切爾西那幫人之一。寫戲劇、詩還有一些不健康的東西。當然沒人採用。後來他偷了某人的珠寶，被抓了起來。我忘了他們判了他多少年。我猜是五年，但你肯定記得吧？那是去年冬天的事。」

「去年冬天我在埃及，」沙特衛先生解釋道，「一月底我患了重感冒，醫生堅持要我待在埃及。我錯過了許多事情。」

他的語音流露一絲真切的遺憾。

「在我看來，那個女孩很憂鬱，」公爵夫人又舉起了她的長柄望遠鏡說道，「我可不能不管。」

在離開的路上，她在卡爾頓．史密斯小姐的桌旁停下了，拍了拍那個女孩的肩膀。

「哦，娜歐蜜，你好像不記得我了？」

娜歐蜜很不情願地站了起來。

「不，我記得你，公爵夫人。我看見你走進來。我想很可能你大概認不出我了。」

她慢吞吞、懶洋洋地說著這些話，態度非常冷漠。

「你吃完午飯後，來陽台上和我談談。」公爵夫人命令道。

「好的。」

娜歐蜜打了個呵欠。

「駭人的舉止，」離開娜歐蜜時，公爵夫人對沙特衛先生說，「卡爾頓．史密斯家所有的人都是這樣。」

他們在外面陽光下喝咖啡。他們在那兒待了大約六分鐘時，娜歐蜜．卡爾頓．史密斯慵懶地從旅館裡晃了出來，加入他們。她懶散地坐到一張椅子上，兩條腿很不優雅地向前伸。

一張奇怪的臉，突出的下巴，深陷的灰眼睛。一張聰明、不快樂的臉……一張正好缺少美麗的臉。

「哦，娜歐蜜，」公爵夫人輕快地說，「你在忙些什麼？」
「哦，不知道。混時間。」
「一直在畫畫？」
「有畫一些。」
「讓我看看你畫的東西。」
娜歐蜜被逗樂了，咧開嘴笑了笑，她並不怕專橫霸道的人。她走進旅館，再出來時拿著她的畫。
「你不會喜歡它們的，公爵夫人，」她警告說，「想說什麼就說什麼。你不會傷到我。」
沙特衛先生將椅子稍微向前拉了拉，十分感興趣，一會兒後他興趣更濃厚了。公爵夫人可是一點也不留情。
「我甚至看不出這些東西應該是什麼樣子，」她抱怨道，「天哪，孩子，從來沒有那種顏色的天空，也沒有那種顏色的大海。」
「我看到的就是這個樣子。」娜歐蜜平靜地說。
「哎喲！」公爵夫人審視著另一幅說，「這幅畫讓我覺得毛骨悚然。」
「本來就會這樣，」娜歐蜜說，「你在不自覺地誇獎我。」
那是一張用漩渦畫派手法畫出的仙人掌果……僅此一點可以辨認出來。灰綠色中夾雜著強烈的顏色，果實像寶石一樣閃閃發光。一團渦漩的邪惡之物，多肉，化膿。沙特衛先生打了個寒顫，別過頭去。

他發現娜歐蜜正在看著他，理解地點著頭。

「我明白，」她說，「但它確實令人不快。」

公爵夫人清了清嗓子。

「如今當個藝術家好像特容易，」她挖苦地說，「沒有任何臨摹的痕跡。你只是塗了一些顏料，我不知道你是用什麼塗的，但我敢肯定不是用畫筆畫的……」

「調色刀。」娜歐蜜打斷了她的話，又寬容地笑笑。

「一次塗很多，」公爵夫人繼續說道，「一塊一塊的，然後就算畫好了！每個人都說：『真巧妙啊。』好了，我對這種東西沒耐心。給我……」

「一幅畫出狗或馬的精采圖畫，艾德溫．蘭西爾畫的。」

「有何不可呢？」公爵夫人質問道，「蘭西爾有什麼不對？」

「沒有什麼不對，」娜歐蜜說，「他沒錯。你也沒錯。事物的表面總是漂亮、光潔、柔順。我尊敬你，公爵夫人，你有影響力，人生平順，位居上層。但下層的人們看到的是事物下面的部分。就某種程度而言，這是很有趣的。」

公爵夫人盯著她。

「我一點也不明白你在說什麼。」她宣稱道。

沙特衛先生仍在審視那些素描。他意識到在這些畫後面隱藏著完美的技法，這是公爵夫人意識不到的。他又驚又喜，抬起頭看著那女孩。

「你願意賣給我其中一幅嗎，卡爾頓．史密斯小姐？」他問道。

「你可以挑你喜歡的任何一幅，只需五基尼。」那女孩冷漠地說。

沙特衛先生猶豫了一兩分鐘，然後挑了那幅仙人掌果和蘆薈的草圖。最顯著的位置是一株色彩絢麗的黃色含羞草，猩紅的蘆薈花朵在畫面內外跳動，暗示著整個畫面那種不屈不撓和一絲不苟的，則是橢圓狀的仙人掌果和基本花紋呈劍狀的蘆薈。

他朝那個女孩微微鞠了一躬。

「我很高興得到了這幅畫，我想我是撿到便宜了。將來有一天，卡爾頓．史密斯小姐，如果我想的話，我能以很可觀的價格賣掉這幅畫！」

那個女孩向前探了探身子，看他選中的是哪一幅。他看見她的眼睛裡放射出一種新的光芒。第一次，她真正意識到他的存在，在她朝他迅速的一瞥中含著尊敬。

「你挑了最好的那幅，」她說，「我……我很高興。」

「嗯，我猜你知道你在做什麼，」公爵夫人說，「而且我敢說你是對的。我聽說你確實是個行家。但你別告訴我所有這些新玩意是藝術，因為它不是。當然，我們不必深究這些。現在我只是打算在這裡待幾天，我想看看這座島上的東西。我猜你有車吧，娜歐蜜？」

女孩點了點頭。

「太好了，」公爵夫人說，「我們明天要去某個地方旅行。」

「它只是輛兩人座汽車。」

「胡說，還有一個後座，我想沙特衛先生可以坐在那兒。」

沙特衛先生戰慄著嘆了口氣。他早上觀察過科西嘉的公路。娜歐蜜一臉沉思地注視著他。

「恐怕我的汽車不適合你，」她說，「那是一輛非常破爛的舊車。我以很便宜的價錢買來的二手貨。小心呵護的話，它剛好能把我載到山上。但我不能載乘客。在城裡有個很不錯的車行，你可以到那兒租輛車。」

「租輛車？」公爵夫人憤慨地說，「這想法真可怕。那個長得很帥、皮膚很黃、午飯前開來一輛四座汽車的男人是誰？」

「我猜你指的是湯林森先生。他是一位退休的印度法官。」

「怪不得是黃皮膚，」公爵夫人說，「我曾怕他是黃疸病呢。他看起來很正派。我要和他聊聊。」

那天晚上下來吃晚飯時，沙特衛先生發現公爵夫人打扮得相當華麗，身穿黑色天鵝絨衣服，戴著鑽石首飾，正在熱情地和那個四座汽車的主人交談。她威嚴地招招手。

「到這兒來，沙特衛先生，湯林森先生正在給我講述一些最有趣的事情，他真的打算明天用他的車載我們去探險，你覺得如何？」

沙特衛先生讚嘆地看著她。

「我們必須進去吃飯了，」公爵夫人說，「你一定要過來坐到我們的桌旁，湯林森先生，那麼你就可以繼續講你的故事了。」

「的確是個正派人士。」公爵夫人稍後宣布說。

「還有一輛很體面的車。」沙特衛先生反擊道。

「淘氣。」

公爵夫人邊說邊用她經常帶著的那把破舊的黑扇子，響亮地打了他手指關節一下。沙特衛先生因疼痛退縮了一下。

「娜歐蜜也要來。」公爵夫人說，「開她的車。這個女孩想透透氣。她非常自私，雖不完全是自我中心，但對所有的人和事絕對漠然。你同意我的看法嗎？」

「我認為這不可能，」沙特衛先生緩緩地說，「我的意思是，每個人的興趣肯定會有個去處。當然，也有以自我為中心的人，但我不同意你的看法，她不是那種人。她對自己完全不感興趣。然而她的個性很強，肯定有什麼不對勁。我起初以為是她的藝術所致，但結果不是。我從未見過如此與生活脫節的人。那很危險。」

「危險？你的意思是什麼？」

「嗯，你看，這肯定意味著某種執著，而執著通常是很危險的。」

「沙特衛，」公爵夫人說，「別傻了。聽我說，關於明天……」

沙特衛先生傾聽著。這是他在生活中的角色。

第二天一大早，他們帶著午餐出發。在這個島上待了六個月的娜歐蜜當先鋒。她坐在那兒等待出發時，沙特衛先生走到她身邊。

「你確定我不能和你一塊去？」他渴望著說。

她搖了搖頭。

「你在另一輛車的後座會更舒服些。有不錯的座墊。這車是輛十足的吱吱嘎嘎舊破車。路面不平時，你會被顛到空中。」

「那麼，當然，過山路的時候也一樣。」

娜歐蜜大聲笑了。

「哦，我那麼說只是為了使你免於坐後座。公爵夫人完全支付得起一輛汽車的租金。她是英國最吝嗇的女人。不過，這個老東西相當講交情，我無法討厭她。」

「那麼我可以和你一塊兒走了？」沙特衛先生熱切地說。

她好奇地看著他。

「你為什麼這麼想和我一塊走？」

「還用問嗎？」沙特衛先生以他那種滑稽老式的方式鞠了一躬。

她微微笑了，但搖了搖頭。

「那不是原因，」她若有所思地說，「很奇怪……但你不能和我一塊走，今天不能。」

「也許，改天吧。」沙特衛先生禮貌地暗示道。

「哦，改天！」她突然大笑，沙特衛先生認為笑聲非常奇怪。「改天！唉，再說吧。」

他們出發了。他們駕車穿過城區，沿著海灣又彎又長的海岸線，再繞內陸前進穿過河流，又回到有著成百個小沙灘的海灣，然後開始向上攀登。穿梭在令人心驚膽戰的彎道，順著蜿蜒的山路不斷向上行駛。藍色的海灣遠遠地落在他們腳下，另一側，艾亞丘在陽光下閃閃發光，一片純白，就像一座神話中的城市。

進進出出，不斷地進進出出，他們身邊是接二連三的懸崖峭壁。沙特衛先生有點頭暈目眩，還有點噁心。路面不太寬。他們依然在向上行駛著。

天氣很冷。風從雪峰向他們吹來。沙特衛先生拉起衣領，在下巴下緊緊地扣住。

非常寒冷。水面那邊，艾亞丘依然沐浴在陽光裡，但在這兒，厚厚的烏雲飄過來，遮住了太陽的臉。沙特衛先生停止讚嘆這景色。他渴望蒸氣供暖的飯店和一張舒適的扶手椅。

娜歐蜜的小雙人座汽車在他們前面穩穩地向前行駛著。向上，仍然向上。他們現在在世界的頂端了，兩側是低矮的群山，山巒傾斜下去是山谷。他們徑直向雪峰看去。吹過來的風像鋒利的刀子割在他們臉上一樣。突然娜歐蜜的車子停住了，她回頭看看。

「我們到了世界的盡頭，」她說，「我認為今天這種天氣不適合來這裡。」

他們都下了車，來到一個有六間小石屋的小村莊，幾個一英尺高的字母組成一個令人難忘的名字。

「科蒂恰維里。」

娜歐蜜聳了聳肩。

「那是它的正式名稱，但我更喜歡叫它世界的盡頭。」

她繼續走了幾步，沙特衛先生跟上她。現在他們超過房子了。路終止了。正如娜歐蜜剛剛說的，這是盡頭，天涯海角。他們身後是白色絲帶般的公路，他們前面……什麼也沒有。只有在下面很遠很遠的地方，是海……

沙特衛先生深深地吸了口氣。

「這是個特別的地方，讓人覺得可能會發生任何事情，可能會遇到任何人……」

他停住了，因為就在他們前面，一個男人坐在一塊巨石上，面朝大海。他們直到這時才看到他，他的出現就像突然用魔術變出來似的。也許他是從附近冒出來的。

「不曉得……」沙特衛先生開口說。

但就在那一刻，那個陌生人轉過了身子，沙特衛先生看到了他的臉。

「哎呀，鬼豔先生！真是太不可思議了。卡爾頓．史密斯小姐，這是我的朋友鬼豔先生。他是最不平凡的人。你是的，你知道這一點。你總是在緊要關頭出現……」

他住了口，感覺他說了些非常重要的東西，但他無論如何也想不出它究竟是什麼。

娜歐蜜以她慣常的粗魯方式和鬼豔先生握了握手。

「我們來這兒野餐，」她說，「我看我們差不多要凍僵了。」

沙特衛先生顫抖了一下。

「可能，」他不確定地說，「我們該找個能避風雪的地方？」
「顯然這地方不是，」娜歐蜜贊同道，「但這個地方依然值得一看，是吧？」
「是的，確實如此。」沙特衛先生轉向鬼豔先生。「卡爾頓．史密斯小姐把這個地方稱作世界的盡頭。很好的名字吧？」
鬼豔先生緩緩地連連點頭。
「是的，一個非常容易引起聯想的名字。我想一個人一生中只會來那樣的地方一次，一個人們無法繼續再走下去的地方。」
「你的意思是什麼？」娜歐蜜尖銳地問道。
他轉向她。
「哦，通常，人們有選擇的，不是嗎？向右或向左。朝前或朝後。這兒呢，在你身後有條路，而在你面前，什麼也沒有。」
娜歐蜜盯著他，突然打了個哆嗦，開始順著原路返回，朝其他人走去。兩個男人陪在她身邊。鬼豔先生繼續談著，但語調輕鬆。
「這輛小汽車是你的，卡爾頓．史密斯小姐？」
「是的。」
「你自己開？我想，在這兒開車需要很大的膽子。轉彎處令人膽戰心驚。一個不留神，一下子沒煞住車，就會摔下懸崖，掉啊掉啊往下掉。這太容易了。」

他們現在加入到其他人之中。沙特衛先生向大家介紹了他的朋友。他覺得有人拉了拉他的手臂。原來是娜歐蜜。她拉著他離開眾人。

「他是誰？」她凶巴巴地問。

沙特衛先生吃驚地看著她。

「嗯，我幾乎不知道。我是說，我認識他好幾年了，我們不時地彼此碰見，但談到真正了解……」

他停頓下來。他這些話都白說了，他身旁的女孩根本沒在聽。她站在那裡，低著頭，緊握著雙手。

「他知道許多事，」她說，「他知道許多事……他是如何知道的？」

沙特衛先生無言以對，只能安靜地看著她，無法理解是什麼使她心神不寧。

「我害怕。」她小聲說。

「害怕鬼髗先生？」

「我害怕他的眼睛。他能看透事情的真相……」

某種又冷又溼的東西落在沙特衛先生面頰上，他抬頭看看。

「哎呀，下雪了。」他驚呼道。

「選了個好日子來野餐。」娜歐蜜說。

她努力恢復了常態。

下一步做什麼？大家嘰嘰喳喳提了許多建議。雪下得又大又快。鬼豔先生提了個建議，大家都贊成。在那排房子的盡頭有一家快餐館。大家蜂擁而去。

「你們帶著食物，」鬼豔先生說，「他們可以給你們煮些咖啡。」

那是個很小的地方，非常暗，因為那扇小窗戶照不進多少光來，但是在房間的另一頭閃著令人欣慰的火光，傳來陣陣溫暖。一個科西嘉老婦人剛往火裡扔了一把樹枝。火熊熊燃燒起來，藉著火光，這些新來者發現原來已經有人捷足先登了。

三個人坐在一張空木桌的另一端。在沙特衛先生看來，這情景看起來有些不真實，而那些人更不真實。

坐在桌子那一端的婦女乍看像位公爵夫人，也就是說，她看起來更像一般人想像中的公爵夫人，是舞台上理想的貴婦人，高貴的頭昂得高高的，雪白的頭髮梳理得完美無缺。她穿著灰色衣服，柔軟的披肩垂在她的周圍，形成藝術味十足的褶層。一隻白皙修長的手托著她的下巴，另一隻手拿著塗了鵝肝醬的麵包。她的右側是個面龐十分白皙、頭髮非常烏黑、戴著一副角質框眼鏡的男人，穿著極其高尚美觀。就在這時他的頭朝後一仰，左臂向外一揮，好像要發表宣言。

那位白髮女士的左側是位笑嘻嘻的禿頭矮男子。看了他第一眼之後，便沒有人再去看他了。

猶豫了一會兒後，公爵夫人（那位真公爵夫人）說話了。

「這場暴風雪太可怕了，不是嗎？」她愉快地說著，朝前走過來，別有深意地微微一笑（她在為福利機關和其他委員會工作時，發現這一微笑非常有用）。「我想你們是和我們一樣被困住了？但科西嘉是個很棒的地方。我是今天上午才到。」

那名黑髮男子站了起來，公爵夫人優雅地笑笑，溜到了他的座位上。

那位白髮女士說話了。

「我們在這兒待了一星期了。」她說。

沙特衛先生吃了一驚。有誰聽過這聲音之後能忘記呢？它在石屋中回響，充滿了感情，充滿了優美的傷感。

在他看來，她說了些美麗動聽、令人難忘、飽含深意的話。她的話是從內心說出來的。

他急忙悄悄地對湯林森先生說了句話。

「那個戴眼鏡的男人是維斯先生，製作人，你知道。」

那位退休的印度法官正極其厭惡地看著維斯先生。

「他製作了什麼？」他問道，「孩子？」

「哦，天哪，不，」將維斯先生和如此粗魯的話語聯繫在一起，沙特衛先生感到震驚。

「戲劇。」

「我覺得，」娜歐蜜說，「我要再出去一下。這兒太熱了。」

她的聲音有力又刺耳，沙特衛先生吃了一驚。看起來，她簡直是盲目地衝向門口，把湯林森先生推到一邊。但在門口她與鬼豔先生碰個正著，他擋住了她的去路。

「回去坐下。」他說。

他的聲音很有威嚴。她猶豫了片刻後順從了，令沙特衛先生驚訝。她在桌腳旁坐下，盡可能離其他人遠些。

沙特衛先生急忙向前，強拖住那位製片人說話。

「你可能不記得我了，」他開始道，「我的名字是沙特衛。」

「當然記得！」一隻修長的、骨瘦如柴的手突然伸出來，緊緊握住另一個人的手。「我親愛的老兄。想不到在這兒見到你，你一定認識納恩小姐吧？」

沙特衛先生一驚。怪不得那個聲音那麼熟悉。全英國有成千上萬的人們都曾為那絕妙、充滿激情的嗓音所震顫。羅西娜．納恩！全英國感情最豐富的女演員。沙特衛先生也曾為她著迷。沒有人能像她那樣表現角色，像她那樣刻畫入微。他一直認為她是一個有思想的女演員，一個能理解、進入到角色靈魂裡的演員。

他沒認出她，情有可原。羅西娜．納恩的品味反覆無常。二十五年來她一直是金髮。去了一趟美國，頂了一頭烏黑亮麗的秀髮回來，並開始認真研究悲劇。這個「法國女侯爵」的形象，是她最近的心血來潮。

「哦，對了，這是賈德先生，納恩小姐的丈夫。」維斯漫不經心地介紹了那名禿頭男子。

羅西娜．納恩曾經有過許多任丈夫，這件事沙特衛先生是知道的。賈德先生顯然是最近的一任。

賈德先生正忙著從他身邊那個有蓋的大籃子裡取出東西。他對妻子說道：「再來點鵝肝醬，親愛的？上一片沒有你喜歡的那麼厚。」

羅西娜．納恩把她手裡的麵包交給他，一邊小聲說：「亨利總是能想出最醉人的膳食。我向來把供應食物的工作交給他負責。」

「餵食動物。」賈德先生大聲笑說。他拍拍妻子的肩膀。

「對她就好像對待一隻狗，」維斯先生憂鬱的嗓音在沙特衛先生耳邊輕聲說道，「為她切好食物。女人真是奇怪的動物。」

沙特衛先生和鬼豔先生放下打開的午餐。煮得很熟的蛋、冷火腿、格律耶乳酪，大家沿桌分發。公爵夫人和納恩小姐顯然專心小聲聊著知心話。女演員深沉的女低音傳過來隻字片語。

「麵包一定得輕微烤一下，明白嗎？然後只塗薄薄的一層果醬。捲起來，放進烤箱裡烤一分鐘，別多烤。味道簡直美極了。」

「那個女人為食物活著，」維斯先生小聲說，「只為食物活著。她想不起其他任何東西。我記得在《海上騎士》一劇中，她有句台詞說『我想要的是那種安靜、祥和的時刻』，我得不到我想要的效果。最後，我告訴她想想薄荷醬，她非常喜歡薄荷醬。我馬上得到了我想要的效果：一種穿透你靈魂的恍惚神色。」

沙特衛先生默不作聲。他正在回憶。

對面的湯林森先生清清喉嚨，準備加入談話。

「我聽說你製作戲劇，是嗎？我本人很喜歡好劇作。《抄寫員吉姆》那才叫作劇作。」

「天呀。」維斯先生說，渾身發抖。

「一小瓣大蒜，」納恩小姐對公爵夫人說，「你告訴你的廚子，味道美極了。」

她開心地嘆了口氣，轉向她的丈夫。

「亨利，」她哀怨地說，「我沒看到魚子醬。」

「你差不多就要坐在它上面了，」賈德先生歡快地回答道，「你把它放在你身後的椅子上了。」

羅西娜・納恩匆匆地找到魚子醬，朝坐在桌子四周的人們笑笑。

「亨利太了不起了。而我太健忘了，永遠記不得把東西擱哪兒。」

「就像那天你把你的珍珠放在盥洗用品袋中。」亨利開玩笑說，「然後把袋子遺忘在飯店裡。哎呀，那天我可打了不少電報和電話。」

「它們是保了險的，」納恩小姐神情恍惚地說，「不像我的蛋白石。」

一陣令人心碎的痛苦抽搐掠過她的臉龐。

和鬼魅先生在一起的時候，沙特衛先生多次有過參與一部戲的感覺。現在他又很強烈地感受到這種幻覺。這是一場夢。每個人都在扮演各自的角色。「我的蛋白石」是提示他出場的台詞。他向前傾了傾身子。

「您的蛋白石，納恩小姐？」

「你有奶油嗎，亨利？謝謝。是的，我的蛋白石。你知道，它被偷了。我再也沒有找回它。」

「告訴我們是怎麼回事？」沙特衛先生說。

「嗯，我十月出生，所以蛋白石是我的吉祥物，而且因此我想要一件真正美麗的東西。我等了很久才得到它，他們說它是最完美的名貴寶石之一。不是非常大，大約兩先令硬幣的大小，但是，哦！那顏色像火一樣。」

她嘆了口氣。沙特衛先生注意到公爵夫人一副坐立不安、心神不寧的樣子，但現在沒有任何東西能阻止納恩小姐講下去了。她繼續說著，她聲音優美的抑揚頓挫使這個故事聽起來就像某個悲傷古老的傳說。

「它是被一個叫艾歷．杰勒德的年輕人偷走的，他寫過劇本。」

「非常好的劇本，」維斯先生專業地插嘴道，「哦，我曾經把他的其中一個劇本保存了六個月。」

「你把它製作成戲了嗎？」湯林森先生問。

「哦，沒有，」維斯先生對這個想法感到很震驚。「不過你知道嗎？我一度確實想要這樣做。」

「裡面有一個很好的角色適合我，」納恩小姐說，「《瑞秋的孩子》，這是那部戲的名字，儘管劇中沒人叫瑞秋。他來找我談這部戲，在劇院裡。我喜歡他，他長得很英俊，是個非常害羞、貧窮的孩子。我記得，」美麗恍惚的神情悄悄掠過她的臉龐。「他帶了些薄荷醬給我。那顆蛋白石躺在梳妝台上。他曾去過澳洲，知道一些關於蛋白石的事情。他拿過去就著光線看蛋白石。我想他肯定悄悄地把它裝在口袋裡。他一離開，蛋白石就不見了。當時引起一陣騷動。你記得嗎？」

她轉向維斯先生。

「哦，我記得。」維斯先生咕噥了一句。

「他們在他的房間裡發現了那個空盒子，」女演員繼續說道，「他原本非常拮据，但就在這之後的第二天，他把一大筆錢存入了銀行戶頭。他謊稱他的一個朋友替他賭馬贏了錢，但他說不出這個朋友的名字。他說他肯定是無意中錯把那個盒子放進口袋裡。我覺得那是一個非常站不住腳的藉口，不是嗎？他本來可以找到一個更好的理由……我不得不去作證。我的照片遍布所有報紙。我的公關說這是引起公眾注意的好辦法，不過我更寧願找回那顆蛋白石。」

她悲哀地搖了搖頭。

「吃一點鳳梨罐頭好嗎？」賈德先生說。

納恩小姐一下子笑逐顏開。

「在哪兒？」

「我剛給了你。」

納恩小姐看看她後面，又看看她前面，看見了她灰色絲質小提包，然後又把放在她旁邊地上的一個紫色絲質大皮包拿起來，開始慢慢地把皮包裡的東西掏出來放在桌子上，沙特衛先生津津有味地看著。

裡面有一塊粉撲、一支口紅、一個小珠寶盒、一束羊毛、又一個粉撲、兩條手帕、一盒巧克力醬、一把琺瑯質的拆信刀、一面鏡子、一個深褐色的小木盒、五封信、一顆胡桃、一小方淡紫色的中國縐紗、一條緞帶和一些牛角麵包屑。最後是鳳梨罐頭。

「Eureka[14]！」沙特衛先生溫柔地小聲說。

「您說什麼？」

「沒什麼。」沙特衛先生匆匆地說，「好漂亮的拆信刀啊。」

「是啊，確實是。某個人送給我的。我想不起來是誰了。」

「那是個印度盒子，」湯林森先生說道，「巧妙的小玩意兒，不是嗎？」

「也是某個人送給我的，」納恩小姐說，「我擁有它好久了。過去它通常是放在我劇院的梳妝台上，但我不認為它很漂亮，你覺得呢？」

那個盒子是用沒有花紋的深褐色木頭做的。開關在側面。盒子上方是兩片木頭蓋，可以轉來轉去。

「不漂亮，也許吧，」湯林森先生輕笑了一聲說，「但我打賭你從未見過類似的盒子。」

沙特衛先生向前傾了傾身子。他有一絲興奮。

「為什麼你說它巧妙？」他質問道。

「哦，不是嗎？」

法官求助於納恩小姐。她茫然地看著他。

「我想我不應該表演這個小把戲吧，呃？」

納恩小姐依然看起來一片茫然。

「什麼把戲？」賈德先生問。

「上帝保佑，你不知道嗎？」

他環視四周疑惑的面孔。

「真想不到。我能把盒子拿過來一分鐘嗎？謝謝你。」

他把盒子打開。

「現在，誰能給我什麼東西好放進去，不要太大。這是一小塊格律耶乳酪。這就很管用了。我把它放進去，關上盒子。」

14　希臘語，意思是「我找到了」。

他用手摸索了一會兒。

「現在看好啊。」

他又打開了盒子。裡面是空的。

「哦，我從來不知道，」賈德先生說，「你是怎麼弄的？」

「非常簡單。把盒子翻過來，把左邊的那個蓋子轉半圈，然後關住右邊的那個蓋子。現在想要再讓那塊乳酪回來，我們必須反過來。右邊的那個蓋子轉半圈，關住左邊的蓋子，仍然讓盒子上下顛倒。現在，說變就變！」

盒子開了。桌子四周一陣驚呼。那塊乳酪在那兒，但還有其他東西。一個圓圓的東西閃爍著彩虹的七彩光芒。

「我的蛋白石！」

叫聲響亮清晰。羅西娜・納恩直直地站著，兩手緊緊握在胸前。

「我的蛋白石！它怎麼會到那兒呢？」

亨利・賈德清了清嗓子。

「我，哦，我想，羅西娜，親愛的，肯定是你自己放在那兒的。」

有個人從桌邊站起來，踉蹌地衝到外面。那人是娜歐蜜・卡爾頓・史密斯。鬼豔先生跟著她。

「但是什麼時候？你是說……」

沙特衛先生看著她漸漸明白真相。她花了兩分多鐘才明白過來。

「你的意思是去年，在劇院。」

「你明白的，」亨利抱歉地說，「你確實是亂扔東西，羅西娜。瞧瞧你今天找魚子醬的事。」

納恩小姐正痛苦地追憶。

「我隨意把它放進去，然後我想我是轉動了盒子，碰巧撥弄它一下，然後，然後，」最終她說了出來。「但是艾歷．杰勒德根本沒偷東西。哦！」一聲洪亮的叫聲，深深打動人心。「多麼可怕啊！」

「哦，」維斯先生說，「現在可以糾正過來了。」

「是的，但是他已經在監獄裡待了一年。」然後她讓大家吃了一驚。她猛地轉向公爵夫人問道：「那個女孩是誰，那個剛剛出去的女孩？」

「卡爾頓．史密斯小姐，」公爵夫人說，「已經和杰勒德先生訂婚了。她對此事感到非常難過。」

沙特衛先生偷偷溜了出來。雪已經停了，娜歐蜜坐在石牆上，手裡拿著一本素描簿，一些彩色蠟筆散落在四周。鬼豔先生站在她身邊。

她把素描簿遞給沙特衛先生。畫得非常粗糙，但很有天分，萬花筒般的雪花漩渦，中心有個人影。

「非常好。」沙特衛先生說。

鬼豔先生抬頭看了看天空。

「暴風雪結束了，」他說，「路會很滑，但我認為現在不會出什麼事了。」

「不會出事的。」娜歐蜜說。她的聲音裡充滿了某種沙特衛先生不懂的含義。她轉過身來，朝他微微一笑……燦爛的一笑。「如果沙特衛先生願意，他可以和我一道乘車回去。」

他這時明白，她曾被多麼深的絕望所驅使。

「哦，」鬼豔先生說，「我必須和你們說再見了。」

他走開了。

「他要去哪兒？」沙特衛先生盯著他的身影說。

「我想，是回到他來的地方。」娜歐蜜以一種奇怪的聲音說。

「但……但那兒沒有任何東西，」沙特衛先生說，因為鬼豔先生正朝他們第一次見到他時的那個懸崖盡頭走去。「你知道，你自己說過那是世界的盡頭。」

他遞還給她素描簿。

「非常好，」他說，「非常像。但為什麼，呃，為什麼你把他畫成是穿著化裝舞會裝？」

她與他對視了一會兒。

「我看到的他，就像那個樣子。」娜歐蜜．卡爾頓．史密斯說。

12

小丑巷

The Mysterious Mr. Quin

沙特衛先生一直不太確信是什麼原因促使他去鄧曼家作客。他們和他不是同一類的人，也就是說，他們既不屬於上流社會，也不屬於有趣的藝術圈。他們是庸俗的人，既無趣又庸俗。沙特衛先生第一次遇見他們是在比亞里茲[15]，他接受了他們的邀請，然後赴約，結果待得很煩，但十分奇怪的是，他卻一來再來。

為什麼？六月二十一日，當他坐著他的勞斯萊斯再度駛出倫敦時，不禁這樣問自己。

約翰・鄧曼四十歲，體格健壯，在商界有一定的地位，受人尊敬。他的朋友們不是沙特衛先生的朋友，他的觀點更與沙特衛先生不同。他在他自己那一行是個非常機靈的人，但在此之外卻是毫無想像力。

我為什麼要這樣做？沙特衛先生又一次問自己，而唯一能夠找到的答案，在他看來又是如此模糊、如此荒謬，以至於他幾乎將之擱置一旁。因為唯一的原因是，那棟房子（一棟舒適、設備完善的房子）的其中一個房間勾起了他的好奇心。那個房間就是鄧曼夫人的專屬客廳。

那個房間很難被看作是她個性的體現，因為，就沙特衛先生目前的判斷來看，她毫無個性。他從未遇過如此缺乏表情的女人。他知道她在血統上是俄國人。約翰・鄧曼在歐戰爆發時去過俄國，與俄軍打仗，在革命爆發時僥倖逃生，帶回了這個身無分文的俄羅斯難民。不顧父母強烈的反對，他娶了她。

鄧曼夫人的房間一點也不特別。質地良好的赫普懷特家具[16]把房間裝飾得非常出色，格調上偏向男性化。但有一樣東西與整個房間很不協調：一面上了漆的中國屏風……一件乳黃與淡玫瑰色相間的藝術品。任何一家博物館都會很高興擁有它。它是件珍品，稀有而美麗。

它與房間濃重的英國背景極不搭調。它本應是房間的基調，放置的一切東西都應和它精巧地協調。然而，沙特衛先生無法指責鄧曼夫婦缺乏品味，因為整棟房子的其他東西都配合得完美無缺。

他搖了搖頭。那件東西雖然微不足道，卻令他十分困惑。他確實相信，正因為這一點，他才一次又一次地來到這棟房子。可能它是一個女人的一時興致，但當他想起鄧曼夫人的樣子……一個面貌嚴厲的文靜女人，講著準確的英語，以至於沒人會猜到她是個外國人……這個答案便無法讓他滿意。

汽車在他的目的地停下來，他下了車，思緒依然停留在那面中國屏風上。鄧曼夫婦的房子叫「榛木坪」，占地五英畝左右，坐落在梅爾頓市，梅爾頓離倫敦三十英里，海拔五百英尺，那兒的住戶大都收入豐厚。

管家禮貌地接待了沙特衛先生。鄧曼先生和夫人都出門去參加一個彩排，他們希望沙特

15 比亞里茲（Biarritz），法國西南部城鎮。

16 赫普懷特家具（Hepplewhite），十八世紀英國的一種家具式樣，以輕巧、雅致著稱。

衛先生能感到賓至如歸，等他們回來。

沙特衛先生點點頭，便按照吩咐進了花園。草率地查看了一下花圃，漫步走到一條林蔭路上，不一會兒來到一扇開在牆上的門前。門沒上鎖，他穿過門，進入一條狹窄的小徑。

沙特衛先生左看右看。一條非常迷人的小徑，高高的樹籬成蔭，綠意盎然，一條迂迴曲折的老式鄉間小徑。他想起那個蓋著郵戳的地址：榛木坪，小丑巷，也想起了鄧曼夫人曾經將當地人給它取的名字告訴他。

「小丑巷，」他溫柔地自言自語道，「不曉得……」

他拐了個彎。

不是當時，而是事後，他納悶為什麼這一次他見到這位來無影去無蹤的朋友——哈利・鬼黯先生——時並未感到驚訝。兩個男人緊緊地握了握手。

「所以你來這兒了。」沙特衛先生說。

「是的，」鬼黯先生說，「我和你在同一棟房子作客。」

「住在那兒？」

「是的。這使你吃驚嗎？」

「不，」沙特衛先生慢慢地說，「只是，哦，你從來不在任何地方久住，不是嗎？」

「只暫住於必要的時間內。」鬼黯先生嚴肅地說。

「我懂了。」沙特衛先生說。

他們繼續默默地走了幾分鐘。

「這條小徑。」沙特衛先生開口道，又停住了。

「屬於我。」鬼豔先生說。

「我想也是，」沙特衛先生說，「不知怎地，我想一定是的。它還有另一個名字，當地人給它取的名字，他們稱它『情人巷』。你知道嗎？」

鬼豔先生點點頭。

「但無疑，」他溫柔地說，「每個村子裡都有一條『情人巷』？」

「我想也是如此。」沙特衛先生說，微微嘆了口氣。

他突然覺得老了，與形勢不相宜，一個瘦小乾癟的老頑固。他的兩旁都是灌木籬，非常青翠，生機勃勃。

「我想知道，哪兒是這條小徑的盡頭？」他突然問道。

「它的盡頭，在這兒。」鬼豔先生說。

他們繞過最後一個彎。小徑盡頭是一塊荒地，幾乎就在他們腳下，是一個敞著的大坑。在裡面，罐頭盒在陽光下閃閃發光；還有一些已經生鏽成紅色的罐頭盒，已經失去光澤；還有舊靴子，報紙碎片；不計其數的零碎東西，對任何人都沒價值。

「一個垃圾堆。」沙特衛先生驚呼了一聲，深嘆了口氣，憤憤不平。

「有時候，在垃圾堆上也會有很美妙的東西。」鬼豔先生說。

「我知道，我知道！」沙特衛先生叫喊道，然後稍微有點忸怩地引述，「『上帝說，把那個城市裡最美麗的兩件東西拿給我』。你知道後面是什麼了吧，呃？」

鬼豔先生點點頭。

沙特衛先生抬頭看了看坐落在懸崖峭壁邊緣的那棟小屋的廢墟。

「不大可能成為一棟房子的一道美景。」他評論道。

「我猜，以前這兒不是個垃圾堆，」鬼豔先生說，「我想，鄧曼夫婦剛結婚的時候住在那兒。老人們去世後，他們搬進了大房子。那棟小屋被拆除了，他們開始挖掘這兒的岩石，但沒挖多少，你可以看得出來。」

他們轉過身來，順著原路返回。

「我猜，」沙特衛先生微笑著說，「在溫暖的夏夜，許多夫婦來這條小路散步。」

「可能。」

「情人們，」沙特衛先生說。他若有所思地重複著這個詞，根本沒有英國人通常的尷尬。鬼豔先生對他有很大影響。他繼續說：「情人們……你為情人們做了很多事，鬼豔先生。」

對方低著頭沒答腔。

「你使他們免於悲痛，免於遭受比悲痛更慘的遭遇，免於死亡。你一直是那些死者的辯護人。」

「你在說你自己，說你自己做過的事情，不是在說我。」

「是同一回事，」沙特衛先生說，「你知道這是同一回事，」他堅持道，而對方並不開口。「你只是透過我行動。因為某些原因，你不直接參與行動。」

「有時候我會親自行動。」鬼豔先生說。

他的聲音中有種新的口氣。沙特衛先生不自覺地微微哆嗦了一下。他想，那天下午一定會變得很冷。然而太陽看起來似乎和往常一樣明媚。

就在那時，一個女孩從他們前面的拐角走了出來，進入他們的視線。她是個非常漂亮的姑娘，金髮碧眼，穿著一件粉紅色的棉上衣。沙特衛先生認出她是茉莉·史坦葳，他以前曾在這兒碰見過她。

她揮揮手和他打招呼。

「約翰和安娜剛回來，」她大聲說道，「他們想你一定已經來了，但他們實在是不得不去參加那個彩排。」

「什麼彩排？」沙特衛先生問道。

「那種化裝舞會的彩排，我不太知道你會稱它什麼。裡面有唱歌、跳舞以及各式各樣的活動。你記得來過這兒的那個曼利先生嗎？他是個極棒的男高音。他演皮耶羅[17]，我演皮耶

17　皮耶羅（Pierrot），男丑角。

蕾[18]。兩位專業人士會來跳舞——哈利鬼豔[19]和卡倫芭茵[20]，你知道的。然後有個女孩們的大合唱。羅雪默夫人非常喜歡訓練村子裡的女孩們唱歌。她正在準備演出。音樂很美，但非常現代，簡直沒有任何主調。克勞德·魏凱。你可能認識他吧？」

沙特衛先生點點頭，因為，如前面已經提過的，認識每個人是他的工作。他知道那個雄心勃勃的天才克勞德·魏凱的全部情況，也了解那個愛慕年輕藝術家的胖猶太女人羅雪默夫人的一切。他也知道里奧伯·羅雪默爵士的全部，這位爵士希望他的妻子快樂，而且在丈夫們中很少見的是，他不介意妻子隨心所欲地玩樂。

他們發現克勞德·魏凱先生正和鄧曼夫婦喝著下午茶，他不加選擇地把手邊的任何東西塞進嘴裡，很快地聊著天，並揮動他那雙關節很長而且白皙的手。他那雙近視眼透過一副大角質框眼鏡凝視著。

約翰·鄧曼坐得筆挺，穿著有些花稍，完全稱不上時髦，正聽得有些不耐煩。沙特衛先生一出現，那位音樂家就把談話目標轉移到了他身上。安娜·鄧曼坐在那些茶點後面，像往常一樣沉默寡言、面無表情。

沙特衛先生偷偷地瞥了她一眼。高大，眼睛凹陷，非常消瘦，皮膚緊繃，顴骨突出，黑髮中分，飽經風霜的皮膚。一個常在戶外的女人，從不使用化妝品。一個荷蘭洋娃娃似的女人，毫無表情，沒有活力，然而……

他想，那張臉的後面本來應該有些情緒，事實上卻沒有。這就是一切不對勁的地方。是的，完全不對勁。

他對克勞德．魏凱說：「對不起，您剛才說什麼？」

喜歡自己嗓音的克勞德．魏凱重說一遍。

「俄國，」他說，「那是世界上唯一值得感興趣的國家。他們進行實驗。可以說，是用生命實驗。但他們仍然進行實驗。太了不起了！」他用一隻手把一塊三明治塞進嘴裡，又吃了一口拿在另一隻手裡揮舞的巧克力奶油捲。「比如，」他嘴裡塞得滿滿的，說道：「俄國芭蕾舞。」

他想起了女主人，轉向她，問她認為俄國芭蕾舞如何？

這個問題顯然只是另一個重點的序幕——克勞德．魏凱對俄國芭蕾舞的看法，但她的回答出人意料，完全使他亂了陣腳。

「我從來沒看過。」

「什麼？」他大張著嘴，吃驚地盯著她。「但無疑……」

18 皮耶蕾（Pierrette），女丑角。

19 哈利鬼豔（Harlequin），義大利、英國等喜劇或啞劇中剃光頭、戴面具、身穿雜色衣服、手持木劍的詼諧角色，亦是本書主角「哈利．鬼豔」的姓名合稱，此處採音譯。

20 卡倫芭茵（Columbine），哈利鬼豔的情人。

她的聲音繼續著，平穩而且毫無感情。

「我婚前是個舞者。所以現在……」

「過著照常工作的休假日。」她丈夫說。

「舞蹈。」她聳了聳肩。「我知道它所有的把戲。我對它不感興趣。」

「哦！」

不一會兒克勞德就恢復了鎮靜，繼續說下去。

「談到生命，」沙特衛先生說，「和對他們進行的實驗。俄國人做了一個代價極其昂貴的試驗。」

克勞德．魏凱突然轉過身來。

「我知道你想說什麼，」他大聲喊道，「卡薩諾娃！不朽的，唯一的卡薩諾娃！你看過她的舞蹈？」

「三次，」沙特衛先生說，「兩次在巴黎，一次在倫敦。我永遠不會忘記。」

他幾乎是恭敬地說。

「我也見過她。」克勞德．魏凱說，「我當時十歲。一位叔叔帶著我。上帝！我永遠不會忘記。」

他猛地把一塊小麵包扔到花圃裡。

「在柏林的一家博物館裡有一尊她的雕像，」沙特衛先生說，「實在令人難以置信。給人一種纖弱的感覺，好像你用指甲輕輕一彈，她就會化為碎片。我看過她扮演的卡倫芭茵，還有在《天鵝》中扮演垂死的森林仙子。」他停頓了一下，搖了搖頭。「天才。再誕生另一個這樣的天才需要好多好多年。她當時也很年輕。在革命一開始的那些日子就被蠻橫無知地毀掉了。」

「傻瓜！瘋子！笨蛋！」克勞德．魏凱說。他被一口茶嗆到。

「我和卡薩諾娃學習過，」鄧曼夫人說，「我很清楚地記得她。」

「她很出色吧？」沙特衛先生說。

「是的，」鄧曼夫人平靜地說，「她是很出色。」

克勞德．魏凱離開了，約翰．鄧曼欣慰地長舒了口氣，把他的妻子逗得大笑。

沙特衛先生點點頭。

「我知道你想什麼。但不管怎樣，那位老兄寫的確實是音樂。」

「我想是的。」鄧曼說。

「哦，當然。不過會維持多久，哦，那就是另一回事了。」

約翰．鄧曼好奇地看著他。

「你的意思是？」

「我的意思是成功來得早了些。這很危險，一向很危險。」他看著對面的鬼豔先生。

「你同意我的看法嗎？」

「你總是正確的。」鬼豔先生說。

「我們到樓上我的房間吧，」鄧曼夫人說，「那兒很舒適。」

她帶路，他們跟著她。當沙特衛先生看到那面中國屏風時，深吸了口氣。他抬頭一看，發現鄧曼夫人正看著他。

「你的看法向來正確，」她緩緩地朝他點點頭說，「你覺得我的屏風如何呢？」

他覺得在某種程度上，這些話對他是個挑戰，他近乎猶豫地做了回答，有點結結巴巴地說了幾個詞。

「嗯，它……它很漂亮。此外，它很特別。」

「你說對了。」鄧曼從後面走過來。「我們結婚初期買了它。花的錢只不過是它價值的十分之一，但儘管如此，哦，它還是使我們拮据了一年多。你記得嗎，安娜？」

「是的，」鄧曼夫人說，「我記得。」

「事實上，當時我們根本負擔不起。現在，當然情況不同了。幾天前，佳士得拍賣會上低價出售一些非常好的漆器。正是我們需要的，好讓這個房間更完美。這一下就全是中國風格了，然後把其他東西清除出去。你相信嗎，沙特衛，我太太對這想法聽不進去。」

「我喜歡房間現在的樣子。」鄧曼夫人說。

她的臉上有一種令人難以捉摸的表情。沙特衛先生又一次覺得她在向他挑戰，他被打敗了。他看了看四周，第一次注意到房間裡沒有任何個人特有的格調。沒有照片，沒有鮮花，沒有小擺設。根本不像一個女人的房間。要不是那面與房間風格格格不入的中國屏風，這房間看起來簡直就是某個大家具公司的樣品陳列室。

他發現她正朝他微笑著。

「聽著，」她說。她俯身朝前，一時間，她似乎少了些英國味，更確切地像個外國人。「我對你說是因為你會明白。我們買那個屏風用的不只是錢，還有愛。喜歡它，是因為它漂亮、獨特，我們沒有其他東西——那些我們需要和想要的東西——日子也應付得過去。至於我丈夫提及的那些花錢便可買到的中國藝品，我們無須付出自己的任何東西。」

她的丈夫大聲笑了。

「哦，你想怎樣就怎樣吧，」他說，但聲音裡有一絲惱怒。「不過它與這個房間的英式背景一點也不協調。這裡的其他家具，絕對是同類中的好產品，名副其實，不攙假，但很平庸。質地優良樸素的赫普懷特後期式家具。」

她點點頭。

「優良，名副其實的英國貨。」她小聲溫柔地說。

沙特衛先生盯著她。他發現這些話別有含義。英國風格的房間，中國屏風的絢麗……不，它又溜走了。

「我在那條小路上遇見了史坦葳小姐，」他隨意地說，「她告訴我，她將在今晚的演出中扮女丑角。」

「是的，」鄧曼說，「她也非常棒。」

「她的腳不靈巧。」安娜說。

「胡說，」她丈夫說，「所有的女人都一樣，沙特衛，忍受不了別的女人被誇獎。茉莉是個非常漂亮的女孩，所以當然每個女人都不斷找機會攻擊她。」

「我談的是舞蹈，」安娜．鄧曼說。她似乎有些驚訝。「她是非常漂亮，是的，但她的腳移動不靈活。你無法反駁我，因為我知道舞蹈是怎麼回事。」

沙特衛先生巧妙地把話題岔開了。

「聽說你請了兩位從大城市來的職業舞者？」

「是的。來跳芭蕾舞。奧拉諾夫王子開車接他們來。」

「瑟吉斯．奧拉諾夫？」

這個問題是安娜．鄧曼問的。她丈夫轉過身來看著她。

「你認識他？」

「我以前認識他，在俄國。」

沙特衛覺得約翰．鄧曼看起來心煩意亂。

「他會認出你嗎？」

「是的，他會認出我。」

她大聲笑了，一種低沉的、幾乎是洋洋得意的笑。現在她臉上沒有任何荷蘭洋娃娃的表情了。她肯定地朝她丈夫點點頭。

「瑟吉斯。這麼說他帶來兩個舞者。他一直對舞蹈感興趣。」

「我記得。」

約翰・鄧曼魯莽地說，隨即轉身離開了房間。鬼豔先生尾隨其後。安娜・鄧曼走到電話旁，問了問號碼。當沙特衛先生正準備像其他兩個男人一樣出去的時候，她打了個手勢留下了他。

「請找羅雪默夫人接電話。哦！你就是。我是安娜・鄧曼。奧拉諾夫王子到了沒？什麼？什麼？哦，天哪！真可怕啊。」

她傾聽了一會兒，才將話筒放回原處，轉向沙特衛先生。

「出了場車禍。這就是瑟吉斯・伊凡諾維奇駕車的結果。哦，他這些年來一點都沒變。那個女孩傷得不很重，但有瘀傷，而且嚇呆了，所以今晚無法跳舞。那位男士的手臂骨折。瑟吉斯・伊凡諾維奇本人沒受傷。也許那個傢伙只顧自己死活。」

「那今晚的演出怎麼辦？」

「沒錯，我的朋友，我們必須處理。」

她坐在那兒沉思著。不一會兒她看著他。

「我是個很糟的女主人，沙特衛先生。我沒有好好招待你。」

「我向你保證，沒有這個必要。有件事，鄧曼夫人，我非常想知道。」

「什麼？」

「你是怎麼遇上鬼豔先生的？」

「他經常來這兒，」她緩緩地說，「我想他在這一帶擁有土地。」

「是的，是的。他今天下午也這樣告訴我。」沙特衛先生說。

「他是……」她猶豫了一下。她的目光和沙特衛先生的目光相遇了。「我想你比我更了解他是個什麼樣的人。」她最後說道。

「我？」

「不是嗎？」

他覺得很苦惱。他敏感地覺察到她的心煩意亂，覺得她希望他更深入一些，而這個深度是超過他的準備，她想讓他把那些他自己還未準備好承認的東西用語言表達出來。

「你知道的！」她說，「我認為你知道大多數事情，沙特衛先生。」

這是恭維，但這一次沙特衛先生沒有陶醉。他以少有的謙遜態度搖了搖頭。

「人們能知道什麼呢？」他問道，「極少，非常非常少。」

她贊同地點了點頭。不久她又說話了，聲音奇怪地沉重壓抑，目光沒有看著他。

「如果我告訴你一些事，你不會笑吧？對，你不會笑。那麼，假如為了繼續一個人的……」她躊躇了一下。「一個人的職業，一個人的專業，這個人要是利用一種假象，這個人要是假裝自己是某個不存在的人，這個人要是想像出某個特定的人……你明白，這是假裝，如此罷了。但某一天……」

「出了什麼事嗎？」沙特衛先生問道。

他產生了強烈的興趣。

「這個假象成真了！想像的那件事，不可能的那件事，變成真的！這是瘋狂嗎？告訴我，沙特衛先生。這是瘋狂嗎，或是你也這樣認為？」

「我……」奇怪的是他說不出話來。好像有什麼東西卡在喉嚨裡。

「愚蠢，」安娜．鄧曼說，「愚蠢。」

她像一陣風似地走出了房間，把沙特衛先生留在那兒，還有他未說出的表白。

他下來吃晚餐時，發現鄧曼夫人正在招待一位客人，一個將近中年、高大黝黑的男人。

「奧拉諾夫王子，沙特衛先生。」

兩人鞠躬致意。沙特衛先生感覺因為他的介入，某個談話被打斷了，而且不會再重新繼續下去，但並沒有緊張的氣氛。兩位俄國人輕鬆自然地談著那些沙特衛先生覺得最親切的話題。他是個非常有藝術品味的人，他們很快發現他們有很多共同的朋友。約翰．鄧曼加入他們，話題侷限了。奧拉諾夫對車禍表達了他的歉意。

「那不是我的過錯。我喜歡開快車，是的，我是個好駕駛。那是命運。運氣，」他聳了聳肩。「主宰我們所有人。」

「你身上表現出了俄國人的性格，瑟吉斯．伊凡諾維奇。」鄧曼夫人說。

「在你那裡找到了回應，安娜．米卡羅夫娜。」他迅速回擊道。

沙特衛先生逐次看了看他們三個人。約翰．鄧曼，金髮，冷淡，英國人，另外兩人，黝黑，瘦削，相似得令人感到奇怪。某種東西從他的腦海中冒了出來，那是什麼？哦！他現在明白了。〈女武神〉[21]中的第一幕。西格蒙德和西格林德——非常相像——還有異鄉人洪丁。他腦子裡開始猜測。這就是鬼豔先生出現的含義嗎？他深信的一點是，不論鬼豔先生在哪兒露面，哪兒就有戲上演。就是這個嗎？老掉牙的三角悲劇？

他隱約有些失望。他本來希望更好的事情。

「事情安排好了嗎，安娜？」鄧曼問道，「我想這件事不得不延遲。我聽見你打電話給羅雪默夫婦了。」

她搖了搖頭。

「不，沒必要延遲。」

「但沒有芭蕾舞不行吧？」

「沒有男女丑角哈利鬼豔和卡倫芭茵，當然無法算啞喜劇，」安娜．鄧曼冷冷地贊同道，「我打算演卡倫芭茵，約翰。」

「你？」

他大吃一驚而心慌意亂……沙特衛先生想。

她鎮定自若地點點頭。

「你不必害怕，約翰。我不會丟你的臉。你忘了，那曾是我的職業。」

沙特衛先生心想，聲音是多麼不可思議的東西啊！它說的話，和它未說的那些話，還有那些話的含義！我希望我知道……

「哦，」約翰．鄧曼勉強地說，「那就解決了問題的一半。但另一半怎麼辦？你從哪兒能找到哈利鬼豔？」

「我找到他了……在那兒！」

她朝敞著的門口做了個手勢，鬼豔先生剛好在那兒露面。他朝她微微一笑。

「上帝呀，鬼豔，」約翰．鄧曼說，「你了解這齣戲嗎？我永遠想不到這一點。」

「一位專家為鬼豔先生作保，」他的妻子說，「沙特衛先生為他負責。」

她朝沙特衛先生微微笑了，那個矮小的男人發現自己小聲說：「哦，是的，我為鬼豔先生作保。」

鄧曼的注意力轉到了其他地方。

「你知道，之後要有一個化裝舞會。真煩人。我們不得不幫你找衣服，沙特衛先生。」

21 〈女武神〉（Die Walküre）是德國作曲家華格納所做的四聯劇《尼伯龍根的指環》（*Der Ring des Nibelungen*）中的第二部分。

沙特衛先生非常果決地搖了搖頭。

「我的年齡為我提供了一個藉口。」他突然想出了一個好主意，把一條餐巾挾在腋下。「我是一個經歷過好日子的老侍者。」

他大聲笑了。

「一個有趣的職業，」鬼豔先生說，「一個能看到許多事情的職業。」

「我得穿上可笑的丑角戲服，」鄧曼陰鬱地說，「反正天氣涼了，這一點得考慮。你呢？」他看著奧拉諾夫。

「我有一套哈利鬼豔的戲服。」那個俄國人說。他的目光在女主人的臉上徘徊了一陣子。

沙特衛先生覺得他們之間的氣氛一時有些緊張，卻又懷疑這是否只是他的錯覺。

「可能要有三個小丑啦，」鄧曼笑著說，「我有一套舊的哈利鬼豔戲服。那是我和太太新婚不久之後參加演出時，她為我做的。」他停下來，低頭看了看自己寬闊的前胸。「我想現在我已經穿不下了。」

「是的，」他的妻子贊同道，「現在你穿不下了。」

她的聲音中再次透出弦外之音。

她抬頭掃了一眼鐘。

「如果茉莉再不來，我們就不等她了。」

她話音剛落，僕人便進來傳報茉莉到了。她已經穿好女丑角的白綠相間戲服。沙特衛先生認為她這身打扮非常迷人。

她對即將來臨的演出興奮異常、熱情洋溢。

「但我緊張得不得了，」她向用畢晚餐、正在享用咖啡的眾人說，「我知道我的聲音會顫抖，而且我會忘記台詞。」

「你的嗓音很迷人，」安娜說道，「如果我是你，我就不會擔心。」

「哦，可是我真的擔心。其他的我倒不擔心，我的意思是舞蹈。肯定不會出差錯。我是說，我的腳是不會出太大錯誤，你說呢？」

她希望得到安娜的認同，可是安娜沒有對她的話做出任何反應。相反地，她說道：「給沙特衛先生唱幾句。你會發現他會鼓勵你。」

茉莉走到鋼琴前。她的聲音清新悅耳，唱的是一首古老的愛爾蘭民謠。

希拉，

陰鬱的希拉，你看到的究竟是什麼？

你看到的究竟是什麼，你在火中看到了什麼？

我看到一個愛我的少年，我看到一個離我而去的少年，

第三個少年，他是個幻影，是他令我悲傷。

她繼續唱著。唱完之後，沙特衛先生使勁點著頭，讚不絕口。

「鄧曼夫人說得沒錯。你的嗓音真迷人。也許並未受過全面的訓練，可是自然得令人欣喜，裡面充溢著毫不造作的青春氣息。」

「沒錯，」約翰・鄧曼說，「你就勇往直前吧，茉莉，別因為怯場而退縮。我們現在該去羅雪默爵士家了。」

大夥散去，分別穿上自己的斗篷。夜色迷人，他們都同意步行到相距只有幾百碼的目的地。

沙特衛發現走在自己身旁的是他的老朋友。

「真奇怪，」他說，「那首歌讓我想到了你。第三個少年，他是個幻影，聽起來很神祕，而每當有神祕的事件出現時，我，嗯，就會想到你。」

「我這麼神祕嗎？」鬼豔先生對他微笑著。

沙特衛先生拚命點頭。

「是真的。你知道嗎，在今晚之前，我根本不知道你是個職業舞者。」

「真的嗎？」

「你聽，」沙特衛先生哼著〈女武神〉的愛情主題。「吃晚餐的時候，我一看到他們兩個人，腦子裡就盤旋著這支曲調。」

「哪兩個人？」

「奧拉諾夫王子和鄧曼夫人。難道你沒發現她今晚與平時不大一樣嗎？就好像……就像一扇百葉窗突然被打開了，你可以看見裡面的光芒。」

「是的，」鬼豔先生說，「也許的確如此。」

「又是一齣老戲，」沙特衛先生說道，「我說得沒錯，對吧？他們兩個人很相配。他們來自同一個世界，他們的想法相同，他們的夢想也相同……誰都能夠看出一切的起因。十年前，鄧曼一定十分英俊年輕，朝氣蓬勃又浪漫。他救了她的命。一切都順理成章。可是如今，他究竟如何呢？一個好人，富有，成功，可是，哦，平庸。坦誠老實的英國男子，很像樓上的赫普懷特式家具。他英國化得——而且普通得——就像那位未經訓練嗓音清新的漂亮英國女孩。哦，你可以笑，鬼豔先生，可是你無法否認我說的話。」

「我什麼都不否認。你的觀點一向正確。不過……」

「不過什麼？」

鬼豔先生的上身向他斜傾著。他黑色而憂鬱的雙眼追尋著沙特衛先生的目光。

「你對人生的感悟難道如此少嗎？」他吐出一句話。

他的話令沙特衛先生隱約感到忐忑，陷入了沉思。待他回到現實中，發現由於他遲遲選不出圍巾，別人都已撇下他出發了。他從花園穿了出去，走的是下午走過的同一道門。小路沐浴在月光中。雖說他站在門旁，卻可以看見前面有兩個人四臂交纏相擁。

起初，他認為是……

但是他立即看清了。約翰・鄧曼和茉莉・史坦葳。鄧曼的聲音飄了過來，粗啞而痛苦。

「沒有你我活不下去。我們該怎麼辦？」

沙特衛先生轉身想從原路退回去，卻被一隻手拉住了。還有一個人站在門邊，就在他身旁，這個人也看到了這一幕。

沙特衛先生剛剛看到她臉上的表情，便意識到自己的判斷多麼不著邊際。

她那隻傳遞痛苦的手一直抓著他，直到他們前面的兩個人走上了小路，消失在視野之外。他聽到自己對她說話，說的全是安慰的傻話，可是根本無法緩解料想中的痛苦。他覺得自己滑稽可笑。她只說了一句話。

「請你，」她說，「不要離開我。」

他覺得這句話出奇地令他感動不已。就在那一刻，他是一個有用的人。他繼續說著一些毫無意義的詞句，但這些話無論如何勝過沉默。他們朝羅雪默爵士家走去。她搭在他肩頭的手不時地抓緊一些，又放鬆開來。他明白，她很高興有他陪在身邊。等他們走到目的地，她才把手放了下來。她全身挺拔，高揚著頭。

「現在，」她說，「我要跳舞！別為我擔心，我的朋友。我要跳舞。」

她驀地轉身走了。羅雪默夫人撲到他的身邊。她珠光寶氣，不停地表達著自己的失望。她又把他介紹給克勞德・魏凱。

「毀了！全毀了。這種事總發生在我身上。所有的鄉巴佬都覺得自己會跳舞。甚至沒有人徵詢過我的意見……」

他不停地說著，不容他人打斷。他終於找到了一位耐心的聽眾，一個內行人。他毫無節制地自憐不已。第一串音符響起的時候，他才不得不住了嘴。

沙特衛先生從夢境中走了出來。他十分警覺，又一次開始審視形勢。魏凱是一個十足的蠢驢，可是他會作曲……精緻而像遊絲般虛無縹緲的音樂，就像神話中的絲綢一樣不可捉摸，卻一點也不矯揉造作。

場景布置得很好。羅雪默夫人資助她的被保護人時，從不計較開支。燈光照明的效果，給阿卡迪的林間空地營造了恰如其分的非現實氣氛。

兩人跳著舞，彷彿他們穿越了遠古洪荒。身形細長的哈利鬼豔手持魔杖，臉罩面具在月光下閃閃發亮……身著白衣的卡倫芭茵腳尖立地，不停地旋轉著，就像不朽的長夢似地……

沙特衛先生端坐了起來。他經歷過這種場面。是的，毫無疑問……

此時，他的身軀已不在羅雪默夫人的客廳，而是身處柏林的一家博物館，站在不朽的卡倫芭茵的小雕像旁。

哈利鬼豔和卡倫芭茵繼續跳著舞。寬闊的世界是他們的舞台……

月光中出現了一個人形。皮耶羅在樹林中四處遊蕩，對著月亮歌唱著。這是見過卡倫芭茵美貌的皮耶羅，他不知疲倦。兩位仙人消失在幕後，但臨走之時，卡倫芭茵回眸一瞥。她已經聽到了發自一個人的心靈歌聲。

皮耶羅在林中繼續遊蕩……燈光滅了……黑暗之中，他的聲音漸漸消失在遠方……

村裡的草坪上，女孩們在跳舞，還有男丑角和女丑角。茉莉是皮耶蕾。沒有舞者安娜．鄧曼在當場，可是她唱起她的歌「在草地上起舞的皮耶蕾」，嗓音清新悅耳。

曲調很美，沙特衛先生邊想邊點了點頭。需要的時候，魏凱反而寫不出好曲子。村裡的大多數女孩都令沙特衛先生不寒而慄，不過他意識到羅雪默夫人執意要做個慈善家。

她們催著皮耶羅，要他加入她們的舞群。他拒絕了。面孔塗成白色的他繼續遊蕩著……永恆的戀人在追尋他的理想情人。夜幕降臨。哈利鬼豔和卡倫芭茵在舞群中穿進穿出地舞蹈著，卻不為她們所知。舞群退場之後，場景中只有皮耶羅一人。他精疲力竭，在長滿綠草的河岸上熟睡著。哈利鬼豔和卡倫芭茵圍著他翩然起舞。他醒來了，看到了卡倫芭茵。他向她求愛，卻只是徒勞一場；他請求著，哀求著……

她猶豫不決地站在那裡。哈利鬼豔在召喚她離去。可是她沒有看到他的動作。她正在聆聽皮耶羅再次唱出的情歌。她倒在他的懷裡。幕落。

第二幕是在皮耶羅的農舍。卡倫芭茵坐在壁爐邊，面色蒼白，精神委頓。她側耳聆聽……聽什麼？皮耶羅對她唱著歌，把她的思緒又引回到他身上。夜色降臨。雷聲陣陣……卡倫芭茵把紡車推到一旁。她心緒激動，波瀾起伏……她不再聽皮耶羅的歌聲。她聽到的是縹緲於空中她自己的音樂，屬於哈利鬼豔和卡倫芭茵的音樂……她醒了。她想起了過往。一聲炸雷！哈利鬼豔站在門口。皮耶羅看不到他，可是卡倫芭茵歡笑一聲，一躍而起。

小孩子相擁著向她跑來，可是她把他們推到一邊。又一聲炸雷之後，農舍的四壁倒塌了。卡倫芭茵隨著哈利鬼豔一起向茫茫夜色中舞去。

黑暗中，皮耶蕾唱過的曲調重新響了起來。燈光漸明，農舍又出現了。皮耶羅和皮耶蕾都蒼老了，兩人坐在壁爐前的兩把扶手椅上。音樂很歡快，但是也很輕柔。皮耶蕾坐在椅子上點著頭。透過窗戶，一束月光射了進來。早被遺忘的皮耶羅的情歌主題響了起來。他在椅子上動了動。

縹緲的音樂──仙樂──哈利鬼豔和卡倫芭茵站在門外。門被推開。卡倫芭茵舞蹈著進了農舍。她俯身親吻睡夢中的皮耶羅的嘴唇……

轟隆！一聲雷鳴。她出了農舍。舞台中央是被照亮的窗戶。透過窗戶可以看見哈利鬼豔和卡倫芭茵兩人的身影漸舞漸遠，逐漸變得愈來愈模糊。

一根圓木從屋頂上落下來。皮耶蕾憤怒地跳了起來，衝到窗口，拉下百葉窗。在一陣突然的不和諧音調中，舞劇結束了。

在一片鼓掌聲和喝采聲中，沙特衛先生一動不動地坐著。最終，他起身從眾人之間走了出去。碰巧，他遇到了茉莉．史坦葳。她滿臉紅暈，激動不已，接受著大家的祝賀。他也看到了約翰．鄧曼在人群中左推右擋，向她擠了過來，眼中燃燒著新的火焰。茉莉向他迎上前去，但他幾乎是下意識地把她推到了一旁。他要尋找的不是她。

「我太太呢？她在哪兒？」

「我想她到花園裡了。」

然而，找到她的人卻是沙特衛先生。她正坐在一株柏樹下的大石頭上。他向她走了過去，做了一個奇怪的動作。他單膝著地，把她的手舉到自己唇邊，吻了吻。

「啊！」她說，「你認為我跳得很好？」

「你今天跳得和以往一樣，卡薩諾娃夫人。」

她猛地吸了一口氣。

「看來，你猜到了。」

「卡薩諾娃只有一個。任何人看過你的舞蹈都無法忘記。不過這是為什麼，為什麼？」

「還會有什麼原因？」

「你的意思是？」

她談吐一向簡練。現在，她的話一樣簡潔。

「噢！不過你會理解的，你閱歷豐富。一個傑出的舞蹈家，她可以有情人，是的，可是說到丈夫就不同了。他……他不希望有其他人出現。他希望能完完全全擁有我，但卡薩諾娃從來不可能完全屬於某一個人。」

「我明白了，」沙特衛先生說道，「我明白了。所以你放棄了？」

她點了點頭。

「你一定深愛著他。」沙特衛先生輕聲說。

「才會做出這樣的犧牲？」她笑了。

「不全是，才會過得如此輕鬆愉快。」

「啊，是的，也許，你說得很對。」

「現在呢？」沙特衛先生問道。

她的表情又變得嚴肅了。

「現在？」她停下來，然後又揚聲向樹影深處喊了一句：「是你嗎，瑟吉斯．伊凡諾維奇？」

奧拉諾夫王子應聲走到月光中。他握住她的手，毫不忸怩地朝沙特衛先生微微一笑。

「十年前，我為安娜．卡薩諾娃的去世痛苦不堪，」他簡單說道，「她對於我來說，就是我的另一半。今天我又找到她，我們再也不會分離了。」

「十分鐘之後，在小路盡頭，」安娜說道，「我一定不爽約。」

奧拉諾夫點頭離去。她又轉向沙特衛先生，一絲笑意在她嘴角若隱若現。

「嗯，你不滿意嗎，我的朋友？」

「你知道嗎，」沙特衛脫口而出。「你的丈夫在找你？」

他看到一陣戰慄在她的面龐上一閃而過，可是她的聲音依舊十分堅定。

「是啊，」她面無表情地說，「可能是吧。」

「我看到了他的雙眼，它們……」他突然停頓。

她依舊無動於衷。

「是的，也許是的。一個小時而已。一個小時的奇蹟，來自於往昔的記憶，來自於音樂，來自於月光，僅此而已。」

「這麼說，我說什麼都沒用嗎？」他突然覺得老邁而灰心。

「這十年來，我和我愛的人生活，」安娜・卡薩諾娃說道，「現在，我要去和這十年以來愛我的人生活。」

沙特衛先生沉默不語。他對此無法辯駁。而且，其實這似乎是最簡單的解決方法。只不過……只不過，不知道為什麼，這並不是他希望的結果。他感覺到她把手搭在他的肩頭。

「我明白，我的朋友，我明白。可是沒有第三種辦法。人們總是在尋找一種東西——愛情，完美永恆的愛情……人們聽到的是哈利鬼魖的音樂。任何情人都沒辦法使他們滿足，因為所有情人都是人。然而這個哈利鬼魖只是神話中的人物，一個無影無形的人物……除非……」

「除非，」沙特衛先生問道，「除非什麼？」

「除非，他的名字是死亡！」

沙特衛先生渾身一顫。她從他身邊走開了，被吞噬在一片黑暗之中。

他不知道自己在那裡坐了多久。不過，他猛地清醒了，覺得自己在浪費寶貴的時間。他急匆匆地邁開步子，幾乎不由自主地朝著一個方向走了過去。

他走上小路時，有種怪異的感覺，彷彿不是行走在現實中。魔法……魔法及月光！兩個人影向他走了過來。

身著哈利鬼豔戲服的奧拉諾夫。起初，他是這樣想。後來，他們從他身旁走過時，他明白自己搞錯了。那個柔軟而搖擺的身形只屬於一個人——鬼豔先生……

他們沿著小路繼續走著，他們的步履輕盈得恍如踩著空氣。鬼豔先生回頭張望著。沙特衛先生大吃一驚，因為他看到的臉孔並不是以前見到的鬼豔先生。那張臉變成一個陌生人，不，不是陌生人。啊！他認出來了，那是尚未經歷今日春風得意的約翰．鄧曼的臉。富於渴望和冒險精神，既是少年也是情人的臉龐……

她的笑聲向他飄來，清晰而快樂……他目送他們遠去；遠處閃著一間小農舍的燈光。他像夢中人一樣凝神目送著他們。

一隻手落在他的肩頭，把他粗魯地搖醒了。他的上身被扳過去面對著瑟吉斯．奧拉諾夫。他面色蒼白，焦慮不安。

「她在哪兒？她在哪兒？她答應了我，可是她沒來。」

「夫人沿著小路走了，獨自一人。」

說話的是鄧曼夫人的女傭。她站在他們身後的門口暗影裡，手中抱著她女主人的外衣，在那裡等著。

「我一直站在這兒，看見她走過去了。」她又補充了一句。

沙特衛先生對她厲聲喝道：「獨自一人？你是說，獨自一人？」

女僕的眼睛驚奇地睜大了。

「是的，先生。你難道沒看到嗎？」

沙特衛先生一把抓住奧拉諾夫。

「快，」他低語道，「恐怕，恐怕……」

他們匆忙沿著小路奔去。奧拉諾夫語無倫次地快速說著話。

「她真是不可思議的人。啊！她今晚的演出多迷人。還有你們的那位朋友。他是誰？啊！不過他真棒，真是不同凡響。以前她扮演林姆斯基·科薩科夫的卡倫芭茵的時候，從未找到完美的哈利鬼豔。莫多夫，卡斯寧，他們都不完美。她有她自己的小幻想。她對我說過一次。她一直和她夢中的哈利鬼豔跳舞，一個並不存在的人物。她說，和她一起跳舞的是哈利鬼豔本人。正是她的幻想使她的卡倫芭茵如此成功。」

沙特衛先生點著頭。他腦中只有一個念頭。

「快，」他說，「我們必須及時趕到。噢！我們一定要來得及！」

他們轉過最後一個彎，來到大坑旁，裡面躺著以前沒有的一具女人軀體，姿勢美妙絕倫，雙臂張開，頭顱後仰。月光下死寂的面孔和軀體歡欣而美麗。

沙特衛先生的腦海中出現了幾個模模糊糊的詞……那是鬼豔先生的話：「垃圾堆上也會

有很美妙的東西。」他現在明白它的意思了。

奧拉諾夫斷斷續續地說著話，淚水順著他的臉滑落下來。

「我愛她，我一直很愛她。」他說的話，就和沙特衛先生今天不久前偶然想到的話幾乎一模一樣。「我們來自同一個世界，她和我。我們有相同的想法、相同的夢想。我會永遠愛她……」

「你怎麼知道？」

奧拉諾夫愣然看著他，為他話中令人惱火的不耐憤憤不平。

「你怎麼知道？」沙特衛繼續說道，「所有戀人都這樣想，都這樣說，真正的情人只有一個……」

他轉過身，幾乎撞在鬼豔先生身上。沙特衛先生激動地抓住他的一隻手臂，把他拉到一邊。

「是你，」他問，「剛才是你和她在一起嗎？」

鬼豔先生沉默了一會兒，這才輕聲說：「如果你想這麼說，也無妨。」

「女傭沒看到你？」

「她沒看到我。」

「可是我看到了。為什麼？」

「也許，因為你所付出的代價，使你可以看到一些別人看不到的東西。」

沙特衛先生不解地盯著他看了好一會兒。然後他渾身發抖，像一片白楊樹葉。
「這是什麼地方？」他低語道，「這是什麼地方？」
「我今天對你說過了。這是我的小巷。」
「情人巷，」沙特衛先生嘟囔著，「人們都會沿著它走過。」
「大多數人，遲早會的。」
「在巷子的盡頭，他們找到的是什麼？」
鬼豔先生笑了，聲音極其輕柔。他指著他們視線上方破敗的農舍。
「他們夢想中的房子，或者是垃圾堆，誰知道呢？」
沙特衛先生猛地抬頭看他。
一股強烈的反抗湧上他的心頭。他覺得自己被欺騙了、被玩弄了。
「可是我……」他的聲音顫抖著，「我從來沒有走到你的小路盡頭……」
「你後悔嗎？」
沙特衛先生洩氣了。鬼豔先生似乎膨脹得碩大無邊……沙特衛先生眼前的一切既對他形成威脅，又令他恐懼……歡樂，悲傷，絕望。他坦然、弱小的靈魂被嚇得縮了回去。
「你後悔嗎？」鬼豔先生又問了一次。他令人感到恐懼。
「不，」沙特衛先生囁嚅道，「不。」
說過之後，他突然重振精神。

「但我可以看到很多東西，」他喊道，「也許我只是一個生活的旁觀者，但我可以看到旁人無法看到的東西。你自己也這樣說過，鬼豔先生……」

可是鬼豔先生已經消失得無影無蹤。

藏在日常細節中的冒險

楊照（作家）

一開始，就都在那裡了。

一九二〇年，阿嘉莎．克莉絲蒂出版了《史岱爾莊謀殺案》，神探白羅就已經退休了。而且在這個案子裡，藉由敘述者海斯汀的轉述，就鋪陳出克莉絲蒂小說最基本的偵探原則：

「那些看來或許無關緊要的小細節……它們才是重要的關鍵，它們才是偉大的線索！」

「豐富的想像力就像洪水一樣，既能載舟亦能覆舟，而且，最簡單直接的解釋，往往就是最可能的答案。」

「沒有任何謀殺行為是沒有動機的。」

還有，一個不討人喜歡的死者，一群各有理由不喜歡死者、因而也就都有殺人動機的人，這些人彼此之間構成複雜的關係，有的互相仇視，有的互相愛戀，麻煩的是，有些愛人其實貌合神離，有些仇人其實私下愛慕；更麻煩的是，不論是愛或是仇，都有可能是扮演出來的。

一個外來的偵探必須周旋在這些嫌疑者之間，從他們口中獲取對於案情的了解，換句話說，他必須在很短的時間內，搞清楚誰是誰、誰跟誰吵架、誰跟誰偷情，然後判斷誰說的哪一句是實話、哪一句是謊言。常常謊言比實話對於破案更有幫助。

再偷偷透露一下，如果要和小說裡的凶手及小說背後的作者鬥智，就像克莉絲蒂對英國社會的了解，祕訣就在於要去追究小說裡的人物背景，尤其是他們的階級地位。基本上，階級地位愈高、權力愈大、愈有錢者，說的話就愈不要相信。例如在《史岱爾莊謀殺案》中，僕人、園丁說的話遠比有頭有臉的人說的要可信多了。就算要說謊，他們的謊言也比較天真，而且往往出於善良動機。當你歸納線索時，就會知道他們並非故意說謊，那是因為他們的認知受到蒙蔽或誤導，而你慢慢就從這蒙蔽或誤導中被引導到真相。

《史岱爾莊謀殺案》出版那年，克莉絲蒂三十歲，但書稿其實早在五年前就寫好了，畢竟要找到有人願意出版一個看來再平凡不過的家庭主婦寫的小說，並不是那麼容易。

所有和克莉絲蒂接觸過的人，都對於她的「正常」留下深刻印象。她看起來就和她那個年紀的典型英國家庭主婦一樣，害羞、靦腆，只能在社交場合勉強跟人聊些瑣事話題，完全無法演講，甚至連只是站起來對眾賓客說幾句客套話，請大家一起舉杯，她都做不到。她不演講，也很少答應接受採訪，就算採訪到她也很難從她口中得到有趣的內容。她會講的，幾乎都是記者本來就知道、或者自己就可以想得出來的。

例如說白羅這個神探的來歷。克莉絲蒂回答：他應該是個外國人，這樣就能在英國日常生活中看出英國人自己看不出的線索。她自己碰過的外國人，只有第一次大戰剛爆發時到英國避難的比利時人。比利時警察怎麼能跑到英國來？那一定是因為他已經退休了。他有潔癖，所以對於現場會有特殊的直覺，馬上感受到不對勁的地方。一個有潔癖的人，好像應該長得矮小些才相稱，一個矮小有潔癖的人最適當的名字，就是希臘神話裡的大力士「赫丘勒斯（Hercules）」，製造出荒唐的對比趣味。那白羅這個姓是怎麼來的呢？克莉絲蒂很誠實地說：「我不記得了。」

一切都如此順理成章，一切都如此合邏輯，不是嗎？有記者問她怎麼看自己的舞台劇〈捕鼠器〉，創下了英國劇場、甚至全世界劇場連演最多場紀錄的名劇？克莉絲蒂的回答也還是中規中矩，合理合節：那是一齣小戲，在一個小劇院演出，成本很低，任何人想到了都可以帶家人或朋友去看，老少咸宜，並不恐怖，也不特別荒謬打鬧，可是又什麼都有一點，包括恐怖和荒謬打鬧的成分。

她的身上找不出一點傳奇、怪誕色彩，那她為什麼能在五十年間持續寫偵探小說，創造了那麼多謀殺，還創造了那麼多詭計？

首先因為她是女性，以及她的身世，包括她的階級身分，使得她在描寫故事場景時比一般男性作者來得敏感。因為在她之前的偵探推理小說男性作家的階級身分都是高高在上，基本上他們會從較高的角度看社會，比較看不到底層的感受。

而她的婚變以及婚變中遭逢的痛苦，都使她更能體會與觀察，將英國社會的複雜細節融入小說的核心情節，讓探案與線索分析結合在一起。

克莉絲蒂一生結過兩次婚，第一次在一九一四年，婚後不久，丈夫就參加了歐戰，是英國皇家空軍最早一批飛行員。一九二六年，這個丈夫有了外遇，直率地向克莉絲蒂要求離婚，在那之前，克莉絲蒂的媽媽才剛過世，雙重打擊之下，又遇到車子無法發動，克莉絲蒂崩潰了，她棄車而走，忘記了自己究竟是誰，躲進一家鄉間旅館，登記時寫了她心裡唯一有印象的名字——她丈夫情婦的名字。

離婚後，一次在晚宴中，有人提起近東烏爾考古的最新收穫，克莉絲蒂就取消了原定要去西印度群島的計畫，改訂了跨越歐洲到君士坦丁堡的「東方快車」，是的，就是這趟旅程給了她寫《東方快車謀殺案》的靈感。不過更重要的是，在烏爾，她認識了一位年輕的考古學家，比她小十四歲，這個人後來成了她的第二任丈夫。

這位考古學家陪她去參觀在沙漠中的烏克海迪爾城，卻在沙漠中迷路困陷了。幾小時中克莉絲蒂卻沒有一點驚慌不安，當下考古學家就決定要向她求婚。

原來，克莉絲蒂的內心是有這種冒險成分的。要不然她不會兩次選到的，都是喜愛冒險的丈夫，而她本身大概也不會吸引一個在各種危險情境下挖掘古代寶藏的人，讓他願意向一個大他十四歲的女人求婚。

這樣說吧，維多利亞時代後期的英國環境，壓抑限制了克莉絲蒂冒險、追求傳奇的內在衝動，她只好將這樣的衝動寄託在丈夫和寫作上。她一邊陪著第二任丈夫在近東漫走，一邊在小說中寫各式各樣的謀殺與探案。謀殺和探案都是冒險，還有，偵探偵查中做的事——蒐集線索，還原命案過程——其實和考古學家的考掘，如此相似！

克莉絲蒂寫得最好的，正是「藏在日常中的冒險」。她個性中的雙面成分，造就了特殊的偵探魅力。既嚮往非常傳奇，卻又有根深柢固的日常邏輯信念，兩者都在克莉絲蒂的小說中扮演了重要角色。她的謀殺案幾乎都和日常習慣緊密編織在一起，日常環境成了凶手最重要的掩護。有些日常規律明顯地被破壞了，讓我們很自然以為那會是謀殺的線索，沿著這些線索形成了閱讀中的推理猜測，然而白羅早就提醒了，真正重要的反而是那些「細節」，也就是看來像是依隨日常邏輯進行的事，或說藏在日常邏輯中因而不被看重的事，那裡要嘛藏著凶手的核心詭計、煙幕，要嘛藏著凶手致命的破綻。

凶案的構想，就是如何讓異常蓋上日常、正常的面貌，又如何故意將日常、正常予以扭曲，製造假象；那麼偵探要做的，就是如何準確地在日常中分辨出真正的異常，將假的、明顯的異常撥開來，找出細節堆疊起來的異常真相。

此外，克莉絲蒂的小說裡隱藏著極其曖昧的情感價值觀，最典型、最有名的就是《東方快車謀殺案》。透過追查過程，讓讀者知道為什麼凶手要訴諸於這種手段，其動機具有可同情之處，再加上克莉絲蒂對身分階級的觀察，她比較相信或讓讀者相信那些沒有權力、地位的人，隨著偵查節奏去認識可能或必須懷疑的人。克莉絲蒂最擅長營造「多重嫌疑犯」的小說特質，因為讀者在閱讀時必須被迫去認識很多不一樣的人。在她最受歡迎的作品，大概都具備這樣的特質。

當然，她的作品中還有兩個最突出的神探，即白羅和瑪波。白羅是比利時人，但為什麼必須是外國人？這是因為英國人具有高度階級意識，這種觀念一路滲透到所有互動細節，包括人與人之間如何說話。而白羅因為不是英國人，他會發現一般英國人不太看得出來的東西，以及兩個人互動的方法哪裡不正常。至於瑪波為什麼得是老太太？她一如那個年代的老人家，總是靜靜坐著打毛線，因為不起眼，自然讓人放鬆防備，所以瑪波探案的線索都是來自於這樣的互動模式。

然而，白羅有很明顯的優勢，瑪波的身分使她基本上只能進行「靜態」的辦案，案子的空間受到侷限，白羅卻可以跨越各種空間，恣意揮灑。而且白羅擁有警官身分，可以合理出現在各種犯罪現場，瑪波能出現的地方，相形之下就勉強、不自然多了。白羅是明白的outsider，在英國，只要他出現，就會覺得有外人在而感到緊張，於是很容易露出平常不會表現的行為；瑪波則看起來是insider，但實質上是outsider，因為總是沒人發現她、當她空氣人。這兩人的探案，是兩個極端。雖然讀者最愛白羅，但克莉絲蒂自己偏愛瑪波勝於白羅。

不管後來的偵探、推理小說發展了多少巧妙詭計，克莉絲蒂卻不會過時，因為她的推理如此密切地和日常纏繞在一起；活在日常中，我們就無可避免被克莉絲蒂的「日常細節推理」吸引，隨時讀來都充滿驚奇趣味。

名家盛讚克莉絲蒂（依推薦時間排序）

金庸（作家）

克莉絲蒂的寫作功力一流，內容寫實，邏輯性順暢，也很會運用語言的趣味。閱讀她的小說，在謎底沒有揭露之前，我會與作者鬥智，這種過程非常令人享受。其作品的高明之處在於：布局的巧妙完全意想不到，而謎底揭穿時又十分合理，讓人不得不信服。

詹宏志（作家、PChome 網路家庭董事長）

推理小說在從先輩柯南．道爾等人的發明中出現力量時，誕生了一位《天方夜譚》故事中每天說故事說個不停的王妃薛斐拉．柴德，也就是「謀殺天后」克莉絲蒂，整個世界對聽這些故事才有如此的熱情。他們捨不得睡覺，每天問後來還有嗎、還有嗎，永遠不肯離去，這就是克莉絲蒂對推理小說的最大貢獻。

可樂王（藝術家）

所謂「克莉絲蒂式」的推理小說，就是一場和一個天才的寫作者或高明的恐怖份子在紙上捕掠捉殺的戰事。即便是一列火車、一處飯店或一間酒吧，在克莉絲蒂寫來皆充滿神祕和猜謎。在人生適合的下午裡，我總是一面嚼著口香糖，一面跟著矮子偵探白羅穿梭謀殺現場，克莉絲蒂的推理作品無疑是推理世界中最充滿「魔術性」的小說。

吳若權（作家、節目主持人）

我從小就對推理小說情有獨鍾，克莉絲蒂一系列的作品尤其令我愛不釋手。多年來，閱讀推理小說的經驗讓我覺悟：讀者在文字情節中推展開來的驚嘆，不只是因緣於故事的本身，而是自我性格的投射。從這個觀點來看克莉絲蒂一系列的作品，她簡直就是洞徹人性的算命師。而讀者，在她的文字中，發現了自己無可奉告的命運。

藍祖蔚（國家電影及視聽文化中心董事長）

做過藥劑師，難免懂得毒藥；嫁給考古學家，難免也就嫻熟文明的神祕；再加上曾經失蹤九天，一切不復記憶的離奇經驗，的確提供了寫作靈感，但若少了想像力，那些片羽靈光縱使辛辣如辣椒，卻不足以成菜。

推理小說重布局、重人物描寫，克莉絲蒂最厲害的卻是犀利的人性觀察，她一手創造的白羅探長，潔癖個性完全和她相反，更將她所憎厭的人格特質集於一身，殊不知，唯有不對著鏡子寫作，才能夠跳出框架與制式反應，開闢無限寬廣的新世界，建構多面向的詭異迷宮。

看完她的小說，你只會更加訝異，到底是什麼樣的心靈才能成就這般視野？

李家同（作家、前暨南大學校長）

克莉絲蒂的整體布局十分細膩，最後案情也都講解得非常詳細，回頭去看，在書中都找得到線索。故事的情節與內容也很好看，不是像一個流氓在街上被殺掉那麼單調。……看小說應該要花腦筋、要思考，從小就要養成思辨的能力，看她的小說，就是對邏輯思考能力極佳的訓練。

袁瓊瓊（作家）

雖然被公認是冷靜理性的謀殺天后，但是在理性之下，克莉絲蒂的底色依舊是感情。克莉絲蒂很明白，所有的慾望之後，都無非是某種愛情。在以性命相搏的犯罪世界裡，凶手以終結他人的性命來遂私欲，不過是為了成全自己的愛，或者是成全自己的恨。

鄧惠文（精神科醫師）

以推理小說作家而言，克莉絲蒂的風格相當獨樹一格。她的偵探在辦案時，靠的不光是科學證據的搜集，而是大量運用犯罪心理學，及對人性的深刻了解。例如在《五隻小豬之歌》中，白羅便是藉由聽取嫌疑犯訴說案情時所不自覺顯露的主觀意識及中心思想，而看出其中破綻，找出真凶。白羅是靠腦袋辦案，以心理層面去剖析案情，即使人們敘述的是同一件事，他可以聽出不同角色因出發點及看待角度不同所透露的情緒觀感，從而抽絲剝繭，還原事實真相。

克莉絲蒂所塑造的人物也生動且各具特色，不同個性所出現的情緒反應描寫，皆細膩而準確，讓讀者產生豐富的想像空間，一展卷便欲罷而不能。

吳曉樂（作家）

克莉絲蒂使用的語言平易近人，主要是以角色與情節的對應來斧鑿出故事的深度，堆疊出讓讀者回味的迂迴空間。而她筆下的角色往往性別、階級、性格、族群各異，塑造出多元又豐富的人物群像。

文學作品不問類型，若要流傳於世，最終仍得上溯至「人性」的理解與反思。而阿嘉莎・克莉絲蒂的作品中，我們可以看到人類屢屢得和自己的人生討價還價，或千方百計讓主觀意識與客觀條件達成某種程度的整合，讀者在重建人物的心理軌跡時，也見識到自身的是非成敗，我認為，這也是克莉絲蒂的作品能夠璀璨經年、暢銷不衰的主因。

許皓宜（心理學作家）

克莉絲蒂筆下的故事看似在談人性的醜惡，實則像一位披著小說家靈魂的心靈引導者，用她的文字訴說著人們得不到「愛」時的痛苦。於是在故事終了的剎那，你不得不對人生多了幾分「看透感」：原來，我們心裡的那些痛苦、報復與自我折磨的慾望，不是因為「憤恨」，而是起於對「愛的失落」。這或許是我們在情感世界中最珍貴且深刻的一種覺察了。

推理小說荒謬驚悚嗎？不，它其實很寫實。它幫我們說出心裡的苦、怨、醜陋的慾望，於是，我們可以重新學習愛了。

一頁華爾滋 Kristin（影評人）

從有記憶以來，閱讀克莉絲蒂最迷人之處往往不在真正的凶手是誰，而是在於「Why」（為什麼）與「How」（如何進行），在於人性與心理描摹的故事肌理。依循其書寫脈絡，會發覺不只是邏輯清晰、布局縝密、著重細節，她總能完美掌握敘事節奏，書中人物彷彿真實存在般鮮明躍然紙上，讀者情緒會隨精準文字保持流轉、跳動、收放，掩卷時並無太多真相水落石出的暢快，反倒淡淡的惆悵化為餘韻襲上心頭，原來還是種種意料之外，卻屬情理之中的人性盲目使然。私以為，那成就了克莉絲蒂的推理故事之所以無比迷人的主因之一。

冬陽（推理評論人）

雖然阿嘉莎．克莉絲蒂的作品並非我的推理閱讀啟蒙，卻是養成閱讀不輟的重要推手。首先，她無庸置疑是個說故事能手，打開我名為好奇的開關；其次是設計犯罪事件的巧妙多元，既日常又異常，凶手更是叫人意想不到。沒錯，我相信每個當讀者的都忍不住想破案，想早偵探一步識破詭計，或者像考試結束鈴響前一秒，瞎猜都要指著某個角色大喊「你就是犯人」！然後會忍不住作弊——不是翻到最後幾頁窺探真凶身分，而是往前翻查讓人起疑的段落、偵探顯然掌握重要線索的時刻，直到忍不住豎白旗投降，看神探（我知道啦，真正把我耍得團團轉的聰明人是作者）頭頭是道地分析我遺漏錯置的片片拼圖，終於看清真相全貌。這，就是偵探推理，我因此熟悉遊戲規則、沉醉在每一場迷人故事裡，成為這個類型書寫的俘虜，享受至今不疲的美好滋味。

石芳瑜（作家、永樂座書店店主）

布局細膩、處處留下線索，破案解說詳細，說明了這位安靜、害羞的推理小說女王心思縝密，且充滿想像力。密室殺人，完美犯罪，《東方快車謀殺案》不愧為古典推理小說的經典。再加上神祕的東方色彩，隨著火車抵達的迫切時間感，連非推理小說迷都會神經拉緊，讀完大呼過癮。

家庭主婦缺少人生經驗？處女座的阿嘉莎．克莉絲蒂充分展現她過人的寫作天分，靠得是從小開始的閱讀，以及對偵探小說的著迷。三十歲寫下第一本偵探小說《史岱爾莊謀殺案》的克莉絲蒂，在那個時代並不能說是「早慧」，但寫作生涯五十五年中，共創作了八十部偵探小說，卻令人難以企及。這位害羞靦腆的小說女神，大概是相信只要有足夠的理由，每個人都有殺人的可能！

余小芳（暨南大學推理研究社指導老師、台灣推理作家協會常務理事）

學生時代加入推理社團，社課指定讀物便是經典作品《一個都不留》，成為我對克莉絲蒂的初步印象，自此沉浸於推理小說的世界。隔年寒假陪同學參與轉學考，在斜風細雨的走廊中，滿足讀完《東方快車謀殺案》。隨著歲月遠走，已昇華成趣味回憶。

踏入推理文學領域需要認識的作家，阿嘉莎．克莉絲蒂絕對名列其中，她的作品常有英國小鎮風光、莊園式的謀殺、設備豪華的交通工具等，還有特色鮮明的偵探活躍其中。書中少有血腥、暴力的橋段，布局巧妙且結構嚴密，手法純粹、知性，故事內容與人物性格融為一體，以高超的想像力結合說好故事的能耐，為推理小說開創新局面。克莉絲蒂推理全集重編改版，值得新舊讀者一起探索。

林怡辰（國小教師、教育部閱讀推手）

多年後，還是難忘第一次閱讀阿嘉莎．克莉絲蒂作品的感動和激動。

這套將近一世紀的作品，文筆流暢，邏輯縝密，過程中不斷與作者較量、猜出凶手，直到最後解答不禁佩服，蛛絲馬跡處處展現作者的精妙手法，於是又拿起另一部作品，再次沉溺在謀殺天后所編織的日常世界中的奇幻，無可自拔。犯罪動機和手法穿越時空限制，如今讀來合理且依舊令人感動，閱讀中趣味橫生，難怪成為後來諸多偵探小說的原型。

克莉絲蒂創作生涯中產出的八十部推理作品，至今多部躍上大銀幕，無怪乎被稱之為「經典」，喜愛推理偵探作品的人不可不讀，你會驚異於她在文字中施展的魔法！

張東君（推理評論家、科普作家）

我愛克莉絲蒂！這位在台灣有時會被稱為克奶奶的超級暢銷推理小說家，即使是自認沒讀過她的書的人，也都會在各種書籍或影視作品中看到對她致敬的片段。由於她喜歡旅行和冒險，那些經驗與體驗都成為書中的場景，因此閱讀她的作品時，不只是雀躍地跟著偵探推理，也有了虛擬的旅行體驗。或者當成旅遊導覽書，在出發去尼羅河、去英國鄉間、去搭船搭火車時，就塞一本克奶奶的作品到隨身背包中。

我還是大學新生時，就聽學姐說她哥哥經常看克奶奶的小說，而且邊看邊狂笑。於是我跟著效仿，在某次搭飛機之前買了第一本小說當旅伴，不只看得超開心，看完後還到處找尋書中出現的那種有兜帽的斗篷，當成出門時的必備用品。克奶奶的作品是跨越文字、國界的。只要看過一本，就會不停地追下去。還好，真的是還好只有八十本。何況這次是全新校訂的紀念珍藏版，當然不能錯過！

發光小魚（呂湘瑜）（文史作家、助理教授）

一部好的偵探小說，除了情節設計巧妙之外，還需要洞悉人性，如此方能合理地交代人物的言行舉止與動機。阿嘉莎．克莉絲蒂便是其中翹楚，她的作品不管是偵探、愛情小說或戲劇，必要元素都是謎題與人性。在寧靜無波的場景下暗潮洶湧，永遠都有意料之外，讀者的情緒也會隨著劇情的進行起伏糾結。克莉絲蒂觀察到時代的變化，將犯罪心理融入作品中，於是，看她的小說不只能得到解謎的快樂，同時對人性也能夠有所省思。

此外，克莉絲蒂豐富的人生歷練及旅行經歷，例如一九二二年的環球之旅、居住過也旅行過的巴黎和埃及，甚至是追隨考古學家丈夫前往的中東，都讓她的小說讀來更加充滿異國情調。如果你也愛旅行，不如就讓我們一同搭上那一班南法的藍色列車，或由伊斯坦堡出發的東方快車，跟著白羅鑽進一樁奇案，一嘗旅程中破解謎題的快感吧。

盧郁佳（作家）

國小時，家裡買了一套阿嘉莎·克莉絲蒂全集，從此成了我的毒品，在白癡課本將我的腦袋啃噬成海綿般空洞時，撫慰受創的心靈，那時我仍對人心險惡一無所知。

數學課教你列算式，樂趣遠不如克莉絲蒂教你住宅平面圖、偷換時序的密室魔術，你從庭園長窗進房間，我從房門直通鄰房，他從走廊進房……從而學會故事是建構邏輯。她文風多變，時而《四大天王》中讓神探白羅向助手海斯汀大賣關子，眉頭緊皺，山雨欲來，預示天翻地覆，只能靠他拯救世界；時而用維吉尼亞·吳爾芙《自己的房間》中俏皮的語言，讓貧苦村姑安妮在《褐衣男子》中回憶南非出生入死的冒險，竟源於她耽讀村裡圖書館爛舊的冒險愛情小說，還有戲院每週末放映〈帕米拉歷險記〉，帕米拉每集從飛機跳落高空、搭潛艇、爬上摩天大樓，每次被黑幫老大抓到總不一刀斃命，卻老要用瓦斯毒死她，暗示續集又會逃出生天。

長大才發現，克莉絲蒂小說就是我的〈帕米拉歷險記〉：它以歌劇般輝煌龐大的天真陰謀、精細的人際觀察（一句話重音放在哪個字、從膝蓋鑑定女人的年齡等），召喚年輕讀者抱持浪漫精神投入未知的壯遊，瘋魔、衝撞、冒犯，傷痕累累毫無懼色。正如瓦斯在冒險片中太多、現實中卻太少；陰謀在現實中沒有克莉絲蒂寫得那麼複雜，但她刻畫的心理卻是現實中解謎的試金石。

賴以威（臺灣師範大學電機系副教授）

或許可以為經典下幾個定義：該領域的愛好者更都讀過；不是這個領域的愛好者，許多人也都聽過；影響後續的作品，在很多著作中都可以看到它的影子；值得反覆再三閱讀，每隔一陣子再讀都可以獲得閱讀的樂趣，有更多的體悟。我永遠記得第一次讀《東方快車謀殺案》時，被那宛如嚴謹設計數學謎題的鋪陳、推進給深深吸引、震撼。從這幾個角度來說，克莉絲蒂的推理小說被稱之為「經典」，可說是當之無愧。

謝哲青（作家、旅行家、知名節目主持人）

克莉絲蒂小說的魅力在於透過每個角色的對白，藉由不斷的說話來表現人物的個性，以彰顯其人格特質中一些無法被忽略的事實。我們從他們的言語、講話的過程和字裡行間，竟然就能知道誰是凶手。

我從克莉絲蒂的小說學到很多，除了推理小說有趣的事實之外，最重要的是，我在工作的職場跟人應對的時候，如何從語言和對話裡去捕捉某些隱而不顯的事實。許多人們欲蓋彌彰的東西，無論心事也好、祕密也好，克莉絲蒂都會用文學的手法，讓你理解語言的奧妙和魅力。

克莉絲蒂的書寫會讓你覺得彷彿自己也在現場，你可以從聽到的對話當中，學會如何理解人心的一些小技巧，這是小說家最出色、最偉大的地方。我們必須學習傾聽別人說話——這些人講話是真誠的嗎？他想要跟你分享什麼資訊？這些資訊可靠嗎？——這是我在閱讀推理小說時，最大的收穫和理解。

阿嘉莎・克莉絲蒂大事記

1890		• 九月十五日出生於英格蘭德文郡托基鎮。
1894	4 歲	• 開始在家自學，父母親、姐姐教導閱讀、寫作、算術和彈鋼琴。
1895	5 歲	• 家中經濟走下坡，舉家搬至法國，學會流利的法語。
1905	15 歲	• 在巴黎寄宿學校學鋼琴和聲樂，但生性極度害羞，未成為職業鋼琴家，最終回到英國。
1907	17 歲	• 陪同母親前往埃及調養身體，對社交活動充滿興趣，但尚未對日後感興趣的埃及古物點燃熱情。 • 回英國後繼續寫作、參與業餘戲劇表演。
1908	18 歲	• 寫出第一篇短篇小說〈麗人之屋〉，同時也寫出第一部愛情小說《白雪黃漠》，以筆名向出版社投稿，但屢遭退稿。
1912	22 歲	• 與英國皇家軍官亞契・克莉絲蒂（Archibald Christie）熱戀。 • 八月爆發第一次世界大戰，亞契奉派到法國作戰。
1914	24 歲	• 耶誕夜結婚，亞契隨即返回戰場。克莉絲蒂參與紅十字會工作，在醫院擔任護士和藥劑師，因此對藥理和毒物非常熟悉，造就後來多部推理小說情節都以毒藥殺人。
1916	26 歲	• 開始嘗試寫推理小說，寫出第一部小說《史岱爾莊謀殺案》，主角偵探赫丘勒・白羅的靈感，來自於大戰期間英國鄉間的比利時難民營。本書歷經數家出版社退稿後，終獲柏德雷・海德（The Bodley Head）圖書公司的出版機會，之後並簽下另五本小說的合約。
1919	29 歲	• 前一年亞契返回英國，八月生下女兒露莎琳。

1920	30 歲	• 出版《史岱爾莊謀殺案》。
1922	32 歲	• 出版第二部小說《隱身魔鬼》，主角是夫妻檔偵探湯米和陶品絲。 • 與亞契至南非、澳洲、紐西蘭、夏威夷和加拿大等國旅行十個月，在南非得到《褐衣男子》的靈感。
1923	33 歲	• 三月出版第三部小說《高爾夫球場命案》，白羅再度登場。
1926	36 歲	• 四月母親過世，克莉絲蒂陷入憂鬱。 • 六月在「威廉・柯林斯父子出版社」出版《羅傑艾克洛命案》。 • 八月亞契因外遇提出離婚，十二月初一次爭吵後，克莉絲蒂離家棄車失蹤，消息登上全國新聞。
1927	37 歲	• 一月在悲痛心情中寫出《藍色列車之謎》，第一次創造出聖瑪莉米德村，即後來瑪波小姐居住的村子。 • 分居期間在雜誌刊登以白羅為主角的短篇小說，後來集結出版《四大天王》。 • 十二月在雜誌刊登短篇小說〈週二夜間俱樂部〉，瑪波小姐初登場，後來收錄在一九三二年出版的短篇小說集《十三個難題》。
1928	38 歲	• 十月正式離婚，仍保留「克莉絲蒂」姓氏。 • 秋天搭乘「東方快車」前往土耳其的伊斯坦堡，再轉往伊拉克首都巴格達，參觀考古現場烏爾，認識考古學家伍利夫婦（Leonard and Katharine Woolley）。
1930	40 歲	• 二月應伍利夫婦之邀再訪烏爾，認識考古學家麥克斯・馬龍（Max Mallowan），九月於英國愛丁堡結婚。這段婚姻開啟克莉絲蒂旺盛的創作生涯，兩人到中東考古現場的旅行為許多作品帶來靈感。

• 婚後克莉絲蒂開始維持固定的寫作行程。十月出版《牧師公館謀殺案》，是第一部以瑪波小姐為主角的小說。
• 出版第一部以「瑪麗．魏斯麥珂特」(Mary Westmacott) 為筆名的《撒旦的情歌》，並陸續發表了五部非犯罪小說。

1932　42 歲　• 出版《危機四伏》。

1934　44 歲　• 出版《東方快車謀殺案》，是白羅海外辦案三部曲之一，故事靈感來自中東的旅行經歷。一九七四年第一次改編成電影大獲好評。

1936　46 歲　• 出版《美索不達米亞驚魂》，白羅海外辦案三部曲之二。

1937　47 歲　• 出版《尼羅河謀殺案》，白羅海外辦案三部曲之三，故事背景是年輕時與母親同遊的埃及。一九七八年第一次改編成電影大受歡迎。

1939　49 歲　• 二次大戰期間，克莉絲蒂在大學學院醫院擔任義務藥師，學習到最新的毒藥知識，對於推理小說寫作大有助益。
• 出版《一個都不留》，是克莉絲蒂最著名作品之一。

1941　51 歲　• 出版《密碼》，呈現出克莉絲蒂對戰爭的看法。
• 出版《豔陽下的謀殺案》。

1942　52 歲　• 出版《藏書室的陌生人》、《五隻小豬之歌》等名作。

1944　54 歲　• 以「瑪麗．魏斯麥珂特」為筆名出版第三部作品《幸福假面》，被美國書評人發現是克莉絲蒂的作品，讓她從此失去匿名創作的自在樂趣。

1950	**60 歲**	• 獲選為皇家文學學會的會員。
1953	**63 歲**	• 出版《葬禮變奏曲》。
1956	**66 歲**	• 一月獲頒大英帝國爵級大十字勳章（GBE）。 • 十一月以「瑪麗．魏斯麥珂特」為筆名出版《愛的重量》，是這個筆名的最後一部作品。
1958	**68 歲**	• 成為「偵探作家俱樂部」主席。
1960	**70 歲**	• 馬龍獲頒大英帝國爵級大十字勳章。
1961	**71 歲**	• 獲得艾克塞特大學頒發榮譽文學博士學位。
1968	**78 歲**	• 馬龍獲封為爵士，克莉絲蒂亦被稱為馬龍爵士夫人。
1971	**81 歲**	• 獲頒大英帝國爵級司令勳章（DBE），獲封為女爵士。
1973	**83 歲**	• 出版最後一部創作《死亡暗道》，亦為湯米和陶品絲最後一次辦案。
1974	**84 歲**	• 最後一次公開露面，出席電影《東方快車謀殺案》首映會。
1975	**85 歲**	• 八月六日，白羅成為有史以來第一次在《紐約時報》頭版刊出訃聞的小說主角，宣傳九月即將出版的《謝幕》，這也是白羅最後一次辦案。
1976	**86 歲**	• 一月十二日去世。 • 十月出版《死亡不長眠》，瑪波小姐的最後一次辦案。

克莉絲蒂推理原著出版年表

1920　史岱爾莊謀殺案 The Mysterious Affair at Styles（神探白羅系列）
1922　隱身魔鬼 The Secret Adversary（神探湯米＆陶品絲系列）
1923　高爾夫球場命案 The Murder on the Links（神探白羅系列）
1924　白羅出擊 Poirot Investigates（神探白羅系列）
1924　褐衣男子 The Man in the Brown Suit（神探雷斯上校系列）
1925　煙囪的祕密 The Secret of Chimneys（神探巴鬥主任系列）
1926　羅傑艾克洛命案 The Murder of Roger Ackroyd（神探白羅系列）
1927　四大天王 The Big Four（神探白羅系列）
1928　藍色列車之謎 The Mystery of the Blue Train（神探白羅系列）
1929　七鐘面 The Seven Dials Mystery（神探巴鬥主任系列）
1929　鴛鴦神探 Partners in Crime（神探湯米＆陶品絲系列）
1930　牧師公館謀殺案 The Murder at the Vicarage（神探瑪波系列）
1930　謎樣的鬼豔先生 The Mysterious Mr. Quin（神探鬼豔先生系列）
1931　西塔佛祕案 The Sittaford Mystery
1932　十三個難題 The Thirteen Problems（神探瑪波系列）
1932　危機四伏 Peril at End House（神探白羅系列）
1933　十三人的晚宴 Lord Edgware Dies（神探白羅系列）
1933　死亡之犬 The Hound of Death
1934　三幕悲劇 Three Act Tragedy（神探白羅系列）
1934　李斯特岱奇案 The Listerdale Mystery
1934　帕克潘調查簿 Parker Pyne Investigates（神探帕克潘系列）
1934　東方快車謀殺案 Murder on the Orient Express（神探白羅系列）
1934　為什麼不找伊文斯？ Why Didn't They Ask Evans?
1935　謀殺在雲端 Death in the Clouds（神探白羅系列）
1936　ABC 謀殺案 The A.B.C. Murders（神探白羅系列）
1936　底牌 Cards on the Table（神探白羅系列）
1936　美索不達米亞驚魂 Murder in Mesopotamia（神探白羅系列）

1937　巴石立花園街謀殺案 Murder in the Mews（神探白羅系列）
1937　尼羅河謀殺案 Death on the Nile（神探白羅系列）
1937　死無對證 Dumb Witness（神探白羅系列）
1938　白羅的聖誕假期 Hercule Poirot's Christmas（神探白羅系列）
1938　死亡約會 Appointment with Death（神探白羅系列）
1939　一個都不留 And Then There Were None
1939　殺人不難 Murder Is Easy/Easy to Kill（神探巴鬥主任系列）
1940　一，二，縫好鞋釦 One, Two, Buckle My Shoe（神探白羅系列）
1940　絲柏的哀歌 Sad Cypress（神探白羅系列）
1941　密碼 N Or M?（神探湯米＆陶品絲系列）
1941　豔陽下的謀殺案 Evil Under the Sun（神探白羅系列）
1942　五隻小豬之歌 Five Little Pigs（神探白羅系列）
1942　藏書室的陌生人 The Body in the Library（神探瑪波系列）
1942　幕後黑手 The Moving Finger（神探瑪波系列）
1944　本末倒置 Towards Zero（神探巴鬥主任系列）
1945　死亡終有時 Death Comes as the End
1945　魂縈舊恨 Sparkling Cyanide（神探雷斯上校系列）
1946　池邊的幻影 The Hollow（神探白羅系列）
1947　赫丘勒的十二道任務 The Labours of Hercules（神探白羅系列）
1948　順水推舟 Taken at the Flood（神探白羅系列）
1949　畸屋 Crooked House
1950　謀殺啟事 A Murder Is Announced（神探瑪波系列）
1951　巴格達風雲 They Came to Baghdad
1952　殺手魔術 They Do It with Mirrors（神探瑪波系列）
1952　麥金堤太太之死 Mrs. McGinty's Dead（神探白羅系列）
1953　黑麥滿口袋 A Pocket Full of Rye（神探瑪波系列）
1953　葬禮變奏曲 After the Funeral（神探白羅系列）

1954　未知的旅途 Destination Unknown
1955　國際學舍謀殺案 Hickory, Dickory, Dock（神探白羅系列）
1956　弄假成真 Dead Man's Folly（神探白羅系列）
1957　殺人一瞬間 4:50 from Paddington（神探瑪波系列）
1958　無辜者的試煉 Ordeal by Innocence
1959　鴿群裡的貓 Cat Among the Pigeons（神探白羅系列）
1960　哪個聖誕布丁？ The Adventure of the Christmas Pudding（神探白羅系列）
1961　白馬酒館 The Pale Horse
1962　破鏡謀殺案 The Mirror Crack'd from Side to Side（神探瑪波系列）
1963　怪鐘 The Clocks（神探白羅系列）
1964　加勒比海疑雲 A Caribbean Mystery（神探瑪波系列）
1965　柏翠門旅館 At Bertram's Hotel（神探瑪波系列）
1966　第三個單身女郎 Third Girl（神探白羅系列）
1967　無盡的夜 Endless Night
1968　顫刺的預兆 By the Pricking of My Thumbs（神探湯米＆陶品絲系列）
1969　萬聖節派對 Hallowe'en Party（神探白羅系列）
1970　法蘭克福機場怪客 Passengers to Frankfurt
1971　復仇女神 Nemesis（神探瑪波系列）
1972　問大象去吧 Elephants Can Remember（神探白羅系列）
1973　死亡暗道 Postern of Fate（神探湯米＆陶品絲系列）
1974　白羅的初期探案 Poirot's Early Cases（神探白羅系列）
1975　謝幕 Curtain: Hercule Poirot's Last Case（神探白羅系列）
1976　死亡不長眠 Sleeping Murder（神探瑪波系列）
1979　瑪波小姐的完結篇 Miss Marple's Final Cases（神探瑪波系列）
1991　情牽波倫沙 Problem at Pollensa Bay
1997　殘光夜影 While the Light Lasts

國家圖書館出版品預行編目（CIP）資料

謎樣的鬼豔先生 / 阿嘉莎・克莉絲蒂（Agatha Christie）著；郝彩虹譯. -- 二版.-- 臺北市：遠流出版事業股份有限公司, 2024.04
面；　公分. -- (克莉絲蒂繁體中文版20週年紀念珍藏；55)
譯自：The Mysterious Mr. Quin
ISBN 978-626-361-526-7(平裝)

873.57　　113001921

克莉絲蒂繁體中文版 20 週年紀念珍藏 55

謎樣的鬼豔先生

作者 / 阿嘉莎・克莉絲蒂
譯者 / 郝彩虹

主編 / 陳懿文、余式恕　校對 / 呂佳眞
封面、內頁設計 / 謝佳穎　排版 / 連紫吟、曹任華
行銷企劃 / 舒意雯　出版一部總編輯暨總監 / 王明雪

發行人 / 王榮文
出版發行 / 遠流出版事業股份有限公司
地址 / 104005臺北市中山北路一段11號13樓
電話 / (02)2571-0297　傳眞 / (02)2571-0197　郵撥 / 0189456-1
著作權顧問 / 蕭雄淋律師

2003年8月1日 初版一刷
2024年4月1日 二版一刷
定價 / 新臺幣380元 (缺頁或破損的書，請寄回更換)

ISBN 978-626-361-526-7

遠流博識網 http://www.ylib.com　E-mail: ylib@ylib.com
遠流粉絲團 https://www.facebook.com/ylibfans

www.agathachristie.com